Anke Weber, Jahrgang 1967, lebt im niedersächsischen Aller-Leine-Tal bei Hannover. Um Menschen, deren Geschichten und das Schreiben hat sich das Leben der Autorin schon immer gedreht. Nach einem Sozialpädagogik-Studium wurde sie Journalistin und arbeitete viele Jahre beim Radio. Heute schreibt sie Kolumnen über ihr geliebtes Landleben für die Zeitung und vor allem Geschichten für Kinder, Jugendliche und Erwachsene. Anke Weber liebt Hundepfoten-Geruch und die Magie von Notizbüchern.

Anke Weber

Nayra und Jo

Der Beat einer Liebe

Oetinger Taschenbuch

MIX
Papier aus verantwortungsvollen Quellen
FSC® C014496

1. Auflage 2019

Text: Anke Weber
Umschlaggestaltung: ZERO Werbeagentur GmbH
Fotos: shutterstock.com
Druck:GGP Media GmbH, Karl-Marx-Straße 24, 07381 Pößneck, Deutschland
978-3-8415-0580-4

www.oetinger-taschenbuch.de

Dieser Moment, wenn die Crowd auseinanderdrängt, eine Fläche frei macht und spannungsgeladen verharrt, bis die Band sie mit dem entscheidenden Ton endlich entfesselt und alle wieder springend in die Mitte drängen, sich ausgelassen anrempeln und gemeinsam die Musik und das Leben feiern.

Für alle, die diesen Moment lieben.

Tanzt.

Herz Pogo.

Nayras Unnkhunn-Playlist

1. The River/Bruce Springsteen 4:59
2. Brother/Mighty Oaks 3:15
3. Just One Day/Mighty Oaks 3:32
4. Stay/Milky Chance 4:10
5. Lovesick/Banks 3:21
6. Praying/Kesha 3:50
7. Trouble/Cage the Elephant 3:46
8. Shake Me Down (Unpeeled)/Cage the Elephant 3:30
9. Where Is My Mind?/Pixies 3:49
10. Taro/alt-J 5:05
11. Mother's Tears/Kids Of Adelaide 5:55
12. Chapels/Giant Rooks 4:44
13. The River/L'aupaire 3:34
14. On The Menu/Jakub Ondra 2:53
15. If Your Prayers Don't Get To Heaven/Brian Fallon 4:11
16. Another Love/Tom Odell 4:04
17. Mama Said/Cat Clyde 3:34
18. The Funeral/Band of Horses 5:22
19. D'yer Mak'er/Led Zeppelin 4:22
20. You're So Yesterday/DONOTS 3:10
21. I Will Try/Deaf Havana 3:44
22. Radioactive/Imagine Dragons 3:08
23. This Is the End (For You My Friend)/Anti-Flag 3:12

24. Little Lion Man/Mumford & Sons 4:05
25. Bubbletrees/We Invented Paris 3:09
26. Brother (Kygo Remix)/Matt Corby 6:22
27. River/Leoniden 3:39
28. Wild Stare/Giant Rooks 3:21

Jos Unuhhuun-Playlist

1. Taro/alt-J 5:05
2. Where Is My Mind?/Pixies 3:49
3. I'm On Fire/Bruce Springsteen 2:34
4. Little Lion Man/Mumford & Sons 4:05
5. Boulevard of Broken Dreams/Green Day 4:21
6. This Is The End (For You My Friend)/ Anti-Flag 3:12
7. I Will Try/Deaf Havana 3:44
8. Brother/Mighty Oaks 3:15
9. Gold/Jeremy Loops 3:05
10. Chained/The xx 2:48
11. Hey Now/London Grammar 3:26
12. Down By The River/Milky Chance 4:01
13. Stay/Milky Chance 4:10
14. Someone New/Kakkmaddafakka 3:02
15. The Funeral/Band of Horses 5:22
16. Old Pine/Ben Howard 5:29
17. Give It All/Foals 4:47
18. If I Get High/Nothing But Thieves 3:27

Marschland Festival

Freitag, 22. Juni

Nayra

Das Festivalbändchen ist violett. Die Sonne scheint, und es ist unglaublich schwül. Gefühlte dreiunddreißig Grad. Das Gewitter der Nacht und der nasse Schlafsack sind Vergangenheit. Wir wringen jetzt Schweiß aus unseren Shirts und tragen Matsch auf unserer Haut. Drei Bands sind ausgefallen, weil das Gelände unter Wasser stand. Aber jetzt ist es so weit – das Marschland Festival hat die Tore geöffnet, und ich bin ganz heiß darauf, zu tanzen und zu springen.

»Noch fünf Minuten!« Aufgeregt hüpfe ich vor Tessa und Finn herum.

Beide haben sich im Schneidersitz auf einem Regencape niedergelassen. Viel zu weit hinten, für meinen Geschmack. Aber Tessa steht hauptsächlich auf deutschen Indie-Pop und Finn – durch und durch Basketballer – auf Hip-Hop und Rap. Manche Sachen davon sind richtig gut, keine Frage. Allerdings ist das alles weit entfernt von den *DONOTS*, die gleich die Black Stage zum Beben bringen werden. Als sie endlich die Bühne betreten, reiße ich die Arme in die Luft. Tessa kramt entspannt aus ihrer Bauchtasche eine Tüte Weingummi hervor. Sie ist meine beste Freundin, aber unsere Festivalvorlieben sind oft nicht miteinander vereinbar. Drei Songs lang halte ich die Fahne der Freundschaft hoch und leide zwischen Halbinteressierten am Rande des Orkans.

Dann schreit *Ingo*, der Sänger, seine Begrüßung in die

Menge: »Hallo, Marschland Festivaaal! Wir sind die *DONOTS*! Und ihr seid großartig! Lasst uns eine geile Party feiern. Und wenn ihr jetzt beim Springen den Matsch bis an eure Ohren schleudern lasst, würdet ihr uns Jungs hier auf der Bühne fucking glücklich machen.«
Ein paar Takte und das Marschland antwortet mit einem euphorischen »Yeaaaahhhh«.
Mein Herz springt quasi aus mir heraus und reißt meinen Körper mit in die Crowd. Ich habe keine Wahl. Das Herz siegt immer. Und deshalb lasse ich Tessa jetzt sitzen. Alleine mit Finn, den sie erst seit einem Tag kennt und dessen Freunde lieber mit dem Rest unserer Gruppe bei den Zelten geblieben sind, um möglichst viel Alkohol vor dem Headliner am Abend zu trinken.
»Ich muss da jetzt rein!«, brülle ich den beiden noch zu. »Wir treffen uns hinterher am Falafelstand.«
Dann renne ich los, ohne eine Antwort abzuwarten. So ist es bei Festivals. Wer in der Comfort Zone sitzen bleibt, bekommt nichts ab vom Rausch der Party. Beide Arme in die Luft gestreckt, quetsche ich mich mal hüpfend, mal duckend durch die Masse. Immer weiter nach vorne. Dorthin, wo das Leben tobt. Ich brülle das »Ayayayaaa« bei *Wake the Dogs*, das »Ohohohoho« bei *You're so Yesterday* und renne bei *Dead Man Walking* in den Moshpit. Renne, renne, renne. Atemlos und glücklich.
Plötzlich rempelt mich jemand an. Ich kann mich nicht mehr halten und werde zur Seite geschleudert. Mein Kopf knallt gegen einen anderen Kopf. Es ist ein harter

Kopf, und der Knall ist irgendwie heftiger und bedeutender als ein normaler Zusammenprall.
Strubbelige Haare. Augen explosiv wie blaue Leuchtkugeln. Das ist alles, was ich sehe. Der Rest ist mehr Ahnung als Wahrnehmung.
Entschuldigend hebe ich die Schultern, bevor ich im nächsten Augenblick wieder weitergespült werde.
Die Menge nimmt mich auf. Wir sind ein riesiges zuckendes Herz, organische Masse auf höchstem Energielevel. Jeder für sich und dennoch ein einziges großes Wir. Wildfremde umtanzen sich. Das liebe ich auf Festivals. Dieses Gefühl, dass sich alle einig sind. Dass alle das Gleiche wollen. Diese verrückte Ausgelassenheit, dieses heftige Toben aus dem Innersten heraus. Trotzdem wünschte ich, jemand würde diesen Moment auch später noch mit mir teilen. Jemand wie der Typ mit den ultrakrassen blauen Augen. Ich drehe mich springend in seine Richtung und versuche, noch einen Blick auf ihn zu erhaschen. Aber da ist nur Menschenmasse.
Man sollte beim Pogen nie an etwas anderes denken. Immer nur bei sich und der Bewegung bleiben. Sonst gerät man ins Taumeln und wird von der Welle aus Menschen erfasst. So wie ich jetzt. Stolpernd rette ich mich vorwärts und lande mit der Wange an einem Brustkorb. Er. Schon wieder. Grinsend.
Er ist groß. Seine Haare sehen aus, als wäre er gerade erst aus dem Schlafsack gekrochen. Lachend werfe ich meinen Kopf in den Nacken und springe ein Stück zurück. Er hält mich mit seinem Blick fest. Ich reiße die Arme in

die Luft und tanze weiter. Doch ich komme nicht mehr los von ihm. Im Refrain vereint.

Können drei, vier Minuten eines Lebens besser sein als alle anderen Minuten zuvor? Ich fühle mich, als hätte mir jemand wasserlösliche Magie in die Venen gepumpt. Vielleicht habe ich Wahrnehmungsstörungen. Oder ein Schleudertrauma. Unser Zusammenprall war ziemlich hart.
Plötzlich stehe ich wieder alleine da. Ausgerechnet jetzt, wo die *DONOTS* ein paar Gänge runtergeschaltet haben und *So Long* spielen. Balladen sind eigentlich dafür gemacht, mit jemandem eng umschlungen vor der Bühne zu stehen. Doch meine Euphorie wirkt noch ein bisschen nach, deshalb schwenke ich meine Arme im Takt zur Musik und drifte kurz ab in diese Love-and-Peace-Stimmung, die sich um mich herum ausbreitet. Ein paar Takte lang stelle ich mir vor, Arme würden mich von hinten umfangen. Seine Arme. Und er würde seinen Kopf auf meine Schulter legen und mir etwas ins Ohr flüstern. Ich versinke so sehr in den Tiefen dieses langsamen Songs, dass ich wirklich glaube, seine Hände auf meinen Hüften zu spüren. Wie von einem magischen Band gezogen, quetsche ich mich, die Arme immer noch schwenkend, rückwärts durch die Menschen. Ich habe ungefähr eine Ahnung, wo er steht. Oder die Ahnung hat mich. Irgendein anderer Typ hibbelt vor mir herum, greift meine Hand und dreht mich im Kreis. Dann tänzelt er weiter, und ich stehe auf einmal wieder neben IHM. Er spaßt

mit einem schlaksigen Sommersprössling herum, der ein T-Shirt um den Kopf gewickelt hat. Als sie mich sehen, stülpen sie ihre Arme über mich, sodass ich mich Ringelringelreihe in ihrer Mitte wiederfinde. Albern haken wir uns ein, drehen uns, lachen, singen – übermütig und vertraut. Als wären wir schon ewig Freunde. Der mit dem Shirt auf dem Kopf grölt den Songtext mit, und wir stimmen ein. Wir. Der Strubbelkopf und ich. Einfach so. Und weil die *DONOTS* uns die Wörter aus dem Herzen singen und wir diesen Moment nicht zu Ende gehen lassen wollen.

Dann verschwindet der andere wer weiß wohin, und jetzt sind da wirklich nur noch wir. Und: *»We're Not Gonna Take It!«* Wir schreien es uns gleichzeitig ins Gesicht und jubeln.

Wenn mein Leben einen Kampfsong hätte, dann wäre es dieser.

Die Band heizt uns zu einem neuen Kreis an. *Nimm meine Hand*, denke ich und wünsche mir nichts mehr, als mit ihm im Circle Pit zu rennen. Die Band zählt runter. Bei ZWEI kapiere ich schlagartig, dass wir uns wieder verlieren könnten. Wir sehen uns an, und zwischen uns flackert die Unsicherheit. Ich denke noch: *Hör auf dein Herz, greif seine Hand.* Aber es ist zu spät. Der Circle ist bereits in Bewegung. Die Menge schiebt uns vor sich her. Ich drehe mich zu ihm und erwische den Moment, als er in die Höhe springt, um mich nicht aus den Augen zu verlieren. Dann stürmt der Ring aus Menschen auf die freie Fläche, und das war's. Moshpit. Alle rempeln einander wild und fröhlich an, und ich werde mitgerissen wie ein Meerestierchen von einer wuchtigen Welle.

Als der Wirbel sich wieder legt, kämpfe ich mich zurück an den Ort, von dem ich fortgespült worden bin. Aber in diesem Gewühl sind schon zwei Meter zu weit rechts oder links zu viel. Trotzdem verrenke ich mir den Hals und alle Gliedmaßen, schlängele mich zwischen den Leuten hindurch und stelle mich alle zwei Meter auf die Zehenspitzen. Ich bin wie besessen davon, ihn wiederzufinden. Wie können ein paar alberne Sequenzen so machtvoll sein? Ich fühle mich wie nach einer Zeitreise. Als hätte mich das Universum nach einer wilden Fahrt durch fremde Galaxien übergangslos wieder auf die Erde gespuckt. Die letzten Songs der *DONOTS* tosen an mir vorbei, und ich bewege mich nur noch mit der Menge mit, um nicht umzufallen. So lange, bis alle anderen abziehen. Ich habe den Showdown verpasst. Auf der Bühne laufen die Roadies geschäftig hin und her. Abbau. Nächste Band. Ende der Vorstellung.

Normalerweise liebe ich den Moment nach einem Konzert. Wenn sich das Gelände leert, die Energie der Musik aber noch durch Adern und Ohren rauscht. Dann bleibe ich gerne eine Weile stehen und beobachte die anderen. Wie sie ihre Klamotten ordnen, ihre Hosentaschen nach ihren Handys abtasten oder wie sie im Weggehen immer noch nicht genug haben und tänzelnd den letzten Ref-

rain immer weitersingen. Aber ein Normalerweise gibt es seit eben nicht mehr.
»Hast du diesen Anhänger verloren?« Ein Mädchen hält mir ein silbernes Medaillon vors Gesicht.
Ich schüttele den Kopf. »Nein, nur einen Rohdiamanten«, sage ich ernüchtert. Sie wendet sich mit dieser fragenden *Hä-ist-die-bescheuert*-Miene ihrer Freundin zu. Das mit dem Rohdiamanten ist natürlich totaler Bullshit. Der Typ könnte theoretisch ja auch nur ein Stück Grafit sein. Täuschungen im Sonnenlicht sind keine Seltenheit. Mich selbst mit rationalen Überlegungen zu trösten, klappt allerdings kein bisschen. Tatsächlich stelle ich mir sogar die Frage nach einer Freundin. Könnte sein, dass er eine hat. Aber ich glaube es nicht. Weil da dieses *Zwischenuns* war, so heftig, dass ich wetten könnte, es wäre ein für alle sichtbares Leuchten gewesen. Ich komme von dem Gedanken, dass mir gerade der Beginn von etwas Besonderem aus den Händen geglitten ist, nicht mehr los.
Vielleicht hat mir auch die Kopfnuss einen nachhaltigen Schaden zugefügt. Mir schwirren immer noch Bilder von ihm vor Augen. Wie beim Serienbildmodus einer Digitalkamera. Klickklickklickklick. Sein Lachen. Die wirren Haare. Die Ausgelassenheit. Augenblicke, die alles erahnen ließen. Und dann – puff. Vorbei. Wir haben uns aus den Augen verloren. Ich kann es nicht fassen.

Der Erdboden hat mich wieder. Zäh befolgen meine Füße, was ich ihnen befehle. Schritt für Schritt zum

Falafelstand. Tessa und Finn ziehen Gesichter, als hätte ich sie ohne Trinkwasser in der Wüste zurückgelassen.

»Super Einlage«, bemerkt Tessa spitz.

Finn steht schon in der Schlange vor dem Stand und hält mir wortlos die Hand entgegen. Ich krame in meiner Hosentasche und gebe ihm einen Zehner, obwohl Leere meinen Magen wie einen Ballon füllt und ich mir nicht vorstellen kann, dass noch etwas anderes darin Platz hat. Aber als Finn mir kurz darauf die Falafel in die Hand drückt, beiße ich trotzdem ab. Kauend trotte ich hinter den beiden her zur Blue Stage. Ein paarmal schaue ich noch zurück, scanne das Gelände und bekomme jedes Mal fast einen Herzanfall, wenn ich einen großen Typen mit verstrubbelter Frisur sehe.

Tessa wird langsam wieder zugänglicher. Sie hat so etwas wie einen siebten Sinn, was mich betrifft. »Was ist denn los?«

Ich zucke mit den Schultern.

»Irgendetwas ist doch«, drängelt sie.

»Da war so ein Typ«, antworte ich einsilbig.

»Und weiter?«

»Wir sind beim Pogen zusammengeknallt. Es war, na ja, irgendwie magisch.« Ich starre auf meine Falafel.

»Und jetzt?«, fragt Tessa.

»Nichts jetzt. Er ist weg.«

»Und jetzt braucht Nayra ein Bier.« Finn knüllt das Falafelpapier in seiner riesigen Hand zusammen und lässt es fallen. »Kopf hoch. Es gibt hier noch andere tolle

Typen.« Er läuft ein paar Schritte vor, dreht sich um und schmeißt sich in Siegerposition.
Ich muss lachen: »Ein Bier könnte helfen.«
»Geht auf mich«, sagt Finn. »Erste-Hilfe-Maßnahme.«
»Wir warten hier«, bestimmt Tessa und fängt direkt an, mich auszufragen. Aber ihr Blick schweift immer wieder ab.
»Was ist?«
»Da starrt dich einer an. Mit T-Shirt auf dem Kopf.«
Tessas Worte haben die Wirkung eines Stromschlags auf mich. Ich drehe mich um. Der Turban-Freund von meinem Strubbelkopf winkt mir zu, überlegt ein bisschen und nähert sich zögernd.
»Heißer Moshpit eben. Jo ist da vorne. Holt Bier. Ist dringend nötig.« Er wischt sich den Schweiß von der Stirn.
»Stimmt«, ringe ich nach Worten und gucke zum Tresen.
»Falsche Richtung«, meint der Turban.
Eine sonore Stimme hinter mir lässt mich herumfahren.
»Hey. Was macht dein Kopf?«
Wenn er wüsste. Unser Zusammenstoß ist nichts gegen das Wummern unter meiner Schädeldecke in diesem Moment. Es rauscht in meinen Ohren. Und das ist kein Post-Konzert-Tinnitus.
»Alles gut«, sage ich so ruhig wie möglich und fasse mir mit der Hand an die Schläfe.
»Willst du einen Schluck?« Er hält mir sein Bier hin.
Ich schüttele den Kopf und zeige Richtung Tresen. »Bekomme ein eigenes.« Dann deute ich auf Tessa. »Das ist übrigens Tessa.«

Der Turban heißt Karl und stürzt das Bier in einem Zug hinunter. Ich halte immer noch die Falafel in der Hand und weiß nicht, wohin mit dem Ding. »Möchte jemand?« Karl will. Als Finn mit unserem Bier ankommt, ahne ich schon, dass es gleich heikel wird.
»Und jetzt Blue Stage? Da spielt gleich *Marteria.*« Er sieht Tessa und mich fragend an.
Tessa nickt. »Bin ich dabei.« Sie wirft sich weg für *Lila Wolken*, was ich verstehen kann. Ansonsten dürfte ihr das Repertoire von *Marteria* überwiegend unbekannt sein. Der Name hat sich einfach mit den *Lila Wolken* eingebrannt und das war's.
Ich mag das Stück auch, aber der Auftritt von *Marteria* überschneidet sich mit dem von den *Crystal Fighters*, deren alternative Glücklichmacher-Songs sich wunderbar zum gechillten Tanzen mit Bier in der Hand eignen. In Bezug auf Musik bin ich nur wenig kompromissbereit. »Weiß nicht. Was ist mit den *Crystal Fighters*?«
»Ich bin auf jeden Fall dabei«, stimmt Jo mir zu und sieht mich dabei an. Ich bin mir nicht sicher, ob nur sein Musikgeschmack gerade den Ausschlag gegeben hat.
Tessa zuckt mit den Schultern. Ich sehe ihr an, dass sie sich von mir alleingelassen fühlt.
»Ich bin für *Marteria*«, spricht Turban-Karl mit seiner außergewöhnlich tiefen Stimme den entscheidenden Satz und strahlt Tessa dabei an, was wegen seiner hunderttausend Sommersprossen irgendwie charmant aussieht.
»Na, dann ist ja alles klar«, meint Jo. »Pogo-Lockenkopf ...«

»Nayra«, werfe ich ein.
»Naira?«
»Exakt.«
»Also, Naira und ich gehen zur Red Stage. Ihr drei hört euch *Marteria* an. Und hinterher treffen wir uns genau hier.«
Erstaunlicherweise gibt es keine Einwände. Tessa, Finn und Turban-Karl ziehen zur Blue Stage ab, und ich sehe ihnen hinterher, lache, als Karl sich sein T-Shirt vom Kopf reißt und das durchgeschwitzte Ding vor Tessa herumwirbelt, drehe mich zu Jo und lache noch ein bisschen weiter – bis ich nicht mehr weiß, was ich sagen oder wie ich gucken soll. Ich komme mir vor, als hätte ich die Hauptrolle in einem echt coolen Film, aber leider den Text vergessen.
Jo rettet den Moment. »Pogo-Lockenkopf-Naira, darf ich zur Red Stage bitten?« Er verbeugt sich und hält mir seine Hand hin.
Ich nehme sie.
»Hey, du warst letztes Jahr auch auf dem Springkraut?« Er blickt auf mein Handgelenk und positioniert seine linke Hand daneben. Zwei grüne Bändchen nebeneinander.
Seine Arme sind braun gebrannt, die Härchen von der Sonne weißblond geblichen. Unsere Handgelenke berühren sich.
»Dann sind wir wahrscheinlich schon vor einem Jahr gleichzeitig bei den *DONOTS* vor der Bühne herumgesprungen«, stelle ich fest.

»Nur ohne Zusammenstoß.« Jo reibt mit Leidensmiene eine Stelle an seinem Kopf. »Bist du oft auf Festivals?«
»Das ist mein drittes. Und du?«
»Sooft es geht.« Er stoppt abrupt. »Hörst du das? Ich glaube, sie spielen schon. Los.« Jo fängt an zu laufen und zieht mich hinter sich her. Dann lässt er meine Hand los, dreht sich so, dass er nun rückwärts vor mir herläuft und fragt: »Vorne oder hinten?«
Sein ebenfalls braun gebranntes Gesicht versprüht mitreißend gute Laune, seine Augen leuchten wie das Meer in der Sonne und seine Hand fährt so sexy durch seine Haare, dass ich mich nicht konzentrieren kann. Was hat er gefragt?
»Hallo.« Seine Hand winkt jetzt vor meinem Gesicht herum. »Vorne oder hinten?«
Wir sind bei der Red Stage angekommen. Die *Crystal Fighters* verbreiten bunte Fröhlichkeit, und die Leute tanzen entspannt vor der Bühne. Genug Platz überall. Die Band aus London lässt mich sofort auf ihre leichte Wolke aufspringen. Dieses Mal halte ich ihm meine Hand hin, und er ergreift sie. Seine Finger sind schlank und feingliedrig, sein Griff angenehm fest. Wir schlängeln uns durch sitzende und tanzende Grüppchen zum Bühnenrand und lassen uns von dem Sound mitnehmen. Bei *You & I* zeigt er lächelnd mit dem Finger erst auf mich und dann auf sich, und ich empfinde dieses Wir unglaublich intensiv, obwohl ich ihm gerade erst begegnet bin.
»Ein Glück habe ich dich getroffen. Ich glaube nicht,

dass Karl mit zu den *Crystal Fighters* gekommen wäre. Wahrscheinlich hätte ich mich breitschlagen lassen und wäre mit zu *Marteria* gegangen«, ruft Jo.

Ich recke mich zu seinem Ohr. »Zum Glück ist das nicht passiert!«, versuche ich, die Musik mit meiner Stimme zu übertönen.

Jo beugt sich zu mir runter. Er überragt mich mindestens um einen Kopf. »Ohne Scheiß, das ist der Wahnsinn, dass ich jetzt mit dir hier stehe. Die Beule hat sich auf jeden Fall gelohnt.« Beim Lächeln hebt sich der Leberfleck über seinem linken Mundwinkel leicht in Richtung Nasenflügel.

Die Band lässt den Song in der Atmosphäre verklingen, und überall sind plötzlich Seifenblasen. Jo pustet eine in meine Richtung, und ich halte vorsichtig meinen Handrücken unter die herabsinkende Kugel. Aber sie überlebt nicht auf meiner Haut.

»Schade«, kommentiere ich das Ende dieses filigranen Objekts. »Ich mag Seifenblasen. Wie sie schillern und ihre Farben sich im Sonnenlicht verändern. Und wie sie auf meiner Haut zerplatzen.«

Jo nimmt meine Hand, führt sie zu seinem Mund und küsst die Stelle, auf der die Seifenblase zerplatzt ist. Ganz zart.

»Ungefähr so?«, fragt er.

Der Kuss breitet sich auf meiner Haut aus – wie Wasserringe auf einem See, in den man einen Stein geworfen hat. Ich spüre ihn in jeder Fingerspitze und bis zum Haaransatz. Es ist ein warmes Gefühl. Ich sehe Jo in die Augen. Unsere Blicke vereinigen sich wie zwei Seifenblasen in der Luft. Und jetzt spielen die *Crystal Fighters* auch noch *Plage*, dieses Happiness versprühende Liebe-auf-den-ersten-Blick-Geständnis. Jo legt tatsächlich seinen Arm um meine Taille, zieht mich zu sich heran, dreht mich herum, sodass er hinter mir steht, drückt mich an seinen Körper und verschränkt seine Unterarme über meinem Bauchnabel. Für einen winzigen Moment frage ich mich, ob das hier alles eine riesige Verarsche ist und Jo einer von diesen Aufreißer-Typen, die bei jedem Festival drei Mädels abschleppen. Aber der Wärmeschwall, der meinen Körper durchflutet, zerstreut jegliche Bedenken. Kann eine Stunde eines Lebens besser sein als alle anderen Stunden zuvor?

Ich lege meine Hände auf seine, und wir wiegen uns im Takt der Musik. Alles erscheint mir wie Wiesenblumen in einer leichten Sommerbrise. Die Musik. Jo. Ich selbst. Die Leute um uns herum. Die Atmosphäre. Die Stimmung. Jedes Wort. Jeder Atemzug. Alles ist leicht und beschwingt. Es gibt nur noch die Gegenwart. Meinetwegen kann sie ewig dauern.

Jo hat sich zu mir heruntergebeugt und seine Wange an meine Schläfe gelegt. Er drückt mich noch fester an sich. Als würde er mich nie mehr loslassen wollen. Ich erwidere den Druck. Wir stehen eng umschlungen, und unsere Bewegungen verschmelzen. Die *Crystal Fighters* singen uns ihre euphorisierenden Songs entgegen, und es ist ganz egal, welchen Titel die Band spielt. Jeder passt irgendwie. Ihr ganzes Repertoire ist ein hippiebunter Strauß voller Liebe, und Jo singt mir die passenden Textfragmente ins Ohr oder tanzt mit mir dazu. Liegt es an ihm, oder ist es die Band mit ihrem Glücklichmacher-Sound, die dafür sorgt, dass sich mein Körper anfühlt, als wäre er voller Glitter?

Irgendwann gehen die *Crystal Fighters* von der Bühne. Aber wir tanzen weiter, als wäre der letzte Song nie zu Ende gegangen. Um uns herum leert sich der Platz.

Ich lasse Jos Hände los und seufze. »Wir müssen los.«

»Wir schwänzen.« Jo zwinkert mir mit einem unwiderstehlich frechen Jungengrinsen zu.

»Schwänzen?«

»Ja. Schwänzen. Freunde schwänzen. So wie Mathe schwänzen. Einfach wegbleiben. Nicht hingehen. Etwas anderes machen. Küssen – zum Beispiel.« Jo beugt sich zu mir, und seine Lippen verharren für einen Moment auf meinem Wangenknochen.

»Das wäre schön.« Meine Stimme ist etwas heiser. Vielleicht, weil diese ganzen Gefühle auf ihr liegen.

»Dann lass' es uns machen«, sagt Jo. »Das ist unser Tag.« Seine Stimme senkt sich zu einem Flüstern. »Das musst du doch auch spüren.« Er sieht mich an. Fragend. Fast ein bisschen unsicher. »Oder nicht?«

Ich räuspere mich. »Doch. Aber …«

Jo unterbricht mich. »Kein Aber. Weißt du etwa nicht, dass Menschen am meisten das bereuen, was sie nicht getan haben? Niemals das, was sie getan haben. Also lass uns Freunde schwänzen und zusammen diesen Tag verbringen.«

Ich zögere. Mir fallen die vielen verstrichenen Momen-

te ein, in denen ich etwas nicht getan und es hinterher ziemlich bereut habe. An erster Stelle der Kuss von Nils, den ich in der fünften Klasse verweigert und nach dem ich mich in der siebten Klasse so sehr gesehnt habe. Also einfach mal spontan sein. Jetzt ist die Gelegenheit. »Das wird mir Tessa nie verzeihen.«
Jo grinst: »Sie hat Karl. Sie wird ihn lieben.«
»Okay. Aber wir schwänzen nicht. Wir melden uns ab.«
Jetzt klinge ich schon wieder wie die Fünftklässlerin von damals – zu anständig für durchgeknallte Abenteuer.
»Bist du dir sicher, dass das klappt?«, fragt er.
Ich zucke mit den Schultern. »Keine Ahnung. Aber ich kann Tessa nicht kommentarlos mit zwei fremden Typen stehen lassen. Sie hat Finn auch erst gestern kennengelernt.«
»Okay. Das ist hart. Ich dachte, er ist ein Freund von euch.«
»Freund von Freunden. Er zeltet neben uns und ist mit uns im Auto zum Festival gefahren. Ich kenne ihn schon länger. Aber Tessa hat ihn gestern zum ersten Mal gesehen.«
»Schreib ihr doch eine Nachricht«, schlägt Jo vor, der nicht zu glauben scheint, dass Tessa sich abwimmeln lässt.
»Mein Handy ist gestern Nacht im Gewitterregen gestorben. Da geht gar nichts mehr.« Zum Beweis ziehe ich mein Handy aus der Hosentasche und drücke ein paar Mal auf den Home-Button. Das Display bleibt schwarz. Ich könnte immer noch heulen, reiße mich aber zusam-

men und stecke es mit einem resignierten Schulterzucken zurück.
Jo stößt einen mitfühlenden Seufzer aus. »Okay. Dann los. Ich werde dich freikämpfen.«

Karl sorgt schließlich dafür, dass Tessa mich ziehen lässt. »Wir treffen uns im Zelt«, ruft sie mir hinterher.
Ich werfe ihr eine Kusshand zu. Sie lacht. Und irgendwie sieht sie auch gar nicht so unglücklich aus. Karl scheint ein guter Ersatz für mich zu sein. Nur Finn guckt etwas skeptisch. Aber für den bin ich nun echt nicht verantwortlich.
»Also was jetzt?«, fragt Jo, als wir außer Sichtweite sind.
»Die Welt steht uns offen. Hast du Hunger?«
»Nein. Du?«
»Irgendwie nicht«, antwortet er und lässt seinen Blick über das Festivalgelände schweifen.
Er trägt eine Jeans mit einem breiten schwarzen Ledergürtel. Sie hängt ihm locker auf der Hüfte, genau so, dass noch der Rand seiner Unterhose – schwarz mit weißer Schrift – sichtbar ist. Dazu ein eng anliegendes Tanktop in Schwarz. Es ist ganz offensichtlich, dass sich darunter ein trainiertes Sixpack verbirgt. Ich habe keine Ahnung, wonach er sucht, aber er scannt immer noch das Gelände. Wieder fährt er sich mit der Hand durch seine Haare. Blond – mittelblond – mit sonnenhellen Spitzen. Seine Augenbrauen sind dunkler. Fast schwarz. Ich bestaune gerade seine langen Wimpern, als er mir beide Arme um die Taille legt.
»Ich glaube, auf der Blue Stage spielen gleich die *Coasts*.

Lass uns das vom Riesenrad aus ansehen.« Jo hat sich etwas zurückgelehnt, sieht mir in die Augen und lächelt. Unvermittelt ändert sich sein Gesichtsausdruck und wird ganz weich. Unsere Blicke verschlingen sich ineinander, und ich versinke erneut in dem faszinierenden Blau seiner Augen. Wir stehen einfach da und halten uns mit unseren Blicken fest. Irgendwann streicht er mir mit dem Finger eine Locke aus dem Gesicht. »Du bist wunderschön.«

Ich lächele. Weil die Emotionen schon wieder meine Stimmbänder blockieren und ich sowieso nicht weiß, was ich darauf antworten soll. Jo macht mich sprachlos. Mit dem Finger, der eben noch mit meiner Locke beschäftigt war, fährt er jetzt langsam über meine Augenbraue, hinunter über die Wange bis zu meinem Mund und wandert sanft über meine Lippen. Er zieht mich wieder näher zu sich heran und legt seine Lippen auf meine, während er langsam seinen Finger darunter weggleiten lässt, sodass sich meine Unterlippe etwas öffnet. Ich lege meine Hand in seinen Nacken und schiebe meine Finger in seine Haare, vielleicht, um nicht komplett den Halt zu verlieren, während wir uns küssen. Jos Finger umspielt unseren Kuss, liebkost meinen Mundwinkel, und ich habe das Gefühl, zu verglühen.

Nur zögernd lösen wir uns wieder voneinander, schlendern zum Riesenrad und steigen in eine Gondel.

»Deine drei Dreads sind toll.« Jo begutachtet jede Strähne einzeln.

»Nur zwei sind Dreads. Die da«, ich zupfe die Strähne hervor, »ist einfach nur mit Bändern umwickelt.«
»Trotzdem toll. Steht dir.«
»Hat mir eine Freundin in Hamburg gemacht. Eigentlich wollte ich einen ganzen Kopf voller Dreads, allerdings dauert das ewig. Irgendwie hatte ich nicht die Geduld.« Oh Shit, was rede ich da? Frisurgespräche mit einem Typen? Ich könnte im Boden versinken.
»Du kommst aus Hamburg?!« Das ist offenbar das Einzige, was er aus meinem Monolog gefiltert hat.
»Leider nicht. Meine Eltern waren so durchgeknallt, sich einen Resthof irgendwo im Nirgendwo zu kaufen. Meine Nachbarn sind Rehe, Hasen und Wildschweine, ich habe keinen Hund, sondern eine Ziege. Eigentlich sind es drei Ziegen, und eine davon gehört mir. Das nächste Haus ist so weit weg, dass ich es kaum sehen kann, und wenn ich mal nach Hannover möchte, muss ich acht Kilometer mit dem Fahrrad bis zum Zug fahren.«
Seinem theatralisch mit vorgeschobener Unterlippe herausgebrachten »Schade« entnehme ich, dass ER tatsächlich aus Hamburg kommt. Aber unsere Gondel ist jetzt ganz oben, und der Blick über das riesige Areal ist so atemberaubend, dass ich nicht weiter nachfrage.
»Abgefahren«, staune ich. »Ich hatte keine Ahnung, wie groß es wirklich ist.«
Die Camping-Area sieht von hier oben aus wie eine surreale Blumenwiese – winzige bunte Zelte, kilometerweit. Und direkt unter uns ein Haufen Menschen im Ausnahmezustand. Tanzend, springend, singend.

»Stimmt, ziemlich abgefahren«, antwortet er, sieht dabei jedoch unentwegt mich an. Die Art und Weise, den Blick so gar nicht mehr von mir zu nehmen, ist dermaßen süß, dass ich mir selbst äußerst surreal vorkomme. Wie wir hier über allem schweben und uns anschmachten, das toppt wirklich jeden amerikanischen Kitschstreifen. Und dazu die *Coasts*, die jetzt zu uns herüberschallen. Der Wind hier oben reißt ihre romantischen Texte in Fetzen. Schade. Der Song, den sie gerade spielen, *Ocean*, ist nämlich sehr schön.

»Leider ein mieser Sound«, stelle ich fest.

»Klingt in dieser Höhe alles etwas zerhackt, da gebe ich dir eindeutig recht. Der Sound dieses Tages gefällt mir allerdings extrem gut«, erwidert Jo, nimmt meine Hand und drückt sie, während wir wieder abwärts schweben. »Und ihre Texte sind gerade sehr passend. Hörst du? Der Song heißt *You*. Und sagt alles.«

Ich höre es und schnappe ein paar Textfragmente auf. Es geht um die tiefe Zuneigung eines Jungen einem Mädchen gegenüber.

Beim Aussteigen fühle ich mich, als würde ich auf Zuckerwatte gehen. Ich habe nicht geahnt, dass es so romantische Typen auch außerhalb meiner Träume gibt. Trotz allem habe ich immer noch ein schlechtes Gewissen wegen Tessa. Ich lasse meinen Blick über das Gelände schweifen, um herauszufinden, ob es ihr gut geht. Aber in dieser Menschenmenge jemanden zu suchen, ist zwecklos.

»Ziemlich voll geworden, während wir unterwegs in den Himmel waren«, stellt Jo fest.

Ich zucke mit den Schultern. »Wahrscheinlich haben jetzt alle lange genug Flunkyball und Bier-Pong gespielt und sind bereit für den Headliner.«
»Suchst du jemanden?«
»Habe nur geguckt, ob ich Tessa sehe.«
»Verstehe. Du hast Schiss bekommen, dass sich der Typ neben dir als Monster mit schwarzen Haaren auf dem Rücken entpuppt und nachher so viel säuft, dass er dir in der Nacht auf den Bauch kotzt.«
»So ähnlich.« Ich lache. »Oder dass der Typ neben mir Sportpokale im Regal hortet und noch in der Fan-Bettwäsche seines Fußballvereins schläft.«
»Scheiße. Woher weißt du das alles?«
»Intuition«, erwidere ich und recke weiter meinen Hals.
»Ich habe übrigens keine Fußball-Bettwäsche.«
Erleichtert seufze ich auf.
»Star Wars«, grinst er.
»Okay, mach's gut.« Winkend gehe ich rückwärts.
Jo kommt lachend hinterher und greift nach meiner Hand. »Warte. Sie ist bunt. Ich habe alle weißen Bettbezüge meiner Uroma gebatikt.«
»Und die Pokale?«, frage ich gespielt ängstlich.
»Nur eine Medaille. Wasserrettung.«
»So was wie DLRG-Schwimmer?« Das erklärt natürlich die Bauchmuskeln.
»Yes. Also falls du diesen Sommer in der Ostsee in Gefahr gerätst, könnte es sein, dass ich dich aus den Fluten rette.«
»Wow. Das ist ja cool. Hast du schon mal jemanden gerettet?«

Jo lächelt ein bisschen verlegen, was ihm definitiv einen weiteren Sympathiepunkt einbringt.

»Einmal. Einen kleinen Jungen. Als ich das noch ehrenamtlich gemacht habe. War eigentlich kein großes Ding.«

Kein großes Ding, schon klar. »Ich wette, das haben die Eltern auch so gesehen.«

»Na ja, war schon eine tolle Erfahrung, mit dem Jungen wieder aus dem Wasser zu steigen und ihn unversehrt seinen Eltern zu übergeben.« Jo blickt auf den Boden und bohrt mit den dreckigen Kappen seiner schwarzen Chucks im Boden.

»Oh nein, bitte nicht.« Von der Seite nähern sich torkelnd drei männliche Einhörner. »Kannst du MICH jetzt mal bitte retten?«, flehe ich, und Jo presst reaktionsschnell seine Lippen auf meine.

»Kanntest du die?«, fragt er, nachdem die Kuscheltiere sich ein anderes Opfer gesucht haben.

»Ne, aber die sind gestern schon im Camp rumgezogen und sahen so aus, als wollten sie schon wieder in meinen Haaren rumfummeln.«

»Na, dann habe ich jetzt schon zwei Menschen gerettet.«

»Machst du das eigentlich hauptberuflich?«

»Nur in den Semesterferien«, antwortet Jo.

»Was studierst du denn?«

»Kultur- und Medienmanagement. Und was machst du?«

»Abi. Nächstes Jahr. Und dann – mal sehen. Vielleicht reisen. Oder auch studieren. Aber jetzt erst mal Festival feiern.«

»Extrem gute Entscheidung.« Jo nimmt meine Hand, und wir stürzen uns ins Festivalleben. Mit dem Timetable in der Hand wandern wir von einer Bühne zur anderen. Zwischendurch liegen wir ausgestreckt im Gras, teilen uns ein Bier und lassen uns die Abendsonne ins Gesicht scheinen. Es gibt diese Tage, die viel zu schnell vergehen. Als ob man in einem Kettenkarussell sitzt und das Drumherum nur verschwommen wahrnimmt, weil man selber fliegt. So ist es mit Jo. Er springt auf, zieht mich hoch und tanzt mit mir zu irgendeinem Lied, das ich nicht kenne. Dann küsst er mich, erzählt mir im nächsten Moment etwas von geschiedenen Eltern, die in Stuttgart und Frankfurt wohnen, holt ein neues Bier, streichelt meine Schulter und küsst mich wieder. In seiner Gegenwart vergesse ich alles. Sogar mich selbst. Bis die Nacht hereinbricht, die letzte Band von der Bühne geht und ich das erste Mal wieder an Tessa denke.

Samstag, 23. Juni

»Du lässt mich jetzt aber nicht alleine, oder?«, fragt Jo.
»Ich glaube, ich muss mich mal bei Tessa blicken lassen.«
»Ich kann mitkommen. Also – wenn du möchtest.«
»Echt?« Mich jetzt schon von Jo zu verabschieden, wäre unaushaltbar gewesen.
Statt einer Antwort singt er den Refrain von *Eine letzte letzte Runde* von den *DONOTS* und sieht mich mit Bettelblick an.

»Ey! Bleib noch ein bisschen, nur noch eine Stunde.
Ey! Scheiß auf die Welt vor unserer Tür.
Wenn wir gehen, dann gemeinsam, und wenn es sein muss, vor die Hunde.
Ey! Noch eine letzte letzte Runde.«

Als wir bei unserem Zelt ankommen, ist es leer. Keiner von den anderen hat Tessa gesehen.
»Vielleicht bei Karl«, vermutet Jo und grinst.
»Und Finn?«
»Auch bei Karl. Glaub mir, die machen Party und haben Spaß. Und wir nehmen jetzt deinen Schlafsack und legen uns auf die Wiese, an der wir eben vorbeigekommen sind.« Jo rafft den Schlafsack zusammen und hält fragend eine Weinflasche hoch.
Ich nicke und greife mir meine Jacke, als Ole angetorkelt kommt und mit dem Finger auf Jo zeigt. »Was will der denn hier?«, lallt Ole.

Aber ich bin viel zu sehr mit mir und Jo beschäftigt, um mir darum einen Kopf zu machen. Außerdem ist Theo aufgestanden und zieht Ole von uns weg.
»Gehen wir?«, fragt Jo.
»Ja. Unbedingt.«

Die Luft ist immer noch lau, obwohl es inzwischen Nacht ist. Wir gehen zurück zur Wiese und lassen uns ein bisschen abseits im Gras nieder. Jo öffnet die Weinflasche und hält sie mir hin. Wir trinken abwechselnd, legen uns auf den Bauch und reden. Darüber, wie viele Seifenblasen ein Bubble-Shooter produziert. Und wie wir das ultimative Festival-Line-up gestalten würden.
Er: rocklastig.
Ich: ohne roten Faden, einfach meine Lieblingsbands.
»Oder ich buche nur Bands, die Songs mit *Uuuhhuuus*, *Aaahhaaas*, *Ooohhooos* oder *Heyheys* in ihrem Repertoire haben. Das wäre mal was anderes.«
»Nicht dein Ernst.«
»Doch, klar. Ich stehe auf solche Songs. Hinter den Vokalise-Elementen …«
Jo unterbricht mich. »Vokalise?«
»So nennt man Singübungen mit Vokalen. Jedenfalls verbergen sich dahinter die größten Emotionen. Der ganze Schmerz, die große Sehnsucht oder die volle Leichtigkeit. Hör dir *Taro* von *alt-J* an – die ganze Traurigkeit steckt in dem *Uh-uh-uhuhu* am Ende. Oder *Where is my mind* von den *Pixies*. Ich habe sogar eine Playlist mit *Uuuhhuuu*-Songs.«

»Du sortierst echt deine Musik nach *Uuuhhuuus* und *Aaahhaaas*? Das ist schräg.« Jo zieht die Augenbrauen minimal hoch, und über seiner Nasenwurzel bilden sich zwei kleine, ungleiche Falten. Er hat keine Ahnung, ob ich ihn verarsche oder ob ich wirklich so durchgeknallt bin, mir eine *Uuuhhuuu*-Playlist anzulegen.
»Na ja, nicht nur. Ich habe auch eine Kopfstimmen-Break-Liste.«
»Eine was?«
»Kopfstimmen-Break-Liste. Songs mit so einem krassen Bruch zwischen Brust- und Kopfstimme. *Bruce Springsteen* macht das in *It's Hard To Be A Saint In The City* ganz zum Schluss. Das ist der Hammer.«
»Warte, warte. Du stehst auf *Springsteen*?«
»Er ist der Boss. Immer noch, oder?«
»Schon.« Jo dreht sich auf den Rücken. »Nur, dass ich außer dir kein Mädchen kenne, das auf ihn abfährt.«
Wahrscheinlich gibt es auch kein anderes Mädchen weit und breit, das sein 80er-Jahre-Live-Album mit der E-Street-Band von vorne bis hinten auswendig mitsingen kann. Bisher war ich mir nicht mal sicher, ob man damit Jungs beeindruckt oder eher in die Flucht schlägt.
Ich zucke mit den Schultern. »Ist so eine Art Prägung. Der Held meines Vaters. Bis ich zehn war, wusste ich gar nicht, dass es noch andere Musiker gibt.«
Jo dreht sich auf die Seite und sieht mich an. »Ob man die besten Dinge findet, wenn man gerade nicht danach sucht?«
Es ist nur eine Frage, aber ich verstehe sie gerade als die

großartigste Liebeserklärung, die mir jemals jemand gemacht hat.

Wir lächeln uns an. Und in diesem Lächeln verschmolzen liegen wir eine Weile da, ohne uns zu rühren. Bis er murmelt, dass wir das perfekte Team für einen VW-Bus-Trip durch Australien wären, und wir uns ausmalen, wie wir den Bus einrichten würden – mit viel Holz, ein bisschen hippiebunt und auf jeden Fall mit Dachluke über dem Bett zum Sternegucken.

»Denkst du, dass wirklich alle Träume in Erfüllung gehen, wenn man fest genug daran glaubt?«, fragt Jo.

»Keine Ahnung. Meine Mutter behauptet es jedenfalls.« Ich sehe in den Himmel, schaue die Sterne an und verwandele den kleinen Wagen in meiner Fantasie zu einem VW-Bus. »Sie meint, dass alles, was man visualisiert, irgendwann Realität wird. Zumindest, wenn man seiner Intuition folgt und authentisch bleibt.«

»Das klingt ganz nach Karls Mutter, die ist auch so drauf.« Ich lasse meinen Blick von Jos nicht vorhandenem Scheitel bis zu seinen Füßen gleiten – er streift gerade seine Chucks ab – und grinse: »Also jetzt ohne Kitsch und so – wenn ich dich so ansehe, dann … ja, dann muss es wohl so sein.«

»Du meinst, ich bin dein real gewordener Traum?« Jos Gesichtszüge werden weich. »Du bist jedenfalls meiner. Ehrlich.«

Jos Hände sind überall. Wir haben nichts mehr an. Mein Kleid war eine Kleinigkeit, Jos Jeans mit Gürtel ein Hindernis. Doch bevor ich mir dumm vorkommen konnte,

hat er meine Verlegenheit weggelacht, den Gürtel selbst geöffnet und meinen Bauchnabel geküsst. Seine Wange kratzt mehr als am Nachmittag. Wie seine Stimme. Er flüstert, er raunt.
Ich räuspere mich.
»Pssst«, sagt Jo.
Und tatsächlich gibt es nicht wirklich etwas zu sagen. Wir sind Wiese. Wir sind Himmel. Wir sind Sterne. Wir. Sind.
Im Mondlicht sehe ich Jos Silhouette über mir. Unter mir. Neben mir. Ich fließe über. Trete über die Ufer wie ein See nach einem langen Regen.

Als ich die Augen öffne, liegt Jos Arm über meiner Taille, zusammen mit einem Zipfel des Schlafsacks, den er über meinen und seinen Po gedeckt hat. Ich sehe an ihm herunter. Sein Brustkorb hebt und senkt sich gleichmäßig. Ich komme mir ein bisschen wie ein Spanner vor, verfolge mit den Augen aber dennoch den gleichmäßigen Strich dunkler Haare unter seinem Bauchnabel bis zu der Stelle, wo dieser unter dem Schlafsack verschwindet. Vorsichtig streiche ich Jo die Haare aus dem Gesicht und grabe meine Hand in seine durchwuschelte Bettfrisur. Kann eine Nacht eines Lebens besser sein als alle anderen Nächte zuvor?
Jo schlägt die Augen auf. »Na.«
»Na«, antworte ich.
»Wer bist du? Kenne ich dich?«
Lachend stoße ich ihn weg.

Jo zieht mich wieder zu sich. »Naira«, flüstert er in mein Ohr.
Ich möchte ewig mit ihm auf dieser Wiese liegen. Aber zwei Gründe sprechen dagegen. Erstens: Am Himmel hat sich bedrohlich eine schwarz-graue Wolkenfront aufgebaut. Zweitens: Ich muss dringend pinkeln, weiß aber ohne die Dunkelheit der Nacht nicht, wo.
Jo sieht zum Himmel und verzieht sein Gesicht. »Nicht gut.«
»Gar nicht gut«, bestätige ich.
Mit einer bedauernden Grimasse greifen wir beide nach unseren Klamotten. Sie sind klamm geworden im feuchten Gras. Aus Jos Unterhose springt ein Grashüpfer. Wir haben es beide bemerkt. Es ist extrem merkwürdig, aus der Unterhose eines fremden Typen einen Grashüpfer hüpfen zu sehen. Unsere peinlich berührten Blicke begegnen sich. So, als wünschten wir beide, den Grashüpfer nicht registriert zu haben.
Einen Augenblick fremdeln wir in unserer neuen Vertrautheit. Dann schmeißen wir uns auf den Schlafsack und lachen. Unsere Albernheit schickt sämtliche Scham ins Nirwana.
Jo zieht die Unterhose im Liegen an. Sein Körper, nur auf Schultern und Füße gestützt, spannt sich wie ein Flitzebogen. Unter seiner Haut zeichnen sich jede Rippe und jeder Muskel ab. Meinem Kuss auf seinen Bauchnabel kommt ein dicker Regentropfen zuvor. Tropf. Tropf. Tropf. Plötzlich geht alles ganz schnell. Von einer Sekunde zur anderen ist da dieses Getöse, das im nächs-

ten Moment in einen Sturm ausartet. Blitze und Donner sind direkt über uns. Furchteinflößend.

Hastig streife ich mein Kleid über und schlüpfe in den Slip. Wir raffen die restlichen Sachen zusammen und rennen los, quer über die Wiese Richtung Zelt. Nach drei, spätestens fünf Schritten sind wir vollkommen durchnässt. Der Weg zum Zelt ist weiter, als ich ihn in Erinnerung hatte. Als die Blitze nur noch in der Ferne aufleuchten, drosselt Jo das Tempo. Der Donner verhallt. Nur der Regen prasselt weiter auf uns herab. Atemlos bleiben wir barfuß auf dem Weg stehen, der sich in einen reißenden Strom verwandelt hat, und lassen unsere Sachen achtlos fallen.

»Steht dir. Unglaublich sexy.« Jo deutet auf mein Kleid. Es ist ein helles Kleid, der nasse Stoff klebt auf meiner Haut. Ich könnte auch gar nichts anhaben, es wäre kein Unterschied. Wie meistens trage ich keinen BH. Aber gestern hatte ich einen an. Wo ist der abgeblieben?

Jo zieht einen Träger des Kleids von meiner Schulter und küsst sie. Die Leute um uns herum nehme ich kaum wahr. Wir stehen im Regen, umarmen uns und pressen uns aneinander. Unsere Herzen donnern wie Schlagzeuge. Jo hält seine Hand an meines. Dann an seines.

»Pogo«, sagt er. »Herz Pogo.«

Und dann küssen wir uns wieder, bis der Regen nachlässt, die Wolkendecke aufreißt, ein paar Sonnenstrahlen sich den Weg zu uns bahnen und am Horizont ein Regenbogen erscheint.

»Ein Zeichen?«, frage ich und deute auf den Regenbogen.

»Auf jeden Fall«, sagt Jo und wringt den Schlafsack aus.

Im Zelt hockt Tessa mit Finn und Karl. Sie beugen sich über ein winziges Radio und hören den Campsender. »Im Auto seid ihr am sichersten«, sagen die Stimmen aus dem Lautsprecher und dass noch weitere Gewitter angekündigt sind. »Leider müssen einige Konzerte ausfallen.«
Finn stößt mit der flachen Hand das Radio um und kriecht aus dem Zelt. Wir hocken uns auf eine Plane vor dem Zelteingang und beobachten die Leute, die aus Frust, Langeweile, Spaß oder einfach, weil sie sowieso alle bereits schlammig sind, wie die Kleinkinder im Matsch herumspringen. Ich habe keine Ahnung, wie sich in so kurzer Zeit so viel Schlamm bilden kann. In einer Stunde soll das Festivalgelände wieder eröffnet werden, behauptet die Stimme aus dem Radio.
»Glaubst du, dass das klappt?«, fragt Tessa.
»Wenn ich die Strohmengen so betrachte, dann vielleicht schon«, meint Jo und zeigt zum Weg, wo eine Karawane von Treckern mit Rundballen auf den Frontladern vorbeifährt.
Er lässt die Finger nicht von mir. Vielleicht kommt mir die Warterei deshalb so kurz vor. Tessa meint allerdings, dass die Zeit sich wie Kaugummi zieht. Aber Tessa steht auch nicht gerade auf Schlamm und scheint sowieso etwas nörgelig zu sein. Jedenfalls fängt sie fast an zu heulen, als die Stimme aus dem knarzenden Radiolautsprecher eine Stunde spater verkündet: »Wir hoffen, dass wir das Gelände in einer Stunde spielbereit haben.«

»Das kann doch nicht wahr sein«, stöhnt sie und schmeißt die Kekspackung ins Zelt, sodass die restlichen Kekse durch die Luft segeln. In meinem weichgespülten Zustand erreicht mich dieser Ausbruch von Aggressivität jedoch null Komma null. Zumal in diesem Moment Karl, der mit den Jungs aus unserem Camp Matschschlittern spielt, direkt vor meinen Füßen strandet. Seine spektakuläre Bremsung sorgt dafür, dass ich jetzt aussehe wie das *Sams*. Jo malt mir mit Matsch ein Herz auf den Arm. Es ist wieder heiß geworden. Mir ist heiß. Jo ist heiß. Die Sonne brennt. Und schlagartig ziehen wieder dunkle Wolken heran.

»Im Auto seid ihr am sichersten«, sagt die Stimme aus dem Radio.

»Wissen die eigentlich, wie viele Kilometer es bis zu unserem Auto sind? Bis wir da sind, ist das Gewitter längst wieder vorbei«, meint Finn, während er versucht, seine langen Beine auf unserer Plane so zu sortieren, dass seine Jeans nicht noch dreckiger oder nasser wird, was irgendwie amüsant ist, weil alles an uns allen sowieso komplett schmuddelig, bespritzt und feucht ist.

»Meine Lieblingsbands sind sowieso schon ausgefallen.« Tessa studiert betrübt den zerknitterten Timetable.

Ich wundere mich, wie spät es schon ist, hole meinen Rucksack aus dem Zelt und ziehe eine noch fast trockene kurze Hose und ein frisches Top an. Jo sieht mir dabei aufmerksam zu. Das dreckige Kleid stopfe ich in eine Plastiktüte. Den Schlafsack breite ich über dem Zelt aus, in der Hoffnung, dass die Sonne bis zur nächsten

Nacht irgendwann noch mal so knallt, dass er trocknet. Die Chancen stehen gut, denn die dunkle Wolkenfront zieht in eine andere Richtung ab.
»Wir eröffnen in dreißig Minuten«, sagt die Stimme aus dem Lautsprecher.
Jubel erklingt auf dem Zeltplatz. Irgendwer hat ein noch betriebsbereites Handy und zeigt uns auf der App den aktualisierten Timetable. Tessa kreischt. »Nur verschoben. *Faber* spielt! Gleich!«
Jo und ich sehen uns an. Uns schon wieder abzusondern, ist eher nicht angesagt. Also reihen wir uns in die fröhliche Hektik ein, rennen mit zum Gelände, zur Bühne und ganz vorne in den A-Block. Rennen und lassen uns keinen Moment los. Als *Faber* loslegt, tanzen wir sogar mit. Der Matsch spritzt uns bis in die Haare, und wir lassen uns von den folkloristischen Polka-Rhythmen tatsächlich mitreißen. Wahrscheinlich könnte da vorne aber auch eine Death-Metal-Band ins Mikro brüllen, wir wären trotzdem im Romantik-Modus.
Faber hat gerade mal vier Songs gespielt, als er und seine Band urplötzlich, mitten im Lied, innehalten. Aus dem Seitenraum der Bühne tritt ein Mann ans Mikrofon und sagt, dass weitere schwere Gewitter auf das Marschland zuziehen. Es tue ihm leid und falle ihm schwer und – seine Worte gehen in einem Raunen unter.
»Was hat er gesagt?« Ich sehe Jo an. Rein akustisch habe ich die Sätze gehört. Mein Gehirn hat die Aussage ebenfalls aufgenommen. Trotzdem kann ich es nicht fassen.
»Im Auto seid ihr am sichersten«, versucht Jo einen

Scherz. Dann nimmt er meine Hände. »Das Festival ist abgesagt. Ende. Schluss. Aus. Vorbei. Einfach abgesagt. Zu gefährlich.«
In der Ferne zucken Blitze. Um uns herum ziehen die Leute Richtung Zeltplatz ab. Aus den Lautsprechern ist die immer gleiche Warnung zu hören: Alle sollen direkt zu ihren Autos gehen und Leuten ohne Auto Unterschlupf gewähren. Ein Unwetter komme auf uns zu. Wer könne, solle heute noch abreisen. Der morgige Festivaltag könne aus Sicherheitsgründen und wegen der angekündigten Unwetter nicht stattfinden.
»Hast du ein Handy?«, fragt Jo.
»Immer noch tot«, antworte ich.
»Ach ja.« Er fasst in seine Hosentasche, holt sein Handy raus und drückt hektisch auf dem Home-Button herum, aber da tut sich gar nichts. »Fuck, geh an«, fleht er.
Sein Gesichtsausdruck lässt vermuten, dass er das Ding gleich in den Dreck schleudern wird. Erstaunlicherweise folgt aber nur ein tiefer Atemzug. »Akku leer«, seufzt er, fährt sich mit den Fingern durch die Haare und steckt das Handy wieder in die Hosentasche.
Tessa zupft an meinem Shirt. »Komm. Wir müssen los.«
»Warte.« Jo sieht sich um. »Hast du dein Handy dabei?«, fragt er Karl.
Karl zuckt mit den Schultern: »Akku alle. Schon seit gestern.«
Tessa schüttelt bedauernd den Kopf, als Jo sie fragend ansieht, und sagt: »Null Prozent.«
»Scheiße.« Jo hastet ein paar Schritte vor und zurück.

»Warte. Warte bitte, nur einen Moment.« Er sieht mich an, fleht Tessa an und verschwindet im Pulk.

In mir sackt alles zusammen. Doch nach wenigen Sekunden steht er wieder vor mir und hält triumphierend einen schwarzen Filzstift in die Luft. »Gib mir deinen Arm.«

Ich kapiere immer noch nicht, was er will, halte ihm aber meinen linken Arm hin.

Jo zieht mit den Zähnen die Kappe vom Stift und schreibt:

0177 178389 :))

Herz Pogo!

Call me. ♥

Dann hält er inne, dreht meinen Arm, und jeder Buchstabe, den er schreibt, brennt sich in mein Herz:

Dein Anruf bedeutet mir die Welt.

»Kommst du jetzt?« Tessas Stimme hat einen schrillen Ton angenommen.

»Bleib mal locker«, sagt Karl. »Hier kommt so schnell sowieso keiner raus, wenn jetzt alle gleichzeitig fahren wollen.«

Bis zum Ausgang gehen wir noch zusammen, Jo und ich eng umschlungen. Stolpernd, weil wir uns für einen letzten Kuss und noch einen und noch einen immer wieder einander zuwenden und dabei ständig mit den Füßen im Schlamm stecken bleiben. Dann sind wir draußen, und unsere Wege trennen sich.

»Kommt gut nach Hause«, sagt er. »Und schreib mir, sobald du wieder ein funktionierendes Handy hast.«

Unsere ineinander verschränkten Hände gleiten auseinander, während unsere Augen weiter Kontakt halten.
»Unbedingt!«, setzt er hinterher.
»Versprochen«, versichere ich.
Wir gehen rückwärts, solange es möglich ist. Dann verschwinden wir, jeder in einer anderen Menschenmenge.
Tessa treibt mich an. »Beeil dich.«
Donner und Blitze nähern sich und werden immer bedrohlicher. Es fängt an zu hageln. Die anderen aus dem Camp warten schon auf uns.
»Scheiße, das wird heftig.« Obwohl Finn riesig ist und mit seinen breiten Schultern eigentlich wirkt, als ob ihn nichts umwerfen könnte, sieht er gerade so aus, als ob er am liebsten heulen würde. Wie ich. Allerdings nicht wegen des Gewitters.
Ein metallischer Schlag in unmittelbarer Nähe lässt uns alle zusammenzucken. Ich habe noch nie zuvor einen Blitzeinschlag gehört, doch das muss einer gewesen sein.
»Nayra, ich habe Angst«, wimmert Tessa. Feuerwehrsirenen ertönen. Blitze zucken. Ich habe auch Angst.

Wir stopfen unsere Sachen in Plastik- und Rucksäcke und raffen das Zelt zusammen. Als wir gerade die Heringe aus Finns und Bens Zelt ziehen wollen, folgt ein weiterer ohrenbetäubender Schlag.
»Scheiß auf das Zelt«, schreit Ben, und ich frage mich, wo er eigentlich die ganze Zeit war. Egal. Jetzt ist er nicht mehr zu übersehen, weil er ziemlich irre hin und her läuft und mit seinem Autoschlüssel in der Luft he-

rumfuchtelt. »Los jetzt. Neulich gab es eine Menge Leute auf 'nem Festival, die vom Blitz getroffen wurden.«
Ben ist normalerweise nicht unbedingt der panische Typ. Und genau deshalb rennen wir jetzt. Rennen, rennen, rennen. Wieder. Aber dieses Mal ohne Jo. Als wir am Auto ankommen, klingt das Gewitter bereits ab. Alles ist nass. Sogar das Zeug in unseren Rucksäcken.
»Wir machen das morgen alles zusammen sauber«, verspricht Tessa beim Einsteigen und sieht Ben an, dessen Auto wir gerade komplett einsauen, der jedoch nur mit den Schultern zuckt und den Campsender einschaltet. Etwas unscharf krisselt es aus den Lautsprechern, dass es in den Autos am sichersten sei. Ben dreht in aller Seelenruhe weiter am Radio herum, bis der Ton glasklar ist.
»Hoffentlich sind Ole und die anderen auch gut zu ihrem Auto gekommen«, sagt er. Dann startet er den Motor.

»Das war das Unwetter, echt jetzt?«, meint Finn. »Und deswegen sagen sie das ganze Festival ab?«
»... ziehen weitere Unwetter auf«, hören wir die Stimme aus dem Radio.
»Kleiner Blitz, großer Blitz – wenn er dich trifft, ist es richtig scheiße. Und dafür wollen sie auf keinen Fall die Verantwortung tragen. Ich kann es verstehen. Besser als Verletzte oder sogar Tote.« Ben ist immer megavernünftig. Er ist der Einzige, der am letzten Schultag nicht mit Klamotten in den Teich springt, er trinkt niemals so viel, dass er kotzen muss, und er hat immer ein Papiertaschentuch dabei. So wie jetzt.

Die Autofenster beschlagen von innen, und Ben fischt eine Packung Taschentücher aus dem Handschuhfach, um sich ein Guckloch zu wischen. Dann dreht er die Lüftung auf, schnallt sich an, setzt den Blinker, sieht nach hinten und reiht sich in die Autoschlange ein.
»Kann ich mal deine Powerbank haben?«, frage ich Ben und sehe zu Tessa, die gerade damit beschäftigt ist, es sich in ihrer Ecke gemütlich einzurichten. »Damit Tessa ihr Handy aufladen und ein Foto von meinem Arm machen kann?«
Ich sehe auf meinen Arm.
Ein entsetzlicher Schmerz jagt durch meinen Körper. *Blitzeinschlag*, denke ich, nehme aber wahr, dass ich immer noch auf meinen Arm starre. Im nächsten Moment höre ich, als wäre ich eine Außenstehende, ein lang gezogenes klagendes »Neeeeeiiiiin« aus meiner Kehle hochsteigen.
»Was ist?«, fragt Tessa.
Ich antworte nicht. Starre nur auf meinen Arm und ringe um Atem.
»Du bist ja ganz blass«, stellt sie fest.
In meinen Ohren rauscht es. Vor meinen Augen tanzen Punkte. Mein Herz zerspringt in tausend Stücke. In meinem Magen Leere. Ich habe nichts gegessen. Seit ... Seit wann eigentlich? Ich starre weiter auf meinen Arm und versuche, mich an meine letzte Mahlzeit zu erinnern.
»Falafel«, sage ich laut.
»Was?« Tessa sieht mich verwirrt an.
Wortlos deute ich auf meinen Arm.

»Scheiße«, raunt Tessa.
»Was ist 'n los?« Finn dreht sich um.
»Die Nummer ist weg«, stellt Tessa fest.
»Seine Nummer?«, fragt Finn und betont das *seine* so, als würde es sich um Gott handeln.
Wie auch immer er es meint – für mich handelt es sich hier tatsächlich um alles. Um mein Leben. Mein zukünftiges Leben. Um alles, was mir in diesem Moment wichtig ist.
»Jetzt beruhige dich mal.« Tessa versucht, die Sache systematisch anzugehen. »Wie heißt er denn?«
»Jo. Weißt du doch.« Meine Stimme nervt mich selbst, weil sie sich so jämmerlich überschlägt.
»Jo? Nur Jo?« Tessa guckt ungläubig. »Ich dachte, das wäre eine Abkürzung. Von Johannes. Oder Jonas. Er wird ja wohl nicht einfach Jo heißen.«
Unglücklich zucke ich mit den Schultern: »Keine Ahnung.«
»Und wo wohnt er?«
»Irgendwo in Hamburg«, bringe ich gequält hervor.
»Jo aus Hamburg«, stellt Finn mit einem ironischen Schnauben fest und sagt damit exakt das, was es zu sagen gibt.
Jo kann so ungefähr alles bedeuten. Und Hamburg ist groß. Sehr groß. Haben wir uns wirklich einen Tag und eine Nacht lang unterhalten und dabei nicht einmal unsere Nachnamen erwähnt? Ich fasse es nicht.
Stumm blicke ich durch die Windschutzscheibe auf die Rücklichterschlange vor uns. Es wird ewig dauern,

bis wir hier raus sind. Der Scheibenwischer schrappt in Höchstgeschwindigkeit über das Glas. Der Regen prasselt wie ein wildes Schlagzeugsolo auf das Autodach. Verfluchter Drecksregen. Immer wieder betrachte ich die Filzstiftschlieren auf meinem Arm. Berühre das Herz, das mit der Null und ein paar Buchstaben noch zu erkennen ist. Kann ein einziger Moment eines Lebens schlimmer sein als alle anderen Momente zuvor?

Jo

Unsere Karre steckt tief im Matsch, zusammen mit wahrscheinlich Hunderten anderer Autos und Wohnmobile. Irgendwo sind Trecker unterwegs, um uns alle hier rauszuziehen. Aber bis einer bei uns angekommen ist, dauert es wahrscheinlich noch Stunden.

»Alter, bleib mal locker«, stöhnt Karl, den ich immer noch wegen des Ladekabels nerve. »Das ist hier nirgends.«

Von der Rückbank, wo er sich stumpf auf die nassen Sachen geschmissen hat, erreicht mich nur noch das immer leiser werdende Nuscheln eines vom Dauerfeiern Erschöpften. Wahrscheinlich hat er die ganze Nacht lang nicht nur Brause getrunken. Ich selbst habe seit dem Wein keinen Tropfen Alkohol mehr angerührt und bin darum im Gegensatz zu Karl stocknüchtern. Küssen verhindert Alkoholexzesse. Sollte ich ihm mal empfehlen. Ich wette, dass das Ladekabel irgendwo in meinem Rucksack ist und er gar nicht richtig gesucht hat.

Ich kenne nicht mal ihren Nachnamen. »Weißt du eigent-

lich, wie Tessa mit Nachnamen heißt?«, frage ich nach hinten. Doch ich bekomme nur Schnarchen zurück. Draußen ist es inzwischen stockdunkel. Der Regen hat aufgehört. Unruhig trommele ich mit den Fingern auf das Lenkrad von Karls abgerocktem roten Golf. Bevor ich komplett durchdrehe, stoße ich die Tür auf, arbeite mich zu Karl vor und schiebe seinen Körper unsanft hin und her, bis ich irgendwann meinen Rucksack ertaste.
»Was 'n los?«, grunzt Karl.
»Nichts, Mann. Schlaf weiter.«
Als ich das Ladekabel zwischen meinen Fingern spüre, bin ich augenblicklich hellwach. Vielleicht hat sie schon geschrieben. Mein Herzschlag setzt kurz aus, weil ich schlagartig eine Vision habe, in der Naira in einem ebenfalls im Matsch gestrandeten Auto noch ganz in der Nähe ist. Ein paar Minuten glaube ich daran, sie hier irgendwo im Chaos finden, ihre Nummer speichern und sie küssen zu können, bis die Trecker uns hier rausholen. Und wenn es so wäre, dann könnten die Trecker meinetwegen bis morgen Abend auf sich warten lassen. Ich durchwühle das Handschuhfach und sämtliche Ablagen nach dem Adapter, der mein Handy über den Zigarettenanzünder wieder an den Start bringen könnte. An meinen Fingern bleibt ein Bonbon kleben. Angewidert schüttele ich das Ding ab, schlage mit der flachen Hand auf das Lenkrad und gebe auf. In dieser Messie-Karre findet man nichts, rein gar nichts.

Sonntag, 24. Juni

Ich muss wohl eingepennt sein. Es ist wieder hell.

Das sind exakt die zwei Gedanken, zu denen ich fähig bin, bevor Naira wieder meinen Kopf besetzt. Mein Handy ist immer noch tot. Der Versuch, es durch Drücken auf den Home-Button zum Leben zu erwecken, bringt nichts, außer der Erkenntnis, dass ich über Nacht wahrscheinlich debil geworden bin. Mein Verstand arbeitet sich in Zeitlupe ins Hier und Jetzt, während ich auf meiner Haut Phantomberührungen fühle, die mir derart in den Körper schießen, dass ich die Augen schließen und lächeln muss. Naira. Ich spüre ihren Atem in meinem Nacken, warm und weich. Und so real, dass ich mich umdrehe.

»Scheiße, Alter, was machst du da?«, schreie ich Karl an, der seine Stirn hinter mir an die Kopfstütze gelehnt hat und seinen Alkoholatem durch den Zwischenraum pustet.

»Mir ist schlecht«, nuschelt er.

»Mir auch. Hör sofort auf, mich anzuatmen.«

»Mein Kopf«, stöhnt Karl und lässt sich wieder nach hinten fallen.

Ich kurbele die Fensterscheibe runter und lasse frische Luft in den Wagen. Neben meinem Seitenfenster spuckt ein Mädchen Zahnpastaschaum ins Gras. Ich weiß nicht mal, wo ich meine Zahnbürste gestern in der Hektik hingestopft habe. Aber ein Kaugummi wäre nicht schlecht. Dafür müsste ich allerdings wieder im Handschuhfach zwischen den klebrigen Bonbons herumwühlen.

Wir gammeln noch drei Stunden am Auto herum, bis uns endlich ein Trecker auf die Straße zieht. Der Wagen sieht aus, als wären wir drei Wochen offroad gewesen. So ungefähr fühlt sich auch mein Magen an. Durchgeschüttelt, gleichzeitig ausgehungert und trotzdem nicht zur Nahrungsaufnahme bereit. Alles in mir schreit nach meinem Bett. Dennoch stimme ich zu, als Karl vorschlägt, bei seiner Mutter einen Zwischenstopp einzulegen. Die Aussicht, das nasse Zelt in ihrer Scheune loswerden zu können, ist grandios.

Karls Mutter guckt amüsiert, als sie ihren nach klebrigem Schnaps und Bier stinkenden Sohn vor der Tür stehen sieht. Meine Mutter hätte uns genötigt, die Drecksklamotten draußen auszuziehen. Doch Maite ist tiefenentspannt und meint, sie würde uns erst mal einen Kaffee kochen. »Habt ihr Hunger?«, fragt sie, eilt voran in die Küche und beginnt sofort, mit Pfannen und Tellern zu hantieren.
»Erst mal duschen«, brummelt Karl und verschwindet nach oben. Sein Zustand ist sichtbar desaströser als meiner.
»Warte mal. Hast du noch eine Jeans übrig? Oder eine Jogginghose?«, rufe ich ihm hinterher.
»Klar«, antwortet Karl von oben. »Ich werfe dir eine runter.«
»Möchtest du auch duschen? Du kannst gerne das Bad unten benutzen«, bietet mir Maite an.
»Klingt verlockend, aber wir sind ja auch bald zu Hause.

Ich ziehe mir nur kurz die frische Hose an, damit ich hier nicht alles dreckig mache.« In Wirklichkeit will ich Nairas Geruch noch einen Moment länger auf meinem Körper behalten. Ich bilde mir ein, trotz der Regendusche immer noch ihren blumigen Duft auf meiner Haut wahrzunehmen. Also schnappe ich mir nur die Jogginghose von der Treppe. Das Ding kommt mir irgendwie bekannt vor. »Ist das etwa meine?«

»Klar.« Karls Kopf erscheint oben in der Tür.

»Hier liegt noch eine Menge Krempel von dir rum. Inklusive Band-Shirt von ...« Karl zieht seine größtmögliche ironische Grimasse und hält das neonfarbene Teil mit dem Aufdruck meiner jugendlichen Geschmacksverirrung in den Türausschnitt.

»Fick dich«, versuche ich, ihn zum Schweigen zu bringen. Aber Karl tänzelt jetzt voll ambitioniert in der Tür herum und kräht diesen unsäglichen Song, den ich damals versucht habe, auf der Gitarre nachzuspielen, um Marie zu beeindrucken. Normalerweise macht es mich ziemlich wild, wenn man mir meine musikalischen Verfehlungen unter die Nase reibt. Es sei denn, man heißt Karl, ist mein bester Kumpel und Sandkastenfreund, und trägt nur noch eine Unterhose.

Wir kichern wie Kleinkinder. Karl singt an der oberen Treppenstufe in seine geballte Faust, und ich lasse mich unten mit offenem Gürtel auf die Knie fallen und quäle die Luftgitarre.

»Ist das Restalkohol? Oder Vergangenheitsbewältigung?« Maite lehnt mit verschränkten Armen in der Küchentür und beobachtet unser Theater grinsend. Barfuß, mit buntem Band um den Knöchel und in Elefantenpluderhose sieht sie aus wie ein Hippiemädchen. Ich habe Karl immer ein bisschen um seine Mutter beneidet. Und dass sie mich mit siebzehn, als meine Eltern sich getrennt haben und ein Jahr vor unserem Abi in verschiedene Ecken Deutschlands gezogen sind, bei sich aufgenommen hat, bleibt unvergessen. Ich rappele mich auf, streife die Jeans ab und zucke zusammen, weil mein Handy mit einem alarmierenden Geräusch aus der Hosentasche auf die Fliesen fällt.

»Scheiße«, sagt Karl oben.

Resigniert – es ist nicht das erste Mal, dass ich mein Handy schrotte – bücke ich mich und klaube es vom Fußboden auf. Der lange Riss, der sich quer über das Display zieht, schockt mich nicht. Tatsächlich hat sich das Handy jetzt aber wieder in mein Bewusstsein gedrängt, und ich denke sofort an Naira. Ich brauche dringend eine Steckdose. »Ich hole kurz mein Ladekabel aus dem Auto.«

In Unterhose laufe ich über den Rasen zum Wagen, schnappe mir das Kabel und haste in die Küche zur Steckdose. Piep. Orgastische Erleichterung durchfährt mich, als mir mein Handy signalisiert, dass es wieder Saft bekommt. Es dauert noch einen Moment, bis es sich ernsthaft bedienen lässt. Tausend Nachrichten auf dem Display. Nervös drücke ich den Home-Button, öffne die App und scrolle mich durch bescheuerte Gruppen-Posts, die keinen interessieren. Blablabla. Nichts von Naira. Ich verharre in Fassungslosigkeit.

»Alles in Ordnung?«, fragt Maite hinter mir und hält mir die Jogginghose hin.

»Ja, alles klar«, murmele ich, aber es ist überhaupt nichts klar, im Gegenteil.

»Was 'n los?«, fragt Karl, der in die Küche geschlendert kommt, nach Duschgel riecht und nervtötend erfrischt aussieht.

»Nichts«, antworte ich.

»Sie hat nicht geschrieben«, stellt er fest, angelt sich ein Stück Käse vom Teller, den Maite gerade an ihm vorbei zum Esstisch trägt, und stopft es sich in den Mund. »Jo ist verliebt«, erklärt er kauend seiner Mutter. »Aber er hat ihre Nummer nicht.«

»Wie heißt sie denn?«, fragt Maite.

»Naira«, sage ich.

»Und mit Nachnamen?« Das ist typisch Maite, sofort eine Lösungsidee parat zu haben. Wie damals mit Marie, deren Eltern sie ganz unverfänglich zum Grillen mit Lagerfeuer eingeladen hat. Klar, dass Marie auch dabei war. Und dann meinte Maite, ich solle doch meine Gitarre holen.

»Mamaaaa«, unterbricht Karl sie mit hochgezogenen Augenbrauen.

»Ist ja schon gut. Also es gibt keinen Nachnamen, richtig?«

»Gut erkannt.« Karl öffnet den Backofen, aus dem der Duft aufgebackener Brötchen aufsteigt.

»Spiegeleier?« Maite hält die Pfanne bereits in der Hand. »Und wenn ja, wie viele?«

»Vier.«

»Jo?«

»Äh, zwei«, antworte ich und sehe dabei immer noch auf mein Handy, das in diesem Moment klingelt. Vor Schreck lasse ich es fallen, allerdings kracht es dieses Mal nicht auf die Fliesen, sondern bleibt knapp über dem Erdboden in der Luft baumeln, weil es noch am Ladekabel hängt. Schon während ich es wieder nach oben angele, registriere ich den Namen auf dem Display: Gesa.

»Hi.«

Es ist typisch für meine Mutter, dass sie ohne Begrüßung gleich einen Vorwurf loslässt: »Warum gehst du seit Tagen nicht an dein Handy?«

»Akku alle. Ich war auf einem Festival«, antworte ich so ruhig wie möglich, während ich Maite dabei zusehe, wie sie die Eier in die Pfanne haut, nebenbei Gemüse anbrät und Gesa einfach weiterredet.

»Hörst du mir überhaupt zu?«, tönt ihre hohe Stimme in mein Ohr.

»Äh, ja, klar. Also was meintest du? Elisa hat Ferien? Ist doch schön.«

Ich höre Gesa aufatmen. »Also kann deine Schwester die Woche bei dir wohnen. Wunderbar.«

»Wieso wohnen?«

Gesas Stimme wird schriller. Ich kann mir regelrecht vorstellen, wie sie ungeduldig mit ihren dunkelrot lackierten Fingernägeln auf den Schreibtisch trommelt. »Jonathan, jetzt hör mir doch zu. Ich muss nach Stockholm zu einem Kongress, dein Vater ist mit seiner Gespielin im Urlaub, und Axel besucht seine Tochter in

Berlin. Elisa hat Ferien, und ich will sie nicht die ganze Zeit alleine zu Hause lassen.«

»Sie ist siebzehn.«

»Genau«, sagt Gesa spitz.

Keine Ahnung, was sie befürchtet. Dass meine Schwester wilde Partys feiert und ihr Frankfurter Nobelhaus verwüstet? Dass sie sich nächtelang herumtreibt? Oder eine Woche lang nur Pizza in sich reinstopft? Jedenfalls hat es keinen Zweck, Gesa mit Argumenten zu kommen. Also was soll's. »Wenn Elisa darauf Bock hat, meinetwegen.«

»Es geht nicht um BOCK, Jonathan.«

»Wie auch immer. Wann soll sie denn kommen?«

»Morgen.«

Es ist sinnlos, Gesa zu fragen, warum ihr das jetzt erst einfällt und sie nicht vorher gefragt hat. Alles ist bei ihr dringlich, busy und notwendig. Oder das Gegenteil: ausgeschlossen und nicht diskutabel. Meiner Mutter kann man nur mit Gelassenheit begegnen, wenn man keinen Streit provozieren will. Und das will ich jetzt auf keinen Fall.

»Elisa kommt morgen für eine Woche«, sage ich zu Karl, nachdem ich aufgelegt habe.

»Okay, cool«, meint er, und ehrlich, ich könnte ihm um den Hals fallen. Aber ich beschränke mich auf ein »Danke, Alter«, setze mich an den Tisch und lade mir einen Haufen von dem gebratenen Gemüse auf den Teller, das Maite gemacht hat.

»Deine Spiegeleier.« Sie hält mir die Pfanne hin.

»Danke.« Ich ahne bereits, wie es gleich weitergeht. Maite ist die unbestrittene Nummer eins unter den Müttern, allerdings hat sie diese Angewohnheit, irgendwie total naiv und wie nebenbei in unseren Seelen zu gründeln. Bei Gesa würde ich es ausfragen nennen, doch für Maite ist das Wort zu heftig. Es ist schlicht ihr Naturell, dass sie sich für alles interessiert, was wir so treiben. Das reine Wissen reicht ihr. Sie kommentiert das nicht, oder so. Und deshalb ist es auch nicht schlimm, wenn Maite über die Sache mit Naira Bescheid weiß. Es ist nur so, dass ich einfach nicht in der Lage bin, sachliche Sätze in Bezug auf Naira von mir zu geben. Deshalb sehe ich Karl an, als Maite mit einer Frage einsteigt, und er fängt direkt an zu plappern. Dass es einen Zusammenstoß bei den *DONOTS* gab und dass das – er sagt echt »knallpeng« – so etwas wie Schicksal war. Quasi Liebe auf den ersten Blick. »Und, na ja, Mama – du weißt schon. Festivals. Jo ist mit Naira abgedampft, ich habe ihm ihre Freunde vom Hals gehalten, und dann die Nacht im Schlafsack mit Romantik und so.« Karl sieht mich an. »Also hoffe ich zumindest. Das mit der Romantik.« Er grinst. Dann wendet er sich wieder Maite zu. »Und das Ende der Geschichte kennst du ja.«
»Das Ende der Geschichte kann heute noch keiner ahnen«, sagt Maite, und das ist ebenfalls typisch für sie. Jeder kann morgen schon tot sein oder im Supermarkt den Partner fürs Leben finden. Alles ist möglich. Immer und überall. Und sie hat ja recht. Wir wissen nicht, wie es zum Schluss ausgeht.
Mein Handy piept. Ich springe auf, reiße dabei die Ther-

moskanne mit dem Kaffee vom Tisch, fange sie noch vor dem Aufprall wieder auf, stelle sie zurück, eile in drei Riesenschritten zu meinem Handy, nur um festzustellen, dass meine Schwester mir ein Bildschirmfoto von ihrer Zugverbindung geschickt hat. Frankfurt–Hamburg. Ankunft: 12.35 Uhr.

Nayra

Tessa hat gestern etwa dreihundert Fotos von meinem Arm gemacht, bevor ich es gewagt habe, zu duschen. Trotzdem habe ich die Stelle mit Jos Schrift noch mit Folie abgeklebt. Vielleicht nicht die beste Idee, denn seit ich vorhin aufgewacht bin, starre ich permanent auf die verschmierten Schriftzeichen. Ich kann an nichts anderes als an Jo denken.

Vielleicht heißt er Jonas. Das klingt sympathisch. Tessa plädiert für Joachim, aber daran glaube ich nicht. Joachims sind fünfzig. Oder siebzig. Also füttere ich die Suchmaschine mit Jonas, Hamburg und Kultur- und Medienmanagement. Dann versuche ich es mit Joel, Johannes und Joke. Nichts. Resigniert tippe ich schließlich doch Joachim ein. Fehlanzeige. Allerdings habe ich mich nun ziemlich festgebissen, teste diverse Hashtags und bin gerade so in meine Suche vertieft, dass ich zusammenfahre, als es an der Tür klopft. Es ist Tessa, das erkenne ich am Klopftakt. »Komm rein. Ist offen.«

»Hey, alles gut bei dir? Ausgeschlafen?« Sie steht da mit zwei Bechern, aus denen es nach Kaffee duftet.

»Ist das etwa unser Spezialkaffee mit Mandelsirup?«

»Extra für dich zubereitet und durch das halbe Dorf getragen.« Tessa schiebt ein paar Sachen auf dem Küchentisch zur Seite und stellt die Bambusbecher ab. »Ziemlich chaotisch hier«, wundert sie sich, während sie ihren Rucksack auspackt.
Seit ich das ehemalige Backhäuschen auf dem Hof meiner Eltern alleine bewohnen darf, bin ich erstaunlich ordentlich geworden. Ich mag es, wenn alles schön aussieht und behaglich ist. Aber gestern Nacht habe ich nur noch meine Klamotten überall fallen lassen und mich ins Bett geworfen.
Es ist eine Menge Zeug, das Tessa auf den Tisch lädt. Chipstüten, Schokoladenriegel, Weingummi, mehrere Packungen Kinder-Schoko-Joghurt, drei Familienbecher mit unserem Lieblingseis und eine Flasche Eierlikör zum Drübergießen.
»Du spinnst«, stelle ich fest.
Tessa stellt zwei Eisbecher ins Eisfach, kramt in meiner Besteckschublade, holt zwei Esslöffel heraus, öffnet den dritten Eisbecher und lässt sich neben mich auf mein Palettensofa plumpsen. »Du weißt ja – das Ausmaß der Eis- und Schokoladenexzesse ist die ultimative Liebeskummer-Messlatte. Also hau rein und zeig mir, wie sehr du leidest.« Sie drückt mir einen Löffel in die Hand und stößt ihren eigenen tief in das Schokoeis. »Eierlikör?«, fragt sie, und ich nicke.
Nach einer halben Stunde ist uns schlecht.
»So schlimm also.« Tessa beäugt die fast leere Eispackung, die aufgerissene Chipstüte, die ausgetrunkenen

Kaffeebecher und den Weingummischnuller, den ich mir gerade zwischen die Zähne klemme. Dann nimmt sie mich in den Arm, und ich kann endlich hemmungslos losjammern. Wie süß er ist, wie blau seine Augen und dass er dies und jenes gesagt hat. Alles, was sich liebeskranke Mädchen erzählen. Tessa hört mir zu, hält meine Hand, holt Taschentücher, klappt den Laptop auf und sucht nach noch ein paar Jo-Varianten und Festival-Hashtags. »Wie wäre es mit Jobert?«, schlägt sie irgendwann vor und fängt an zu lachen.

Dieses Tessa-Lachen ist einfach so ansteckend, dass ich einsteigen muss. »Jodokus!«

»Ist das nicht eine Ente?«

»Eine singende Ente«, bestätige ich, nehme Tessa den Laptop weg und zeige ihr die niedliche Zeichentrickfigur.

»Los, lass uns das gucken«, quietscht Tessa. »Wenn das nicht das richtige Programm zur Aufheiterung ist, dann weiß ich es auch nicht.«

Wir erschrecken uns total, als urplötzlich Finn im Raum steht. »Alter, was geht denn hier ab? Flucht in die Vergangenheit? Seht ihr euch jetzt Kinderfilme an, oder was?«

Tessa klopft auf das Polster neben sich, und irgendwie scheint Finn auch nicht so scharf darauf zu sein, direkt mit den Aufräumarbeiten anzufangen und sich mit dem nassen Zeug zu beschäftigen, das wir gestern achtlos in unsere Scheune geworfen haben. Auf jeden Fall setzt er

sich, nimmt ganz selbstverständlich die Chipstüte in die Hand und fängt an zu futtern. »Ole kommt auch gleich«, meint er kauend.
Und dann gucken wir weiter Zeichentrick, bis Ole in der Tür steht und uns aufscheucht. »Los, lasst uns die Sachen auseinanderpflücken. Ben kommt gleich kurz mit dem Auto, muss es dann aber sofort seinem Vater zurückbringen. Und ich habe keine Lust, meinen Kram zu Fuß durchs Dorf zu schleppen.«
Tessa springt auf, als hätte ihr jemand einen Stromstoß verpasst. Sie würgt *Jodokus Kwak* den Saft ab und schlägt gleichzeitig einen völlig tessauntypischen Ton an. »Auf Leute, Unterhosen sortieren.«
»Drogen genommen?«, fragt Finn, der scheinbar auch nicht kapiert, wie aus der gemütlichen Tessa unvermittelt diese Energiebombe geworden ist.
Die beiden liefern sich ein Wortgefecht, ich schnappe irgendwas mit »Schimmel« und »nass« auf, wahrscheinlich geht es um die Zelte. Die sind mir aber gerade so was von egal, denn ich höre nur diese Phantomstimme, die mir vorschlägt, Freunde zu schwänzen. Das ist exakt das, was ich jetzt will. Freunde schwänzen und zurück in seine Arme, auf diese eine Wiese. Doch Tessa greift meine Hand, zieht mich vom Sofa hoch, und im nächsten Moment bin ich tatsächlich auf einer Wiese, allerdings auf der im Garten meiner Eltern und irgendwie, ich habe es gar nicht mitgekriegt, liegen darauf jetzt unsere nassen Sachen verteilt.

Ole hält einen BH in die Luft. »Wem gehört denn dieser sexy Streifen hier?« Er sieht sich das Teil mit Kennermiene an, spitzt seinen Mund und sagt »nice«.
Ole hat eine Sonderstellung in meinem Herzen, seit ich damals mit meinen Eltern in dieses Dorf gezogen bin. An meinem ersten Tag in der neuen Schule hat er mich ohne Umschweife quasi adoptiert und ist so lange nicht von meiner Seite gewichen, bis ich alle Leute kannte. Und trotz seiner unterirdisch flachen Sprüche bringt er mich oft zum Lachen. Er ist der Typ, der dafür sorgt, dass uns auf Festivals alle Leute kennen und mit uns Bier-Pong spielen. Mit Ole hat man immer Grillkohle dabei, so sicher wie Fleisch und drei Paletten Bierdosen. Und egal, ob wir stundenlang auf einem Dorfbahnhof gestrandet sind oder tausend Kilometer zu Fuß nach Hause gehen müssen, Ole macht fast alles zu einem unvergesslichen Erlebnis, von dem jeder, der sich nicht mit uns durch die Kälte der Nacht gezittert hat, bereut, es verpasst zu haben.
»Echt jetzt?« Ich zupfe ihm den BH aus der Hand.
Es ist meiner, allerdings habe ich keinen Schimmer, wie er den Weg hierhergefunden hat. Nach der Nacht mit Jo war er eigentlich verschwunden. Aber wer weiß, vielleicht steckte er in einem Schlafsackzipfel. Da die geringe Chance besteht, dass an diesem Stück Stoff noch Restgeruch von Jo haften könnte, trage ich ihn wie ein Kleinod in mein Reich. Im Haus drücke ich meine Nase in den schwarzen Baumwollstoff. Aber Jo lässt sich maximal noch erahnen.

»Wo bleibst du denn?« Tessa reißt die Tür auf und mich aus meinem Sehnsuchtstraum. »Ole fragt, ob wir grillen wollen. Wir haben jede Menge Essen übrig.«
Mir ist gerade gar nicht nach einer After-Festival-Session, eigentlich möchte ich nur mit meinem Laptop aufs Sofa und das Netz nach Jo absuchen, trotzdem nicke ich. Tessa fällt mir um den Hals. Schon wieder diese Energie. Normalerweise hütet Tessa zwei Tage lang das Sofa, sobald sie sich auch nur fünf Minuten verausgabt hat. Es ist mir unerklärlich, dass sie jetzt wieder aus der Tür stürmt und ich sie fröhlich rufen höre, dass die Party starten kann. Gejohle auf dem Rasen. Scheint so, als wären die anderen inzwischen auch eingetrudelt. Ich schnappe mir meinen Wäschekorb, folge Tessa nach draußen und klaube meine Kleidung zusammen, die kreuz und quer verteilt im Gras liegt. Wahrscheinlich wäre es sinnvoll, sie direkt in die Waschmaschine zu werfen, doch stattdessen lasse ich mich auf den Boden plumpsen und beobachte das Treiben um mich herum. Fast alle vom Festival sind schon hier. Seit ich im Backhaus wohne, hat es sich etabliert, dass wir uns immer bei mir treffen. Bis zur Eingangstür meiner Eltern sind es zwar gerade mal fünfzehn Meter, aber das ist genau der Abstand, den man braucht, wenn man nachts um drei Uhr mit acht Leuten Spaghetti kocht.

Noch bevor Ben mit dem Kombi auf den Hof rollt, filtert mein Gehör das sich nähernde Ramtamtam von *Faber* aus der Geräuschkulisse. Augenblicklich schießt

Adrenalin durch meinen Körper. Für eine Millisekunde hat mich mein irrationales Unter-Ich fantasieren lassen, Jo würde gleich um die Ecke biegen und aus Sentimentalität den letzten Song, den wir gemeinsam auf dem Festival gehört haben, abspielen. Dieses Aufflackern völlig unrealistischer Bilder scheint so eine Art Fluch der aussichtslosen Liebe zu sein. Einmal bin ich mit dem Fahrrad gegen einen Laternenpfosten gefahren, nur weil ein Handy in der Nähe den gleichen Klingelton hatte wie das von Piet. Er ist inzwischen mit Emma zusammen, und dass ich in ihn verliebt war, ist lange her, aber ich denke immer noch an ihn, wenn ich den Klingelton höre. Wahrscheinlich ist *Faber* nun für alle Ewigkeit mit Jo verknüpft.
Ben macht den Motor aus, und der Song bricht exakt an der Stelle ab, an der die Band ihn auf dem Festival unterbrochen hat, um den Veranstalter ans Mikro zu lassen.

Jo

Das Lied, das aus dem Autoradio schallt, stürzt mich in eine verstörende Krise. *Faber* verschafft mir ein lupenreines Déjà-vu und bringt mich derart aus der Fassung, dass wir fast auf den abrupt bremsenden Mercedes vor uns knallen. Hinten fliegen Rucksäcke, Klamotten und Flaschen von der Rücksitzbank.
»Diese scheiß Mucke!« Einem Choleriker gleich, schlage ich auf das Radio, das sofort den Sender wechselt und meine Nerven mit einem Violinkonzert weiter attackiert. Bevor ich meine Beherrschung komplett verliere,

tippe ich auf die Eins, unter der Karl seinen Favoritensender abgespeichert hat.
»Alter, das war knapp.« Karl nimmt die Füße vom Armaturenbrett und atmet tief aus. Dann wühlt er eine Ewigkeit im Handschuhfach herum und drückt schließlich eine alte *Green Day* ins CD-Fach. Aus dem Augenwinkel sehe ich ihn grinsen. Wahrscheinlich ist er der verflucht beste Kumpel, den man auf dieser Welt haben kann.

Nayra

Mit zusammengekniffenen Augen lasse ich das Haupthaus und die Scheune im Hintergrund verschwimmen und stelle mir vor, wir wären alle noch auf dem Marschland. Das geht ziemlich leicht, denn es sieht inzwischen aus wie nach einem Bombeneinschlag, also in etwa so wie auf dem Festival. Zelte liegen am Boden, die Zeltstangen kreuz und quer verstreut, dazwischen leere Bierdosen und mittendrin Ole, der eine Dose schüttelt und Bier über das Fleisch auf dem Grill spritzt. Außer mir scheint es niemandem etwas auszumachen, hier im Garten anstatt auf dem Marschland weiterzufeiern. Doch auf einmal geht mir das alles maximal auf die Nerven. Mein Garten ist doch kein Jugendheim. In spätestens einer Stunde pissen die Jungen wie Rüden an jeden Busch im Garten, und zwei Stunden später werden die ersten Mädchen heulen, weil irgendwer die Falsche küsst oder schlicht nicht mehr in der Lage ist, überhaupt zu knutschen. Dann kommt die Phase, in der man den Autofahrern mit Engelszungen die Schlüssel abquatschen muss, damit keiner zu Schaden kommt. Und am Ende bleibe ich mit dem Müll zurück. Meine Gedanken verselbstständigen sich mit Höchstgeschwindigkeit, und wenn ich diese Hasstirade in meinem Kopf nicht sofort unterbreche, werde ich wahrscheinlich gleich alle mit einem hysterischen Anfall in die Flucht schlagen. Es kommt mir so vor, als würden meine düsteren Gedanken einen Schatten werfen.

»Schätze, du hast null Komma null Bock auf diese Veranstaltung.« Finn lässt sich neben mich ins Gras plumpsen, und augenblicklich ist es wieder heller, einfach weil zwei Meter nicht mehr in der Sonne stehen.

»Bin nur ein bisschen neben der Spur.«

»Wegen Mister Marschland?« Finn knufft mich aufmunternd, und ich denke, dass er jetzt gleich etwas Tröstendes sagen wird, weshalb ich mich an ihn lehne und seufze.

»Mensch Nayra, das war doch nur so eine Festival-Nummer, das hast du doch oft genug bei anderen miterlebt.«

Reflexartig, als würde ich plötzlich bemerken, dass ich in einem Ameisenhaufen sitze, rücke ich von ihm ab.

»Spinnst du? Du hast doch überhaupt keine Ahnung«, erwidere ich heftig. Dabei hatte ich gerade angefangen, ihn wirklich zu mögen.

Finns Augen haben jetzt den Ausdruck eines erschrockenen Rehs. Meine Zunge formt bereits die nächste spitze Bemerkung, als Tessas sich überschlagende Stimme aus dem Haus tönt. »Scheiße! Nayra!«

Aufspringen. Lossprinten. Während mein Körper tut,

was zu tun ist, malt sich mein Hirn Katastrophen aus. So was wie letztes Jahr, als Tessa einer auf dem Asphalt zerberstenden Bierflasche hinterhergefallen ist und sich dabei eine fiese Schnittwunde im Oberschenkel zugezogen hat. Sie musste mit fünf Stichen genäht werden, und ich war allein vom Zugucken und Händchenhalten schon ganz krank. Keuchend stolpere ich ins Backhaus.
»Hau ab, du blöde Ziege!« Tessa kehrt mir den Rücken zu und ruft weiter meinen Namen, ohne mich zu bemerken. »Nayra! Scheiße! Nayra! Frau Cheeky ist ausgebrochen!«
Frau Cheeky steht stoisch auf meiner Paletten-Kissen-Landschaft und kaut, während Tessa sich gegen ihr Hinterteil stemmt, um sie dort wegzubewegen.
Es gibt Augenblicke, die niemand fotografiert, die man aber trotzdem niemals vergisst. Tessas hochroter Kopf, die verstreuten Chips auf Sofa und Fußboden und die komplett unbeeindruckte Ziege lösen jedenfalls einen heftigen Lachkrampf bei mir aus. Tessa, die einen Moment braucht, um zu kapieren, dass ich längst da bin und über sie lache, wirft mir ein Kissen an den Kopf. Frau Cheeky gerät über die Turbulenzen doch noch in Bewegung, springt quer durch den Raum und flüchtet ins Freie.
Ole fängt sie schließlich ein. Er ist auf einem Bauernhof aufgewachsen, darum ist es für ihn keine große Sache, Frau Cheeky wieder auf ihre kleine Wiese zu den beiden anderen Ziegen zu treiben, sich hinterher ein Bier aufzureißen und sich wieder an den Grill zu stellen. Außerdem kennt Ole sich mit Ziegen aus, allein schon deshalb, weil

er Amelie regelmäßig den Lästerwind aus den Segeln nimmt.
»Da ist ein Loch im Zaun, ich bringe das gleich in Ordnung.« Ole nimmt ein Stück Grillkäse in die Zange und begutachtet es, während er es in die Luft hält. »Willst du? Habe ich extra für dich besorgt.«
»Sieht gut aus. Gib her.«
Ole reicht mir einen Pappteller. Er hat die Gabe, mich in den blödesten Momenten versöhnlich zu stimmen. »Sorry, ist ein bisschen ausgeartet. Das war echt nicht mein Plan«, meint er und deutet mit dem Kopf auf das Chaos um uns herum.
Mein Blick könnte jetzt bei Amelie verharren, die gerade ihre Haare nach hinten schmeißt und lacht, weil Finn irgendwas gesagt hat. Ich könnte mich darüber aufregen, weil ich diese Masche schon kenne und es kaum ertragen kann, wie sie sich in Pose wirft und dieses amerikanische Highschool-Girl-Lächeln aufsetzt, sobald irgendein Junge in ihre Nähe kommt. Aber mein Blick bleibt an Tessa hängen, die immer noch gerötete Wangen hat. Nicht mehr dieses Anstrengungsrot, sondern eher ein Rosenrot. Irgendwas daran lässt mich stutzen. Eine aufkommende Ahnung, die mir wieder entwischt, bevor ich sie richtig zu fassen bekomme.
Als ich abbeiße, quietscht der Käse an meinen Zähnen, was mir wieder Ole in Erinnerung bringt, der mit seinem offenen karierten Hemd über dem nackten Oberkörper dasteht und mir beim Essen zuguckt.

»Danke für den Ziegen-Einsatz«, nuschele ich, wobei ohne Vorwarnung wieder das Bild von Frau Cheeky und Tessa vor mir auftaucht und ich losprusten muss. Ich verschlucke mich, als Ole sagt »Kein Ding für einen Cowboy« und fragt, ob wir irgendwo Draht haben, damit er den Zaun flicken kann.

Hustend antworte ich: »Keine Ahnung, vielleicht im Schuppen.«

Tessa unterbricht mich. »Ich glaube, deine Mutter hat in der Werkstatt Draht. Weißt du noch, als wir die Gipsobjekte für Kunst gemacht haben?« Sie marschiert wie eine Aufziehpuppe über den Rasen und verschwindet in der Werkstatt. Normalerweise lösen Schuppen, Werkstätten und deren Inhalt keine Aktivitätsschübe bei Tessa aus, und ich frage mich, was mit ihr los ist. Will sie mir das alles vom Hals halten, damit ich mich in eine Ecke zurückziehen und Jo suchen kann?

Ole ruft Finn herbei, drückt ihm die Grillzange in die Hand und folgt Tessa. Und ich lasse Finn, der gerade versucht, ein entschuldigendes Wort an mich zu richten, mit einem gebrummelten »Schon gut« einfach stehen. Es gibt nur eine Art, Tessas Einsatz zu würdigen: Ich gehe zurück ins Haus, fege die Chips zusammen, setze mich mit dem Laptop aufs Sofa und mache dort weiter, wo ich aufgehört habe, als Tessa vor ein paar Stunden in der Tür stand.

Der Blick auf meinen Arm verursacht einen bittersüßen Flashback. Vorsichtig streiche ich mit dem Finger über die Stelle mit den restlichen Buchstaben.

Dein Anruf bedeutet mir die Welt.
Die Erinnerung reißt mich komplett aus dem Hier und Jetzt. Ich haste zum Schreibtisch, hole mein Notizbuch hervor und schreibe alles auf. Jeden Moment, jedes Wort, jede Berührung, jedes Lied, das wir gehört haben. Damit nichts in Vergessenheit gerät. Nicht sein Geruch, nicht die Farbe seiner Augen und nicht seine Stimme in meinem Ohr. Ich baue mir mit Worten eine Fotografie. Keine Momentaufnahme, sondern eine Langzeitbelichtung mit Nayra-Filter. Das Bild, das in meinem Kopf entsteht, wirkt surreal. Ein Riesenrad leuchtet über allem, nur Jo und ich sind gestochen scharf. Alle anderen Menschen verschwimmen zu einer unkenntlichen Masse.
Ich kann kaum so schnell schreiben, wie mein Kopf die Worte loswerden will. Immer neue Sätze kommen dazu. Solche, von denen ich gar nicht geahnt habe, dass sie da waren. Verglichen mit den paar Stunden, die ich mit Jo verbracht habe, erscheint mir mein bisheriges Leben plötzlich völlig irrelevant. Als ob alles nur auf diesen einen Moment ausgerichtet gewesen wäre. Den Moment, in dem Jo und ich beim Pogen aneinandergeknallt sind. Ein Urknall. MEIN Urknall.
Ich verglühe in meinen Fantasien und mache es noch schlimmer, indem ich *You & I* abspiele. Mit geschlossenen Augen spüre ich Jos Berührungen auf meiner Haut nach. Sie haben nichts von ihrer Präsenz eingebüßt, und ich befinde mich in seligem Wohlgefühl. Als würde mir warmes, duftendes Öl langsam über Arme und Beine, Bauch und Rücken gegossen werden.

Der Moment zersplittert, als die Tür aufgerissen wird.
»Kann ich mal deinen Laptop?« Tessa ist unglaublich aufgedreht. »Wir wollen alle zum Magic7. Als Ausgleich für das abgebrochene Marschland. Bist du dabei?« Tessa macht ein Gesicht wie ein Kind, das seine Eltern in den Vergnügungspark bewegen will.
»Keine Chance, das Festival ist seit Monaten ausverkauft.«
»Ja, schon. Aber einer bricht sich doch immer ein Bein. Ole meint, wir bekommen garantiert noch Karten«, plappert Tessa weiter.
»Was ist eigentlich mit dir los?«, stelle ich sie zur Rede. »Du hopst hier rum wie ein Eichhörnchen auf Droge. Habe ich was verpasst?«
Tessa errötet und atmet einmal tief durch. Ich bin echt gespannt, was sie mir jetzt erzählt.
»Ich glaube …«, setzt sie an.
Hinter ihr taucht Ole auf, inzwischen mit nacktem Oberkörper. »Ziert sie sich?« Er legt vertraulich sein Kinn auf Tessas Schulter, sieht dabei jedoch mich intensiv an. »Komm schon, Nayra. Einen Festivalblues kann man nur mit einem Festival heilen. Das ist wie mit einem Kater. Wenn du morgens gleich ein Bier draufkippst, dann kannst du direkt weiterfeiern.«
»Ist das eine Bauernregel?«, frage ich.
»Erfahrung«, grinst Ole. »Also bist du dabei?«
Ich kenne das Line-up. Es ist genial. *Green Day* sind Headliner. Schon dafür würden sich die zweihundert Euro für das Ticket lohnen. Tessa, deren Eltern mit Ta-

schengeld und ähnlichem Sponsoring immer ziemlich geizen, meint, dass sie ja noch ihr Sparkonto habe und man schließlich nur einmal lebe. Ich tausche Blicke mit ihr aus, kann aber nicht herausfinden, was los ist und warum sie bereit ist, ihr geheiligtes Sparkonto zu plündern.

Zwei Stunden später sitzen wir mit dem Laptop auf dem Rasen und haben Karten für uns alle. Ole und Ben haben sie aus allen Ecken Deutschlands zusammengekratzt.

»Alter«, stöhnt Finn. »Das Universum meint es gut mit uns. *RIN* ist dabei. Mein Leben ist gerettet.«

»Du mit deinem Hip-Hop-Scheiß«, kommentiert Amelie, die wahrscheinlich niemals über die Charts hinauskommen wird und deren Gedanken immer mehr um ihr Festival-Outfit als um das Line-up kreisen.

»Die Jungs werden so unglaublich neidisch sein.«

Mit den Jungs meint Finn seine Basketballer. Allerdings ist bei denen eher amerikanischer Hip-Hop und Rap angesagt. Deshalb wundert es mich, dass Finn sich jetzt auf einen Rapper aus Baden-Württemberg freut. »Ich dachte immer, dass du nur auf *Drake* und so was stehst.«

»*Drake* kommt aber garantiert nicht zum Magic7. Und so begrenzt ist mein Musikgeschmack nun auch wieder nicht. Es gibt in Deutschland ein paar coole Rapper, und *RIN* gehört dazu. Er macht so ein eigenes Ding, sozusagen Hip-Hop-Indie.« Finn grinst. Das mit dem Indie sagt er nur, um sich über mich lustig zu machen. Er nennt mich manchmal Indienayra, was eine Mischung aus Indianer, Independent und Nayra sein soll. Er hat mir das mal erklärt. Meine Dreads haben für ihn etwas Indianisches, mein Musikgeschmack beruht überwiegend auf Independent und mein Name ist eben mein Name. Ich könnte mir schlechtere Spitznamen vorstellen.

»Fahren wir eigentlich mit dem Auto oder mit der Bahn?«, will Amelie wissen. Vermutlich um zu checken, wie viele Paar Schuhe sie transportieren kann.

Ben will nicht schon wieder Fahrer sein, allerdings ist er der Einzige mit einem anständigen Kombi. Mir ist alles recht, solange ich *Green Day* sehen kann und Jo endlich ausfindig mache. Es wäre durchaus möglich, dass Jo auch auf *Green Day* steht. Ob er ein Typ ist, der Posts von Bands kommentiert? Ich schnappe mir meinen Laptop und scrolle durch die Kommentare unter den *Green-Day*-Posts auf Instagram. Bis Tessa meint, dass es effektiver sein könnte, unter *DONOTS*-Posts zu suchen. »Von denen weißt du immerhin, dass er sie gut findet.«

»Helft lieber mal mit den Zelten«, schnauft Ben, der neben mir mit einem Vier-Mann-Monstrum kämpft, das inzwischen getrocknet zu sein scheint.

Und weil das Kommentar-Gesuche sowieso eine Sisyphosarbeit ist, klappe ich den Laptop zu und lege mit den anderen Zelte zusammen.

Jo

»Alter, hast du das gesehen?« Karl schiebt sein Handy über unseren alten Küchentisch, den wir aus dem Schuppen meiner Oma befreit haben und der wahrscheinlich schon Generationen von Holzwürmern ernährt hat. Er hat einen Instagram-Post von den *DONOTS* aufgerufen, auf dem ein Typ vor der Bühne quasi aus der Masse herausspringt. Und dieser Typ ist Karl. Man würde es vielleicht gar nicht so genau erkennen, wenn er nicht den bescheuerten T-Shirt-Turban auf dem Kopf hätte.

»Gib wieder her«, sagt Karl und schreibt in das Kommentar-Feld *it's me*.

»Dafür hast du natürlich Liebe verdient«, grinse ich, rufe den Post auf meinem Handy auf, tippe auf das Herz und kommentiere: *#alsderturbannochsaß*

Karl amüsiert sich total über den Hashtag, was wahrscheinlich an dem Zeug liegt, das er gerade raucht.

Ich winke ab, als er mir den Joint hinhält. »Ich werfe mal die Waschmaschine an. Soll ich von dir was mitwaschen?«

»Ne, lass mal. Ich mache das morgen.« Karl guckt wieder auf den Bildschirm.

Im Badezimmer bleibe ich minutenlang vor der Waschmaschine hocken und drücke meine Nase in mein eigenes Shirt. Unser Badezimmer ist ein fensterloser Schlauch. An die hellblauen Fliesen – Vintage – kann man sich eigentlich nicht gewöhnen. Mädchen wie Elisa finden es allerdings cool, was zwar nicht in meinen Kopf geht, mich aber tröstet bei dem Gedanken, dass Naira diesen Raum vielleicht irgendwann mal betreten könnte.

»Du bist so eklig.«

Ich zucke zusammen, weil ich absolut nicht bemerkt habe, dass Karl im Türrahmen steht.

»Ich dachte, es riecht vielleicht noch nach ihr.«

»Merkst du's noch? Sie meldet sich nicht. Erde an Jo! Erde an Jo! Sie *meldet sich nicht*!«

»Ich glaube einfach nicht, dass sie sich nicht melden wollte«, erwidere ich. »Vielleicht ist irgendwas passiert.«

»Was? Sie hat ihren Arm verloren? So was?«

»Scheiße Mann, du bist so anti.«

Karl zieht eine Schnute und floppt mit seinem Zeigefinger über seine Lippen, sodass ein Plopp-Geräusch entsteht. Das macht er immer, wenn er mich memmig findet.

Ich werfe ihm das Shirt an den Kopf. Karl pflückt es sich vom Haupt, hält es sich an die Nase und verzieht das Gesicht.

»Wenn sie so gerochen hat, dann kannst du echt froh sein, dass sie nicht schreibt.« Dann lässt er das Shirt in meinen Schoß plumpsen und geht zurück in die Küche. Ich stopfe es zu meinen Jeans und den anderen verdreckten Sachen in die Waschmaschine, werfe eine Kapsel mit Waschmittel hinterher und starte das Programm. Das Shirt hat wirklich nicht mehr nach ihr gerochen.

Nayra

Die Stille macht mich ganz verrückt. Seit die anderen weg sind, sitze ich nur so da und starre in den Raum. Unfähig, mich zu bewegen oder mir Musik anzumachen. Ich bin noch nicht mal in der Lage, meine Suche

nach Jo fortzuführen. Finns Spruch bohrt sich schmerzhaft in mein Ohr und hallt als Endlos-Echo immer weiter. ... *nur so eine Festival-Nummer.*
Ich schüttele meinen Kopf wie ein nasser Hund, damit die Wörter endlich wieder aus meinen Ohren fliegen.
Um nicht komplett durchzudrehen, nehme ich die Wanne mit der Wäsche und gehe hinüber ins Haus meiner Eltern. Hinter dem Briefschlitz liegt ein Haufen Post auf dem Terrazzoboden. Mit dem Fuß kicke ich die Tür zu, während ich mir die Wanne unter den Arm klemme und mich nach der Post bücke. Die Wanne entgleitet mir schon in Gedanken, bevor sie dann wirklich auf den Fußboden fällt. Seufzend sammele ich meine Klamotten auf. Und ohne Scheiß – aus einer Unterhose springt ein Grashüpfer.

Jo
Karl japst vor Lachen. »Ehrlich jetzt? Aus deiner Unterhose ist ein Grashüpfer gesprungen?«
»Ja, Mann. Jetzt hör mal auf, dich so zu bepissen. Das war echt peinlich.«
Wir sind schon ziemlich breit. Und das liegt einzig und allein daran, dass ich das Gewarte auf eine Nachricht von Naira nicht mehr ertragen konnte. Ich war schlicht weichgekocht.
»Also weiter.«
»Den Rest kennst du.« Ich reibe mir mit beiden Handflächen über das Gesicht. Wahrscheinlich ist es schon sauspät. Morgen kommt Elisa, und eigentlich habe ich für sie gerade so gar keinen Kopf. Aber sie ist meine

Schwester, und ich bin mir sicher, dass sie sich wie blöd auf ein paar Tage bei uns Jungs freut, denn unter einem Dach allein mit meiner Mutter kann man eigentlich nur verrückt werden.

»Ich muss pennen. Bist du morgen da, wenn Elisa kommt?«

Karl nickt. »Logisch. Wir ziehen mit deinem Schwesterchen ein bisschen um die Häuser. Das ganze Programm.«

Montag, 25. Juni

Elisas Anblick auf dem Bahnhof haut mich total um. »Wow, mit Backpack. Und irgendwie anderes Outfit.«
Das letzte Mal, als ich Elisa gesehen habe, stand sie noch auf Hochglanztaschen mit goldenem Schriftzug, die sie in der Armbeuge durch die Stadt getragen hat. Stattdessen baumelt an ihrem Arm jetzt ein kleiner Juterucksack mit buntem Aztec-Web-Muster. Den schweren Backpack lässt sie von der rechten Schulter auf den Boden rutschen, wahrscheinlich, damit ich das Ding jetzt schleppe. Dann stellt sie sich auf die Zehenspitzen und umarmt mich.
»Du siehst jedenfalls noch genauso aus wie im Winter. Sicher, dass du zwischendurch das T-Shirt gewechselt hast?«
Ich habe ihre Frotzeleien vermisst. Vielleicht bin ich im Moment auch nur übermäßig sentimental. Das Wochenende hat seine Spuren hinterlassen.
Wie auch immer – ich bin froh, sie zu sehen, und drücke sie wie ein jahrelang vermisstes Stofftier an mich. »Schön, dass du da bist.«
»Hast du was genommen?«
»Nur das Übliche. Du weißt schon. Aufputschmittel. Dann was zum Runterkommen. Etwas gegen die Ängste vor der Stille. Und die Pillen, damit ich überhaupt atmen kann.« Das ist ein Insider zwischen uns, weil Gesa sich ständig irgendwelche Pillen einwirft. Anscheinend ist das so üblich bei Leuten, die in der medizinischen For-

schung arbeiten. Unsere Mutter hat jeglichen Respekt vor Medikamenten abgelegt. Sie nimmt Kopfschmerztabletten und Schlafmittel wie Pfefferminzbonbons. Elisa und ich wären wohl Ritalin-Kinder, wenn unser Vater nicht gemeint hätte, dass Bewegung in der frischen Luft und anschließend eine Tüte Schlaf schon ausreichen würden, um unseren Energiehaushalt in den Griff zu kriegen.

»Oh, im Moment hat sie so ein Wundermittel. Ich glaube, davon hat man nie mehr Hunger und ist immer wach.« Elisa grinst.

»Das wäre dann ja genau das Richtige für uns, die nächsten Tage.« Ich nehme ihren Backpack. »Apropos Hunger. Um die Ecke ist ein super Burger-Laden. Wollen wir da was essen? Oder erst die Sachen in die Wohnung bringen und dann die Stadt rocken?«

»Erst Burger, dann das Gepäck weg und dann die Stadt rocken. Ist Karl da?«

»Er wartet schon sehnsüchtig auf dich.«

Karl schwingt Elisa durch die Luft, als wir in der Wohnung ankommen. Soweit das in unserem engen Flur möglich ist. Elisas Füße schlenkern punktgenau in unser Schuhregal, wobei Karl ins Stolpern gerät und die beiden übereinander, Elisa oben, auf den Dielen landen. Ich schmeiße mich hinterher, auf Elisa drauf. Karl keucht, Elisa zappelt, und ich genieße diesen Moment, der mich an früher erinnert, als wir uns um Erdbeereis und Schokolade gekloppt haben oder uns nach einer

Kissenschlacht mit roten Gesichtern in die Betten haben plumpsen lassen.
»Familieeeeee«, ruft Elisa, und ich weiß genau, was in ihr vorgeht. Wir kugeln uns wie Welpen, die eine Weile getrennt waren und endlich wieder auf einem Haufen liegen. Karl, Elisa und ich, da geht einfach nichts drüber. Und noch während ich das denke, kommt mir Naira in den Sinn, die bestimmt auch ganz gut in unsere kleine Meute passen würde. Ich rolle mich zur Seite und lehne mich mit dem Rücken an die Wand.
»Was ist los? Du guckst wie ein Lämmchen, das seine Mutter verloren hat«, sagt Karl.
»Hast du dir wehgetan?«, fragt Elisa und hockt sich mit besorgter Miene vor mich.
»Nein. Alles gut.« Ich ziehe mein Handy aus der Hosentasche und checke meine Nachrichten. Nichts.
Karl stöhnt. »Du kannst es nicht lassen, was?«
»Was kann er nicht lassen?«, fragt Elisa.
»Nichts«, murmele ich.
»Sag schon«, bohrt Elisa.
»Er wartet auf eine Nachricht«, antwortet Karl, und ich weiß, dass ich verloren habe und das Gespräch nicht eher endet, bis Elisa jedes kleinste Detail kennt.

Dienstag, 26. Juni

»Wie sieht sie denn eigentlich aus?«, will Elisa wissen, als es fast schon wieder Morgen ist und wir nebeneinander in meinem Bett liegen. Sie fragt mit dieser sanft-besorgten Stimme, die einen dazu bringt, alles zu erzählen. Ich drehe mich auf den Rücken, gucke zur Decke, an der sich die Lampe schon als dunkler Schatten gegen das Morgenlicht abzeichnet, und fange mit den blaugrauen Augen an.
»Ich habe noch nie jemanden so lange eine Augenfarbe beschreiben hören«, meint Elisa, als ich damit durch bin. »Wir finden sie«, erklärt sie bestimmt und setzt sich auf. »Also, sie kommt aus einem Dorf bei Hannover, richtig?«
»Richtig. Zumindest hat sie das gesagt.«
»Zweifelst du daran?«
»Ehrlich gesagt weiß ich nicht mehr, was ich noch glauben soll. Alles war so richtig, so authentisch. Es ergibt überhaupt keinen Sinn, dass sie nicht schreibt. Außer …«
Ich bin nicht in der Lage, es auszusprechen.
»Außer?«, drängt Elisa.
»Angenommen, dir wäre das passiert. Du ziehst mit einem dir fremden Typen über ein Festival, verbringst die Nacht mit ihm, machst mit ihm rum – das ganze Programm. Welchen Grund gäbe es, ihm nicht zu schreiben?«
Elisa seufzt.
»Komm schon«, fordere ich sie heraus.

»Du hast es so gewollt«, stöhnt Elisa und kippt schonungslos Salz in meine offene Wunde. »Er hatte Mundgeruch. Oder hat insgesamt schlecht gerochen. Seine Sprüche waren fad. Er hat nur von sich selbst geredet. Ich war betrunken und nicht zurechnungsfähig, und im Nachhinein fällt mir auf, dass der Typ nicht so heiß war, wie ich dachte. Oder ich habe den Zettel mit seiner Nummer verloren.«

»Sie stand auf ihrem Arm.«

»Ich weiß.« Elisa dreht sich auf den Bauch und stützt ihren Kopf in die Hände. »Und wenn die Schrift irgendwie abgegangen ist?«

»Daran habe ich auch schon gedacht. Aber das ist totaler Quatsch. Es war ein dicker schwarzer Stift.«

»Wasserfest?«, will Elisa wissen.

»Keine Ahnung. Aber weißt du, wie lange man schrubben muss, um sich schwarzen Filzstift von der Haut zu waschen? Ich sollte einfach aufhören, mich mit ihr zu beschäftigen. Selbst wenn ich sie im Netz finden würde – was sollte ich mit der Info anfangen? Deutlicher, als keine Nachricht zu schicken, geht es ja wohl nicht.«

»Aber dann könntest du zumindest nachfragen«, sagt Elisa.

»Und mir wie ein Vollidiot vorkommen?«

»Ich meine ja nur.« Elisas Stimme wird schwächer. Dann nuschelt sie noch irgendwas, das sich in meinem Ohr mit dem Verkehrslärm, der draußen langsam stärker wird, vermischt und das ich nicht mehr verstehe.

Nayra

Das Sommergezwitscher der Vögel lässt mich kurz die Augen aufschlagen. Draußen dämmert es schon, aber die Nacht ist noch gar nicht richtig zu Ende. Durch meinen Schlafnebel vernehme ich das leise Rollen von Autoreifen auf dem Hof. Autotüren klappen. Gedämpfte Stimmen. Meine Eltern sind von ihrer Performance in Berlin zurück. Ich gucke kurz auf mein Handy. Vier Uhr dreiunddreißig. Müde lasse ich meinen Kopf zurück aufs Kissen sinken. Ein Luftzug streift mein Gesicht. Wiesenduft. Und sofort bin ich wieder im Film.

Jo.

Wie er neben mir liegt und mein Blick über seinen Körper gleitet. Erneut werde ich von dieser Wärmewelle überschwemmt. Warmes Südseewasser, das über mich hinweg- und durch mich hindurchschwappt. Ein In-einer-anderen-Welt-Sein. Ich angele nach meinem Handy und lade mir die beiden *Coast*-Songs herunter. *Ocean* und *You*. Sie spülen mir eine ganze Bilder-Welle vor Augen. Das Riesenrad. Der Blick über das Gelände. Jo. Ich. *You* ist sogar ein Song für die *Uuuhhuuu*-Liste. Und *Ocean* spült mich direkt an einen Strand. Irgendwo in der Zukunft mit Jo. Meer. Wasser. Wir liegen im Sand.

Ich schließe die Augen und lasse mich in der Erinnerung und in meinen Zukunftsträumen treiben. Die Träume fühlen sich so real an, dass ich den Sand spüre und das Meer rauschen höre. Als ich die Augen wieder aufschlage, ist da blitzartig ein Gedanke: Rettungsschwimmer. Es ist kurz nach fünf. Nicht gerade meine Zeit. Trotzdem springe ich auf, koche mir einen Tee und krieche mit Laptop und Keksen ausgerüstet wieder unter die Bettdecke.

Rettungsschwimmer, jo, hamburg. Unter den ersten Ergebnissen meiner Suche steht: *Es fehlt: jo.*

Nächster Versuch. *Rettungsschwimmer, jo, ostsee.* Ähnliches Ergebnis. Auch die Variante, statt Jo ganze Namen einzufügen, bringt mich nicht weiter. Meine Recherche ergibt in Norddeutschland fast ausschließlich Treffer für die Deutsche Lebens-Rettungs-Gesellschaft. Also tippe ich: *dlrg hamburg, jo.* Mist. Die DLRG Hamburg ist in Bezirke aufgeteilt. Harburg, Oberelbe, Alster und so weiter. Ich klicke auf *Bilder* und scrolle mich durch die Ergebnisse. Dann gebe ich noch unzählige Hashtags ein, durchforste Instagram und Facebook und lasse mich irgendwann erschöpft auf mein Kopfkissen sinken. Es ist fast sieben Uhr. Den Bus zur Schule kriege ich schon nicht mehr.

Fahre mit dem Fahrrad, schreibe ich Tessa, zwinge mich aus dem Bett und mache mir im Badezimmer Musik an. Die *DONOTS*, was sonst könnte diesen Morgen erhellen? *Hours Away.* Der Song ist zum Heulen schön. Meine Tränen vermischen sich mit dem Wasser aus der Dusche. Ich lehne meine Stirn an die türkisfarbenen Fliesen. Als ob mich das irgendwie erden könnte. Na super. Nur *Hours Away* und trotzdem unerreichbar.

Gleich danach kommt *Calling*. Das kann doch nicht wahr sein. Die Playlist ist uralt und spuckt Texte passend zu meinen Sehnsüchten aus. Ich singe mit und brülle um mein Leben. Um meine Zukunft. Um mich und um Jo.

Als ich in ein Handtuch gewickelt aus dem Badezimmer komme, zucke ich erschrocken zusammen, weil meine Mutter in der Tür steht.
»Ich habe geklopft, aber du hast mich nicht gehört«, ruft sie über die Musik hinweg.
»Warte«, schreie ich zurück und mache die Musik im Bad aus.
Sie folgt mir ein paar Schritte, bleibt jedoch vor der Badezimmertür stehen. Ich mag ihr graues T-Shirt-Kleid. Es muss neu sein. So ein gemütliches Teil, das man sich nur überwirft und in dem man trotzdem immer angezogen aussieht.
Das will ich ihr gerade sagen, doch sie ist schneller. »Hast du geweint?«
Ich schüttele den Kopf und fange dabei wieder an zu weinen. Sie zieht mich an sich und hält mich so lange, bis ich einen handtellergroßen dunklen Fleck in den Stoff ihres Kleides geweint habe. Dann entscheiden wir uns dazu, Schule und Arbeit zu schwänzen.
»Sicher, dass du nicht an den Bildern arbeiten musst?«, frage ich.
»Kinder haben Priorität«, antwortet sie. »Und nachdem ich vorgestern in Berlin ein Performance-Bild im Großformat verkauft habe, ist ein freier Vormittag durchaus legitim.«
»Wow. Glückwunsch. Dann war das Kunst-Festival also erfolgreich?«

Meine Mutter pflückt meine rot-weiße Pumphose mit dem Elefanten-Muster von der Kommode und reicht sie mir. Dann zieht sie eine Schublade auf und greift wahllos nach einem T-Shirt. Es ist violett, aber das Farb-Desaster kümmert mich nicht. Wie ein Kind ziehe ich beides widerstandslos an.

»Es war sogar ein großer Erfolg, wir sind für ein unglaublich renommiertes Festival in Spanien gebucht worden.« Ihre Augen funkeln. »Und dein Vater«, sie macht eine bedeutungsvolle Pause, »hat einen äußerst lukrativen Produktionsauftrag bekommen. Eine große Musikproduktion für einen künstlerisch ambitionierten Werbefilm.«

»Klingt gut«, sage ich. Aber ich hänge zu sehr in meinem eigenen Film, um weiter nachzufragen.

Meine Mutter legt mir den Arm um die Schulter. »Brötchen und Kaffee?«, fragt sie, und ich nicke.

Die großzügige Wohnküche meiner Eltern ist lichtdurchflutet. Ich setze mich an den Betontisch, den meine Eltern selbst gegossen haben und dessen Oberfläche so glatt geschliffen ist wie ein Handschmeichler. Auf dem Tisch steht eine Schale mit Süßkirschen, die ich normalerweise tonnenweise in mich hineinstopfen kann, doch heute habe ich keinen Appetit. Ich nehme mir trotzdem eine und knabbere das Fruchtfleisch ab, während meine Mutter Kaffee kocht. Zwischendurch verschwindet sie und kommt mit einer Tüte in der Hand wieder. »Ich dachte, das könnte dir gefallen.« Sie bleibt neben mir

stehen, bis ich ausgepackt habe. Es ist das gleiche Kleid, das sie trägt, aber in einem dunklen Olivton.
»Na, da huscht doch gleich ein Lächeln über das Gesicht meiner Tochter.«
»Danke.« Ich nehme sie in den Arm und will gar nicht mehr loslassen, aber die Backofen-Uhr piept, weil die Brötchen fertig sind.
Zögernd fange ich an zu erzählen.
Aus meinem Brötchen pule ich nur das Weiße und knete es zu kleinen Kugeln, die ich mir während der Sprechpausen in den Mund schiebe.
»Fahr doch nach Hamburg und sieh dich an seiner Uni um«, schlägt meine Mutter vor, nachdem sie kapiert hat, dass ich das Internet schon bis zum Exzess gequält habe. »Du hast doch sowieso noch nichts geplant in den Ferien. Vielleicht kommt Tessa mit. Und übermorgen ist der letzte Schultag. Also gar nicht mehr so lange.« Ihre dunklen, mit einem bunt gemusterten Tuch nach hinten gezwungenen Locken wippen aufmunternd, weil sie ihren Vorschlag mit einem motivierenden Nicken bekräftigt. Und hey, ich mag Hamburg sowieso, und wenn ich irgendwo Chancen habe, Jo zu finden, dann ja wohl an seiner Uni.

Freitag, 29. Juni

In Hamburg nieselt es.

»Typisches Hamburger Wetter. Hättest du nicht einen aus München kennenlernen können? Im Süden haben sie viel mehr Sonne.« Tessa meint es nicht ernst. Wir haben nämlich beide echt Lust auf die Stadt. Im Zweifel auch bei Nieselregen.

»Die Sonne ist nah, und Lissabon wartet schon«, muntere ich sie auf. In Wirklichkeit bin ich mir nicht mehr sicher, ob es gestern eine gute Idee war, spontan ein Interrail-Ticket zu buchen. Ein Fall von Reise-Euphorie nach dem letzten Klingeln vor den Sommerferien. Europa statt norddeutscher Flachland-Öde. Sonne statt Regen. Aber was, wenn ich Jo tatsächlich an der Uni finde und dann den Großteil der Ferien unterwegs bin?

»Und Paris und die Küste Portugals. Ich bin so froh, dass wir das machen. Sechs Wochen zu Hause und du hättest mich einliefern können.«

Tessas Eltern lösen Fluchtgedanken aus, sobald man nur in ihre Nähe kommt. Sie haben diese Art, alles schlechtzureden. *Was wollt ihr denn in Hamburg, passt auf, dass sie euch nicht euer Geld klauen. Interrail? Kommt bloß nicht mit Bettwanzen nach Hause, wenn ihr in diesen billigen Unterkünften schlaft.*

»Wo müssen wir eigentlich lang?« Wenn es um Orientierungsfragen geht, verlässt Tessa sich grundsätzlich auf mich.

»Wir müssen die S-Bahn bis zur Sternschanze nehmen.« Vorsichtshalber sehe ich noch mal auf mein Handy.
»Ich freue mich total auf das Konzert«, redet Tessa weiter. »Tolle Aktion, dass jeden Monat ein Straßenmusiker im Hostel auftritt.«
In der Loft-Atmosphäre des Hostels und mit den sonnig gelben Palettenmöbeln in unserem Zimmer fühle ich mich sofort wohl. Tessa schmeißt sich auf einen Sessel. »Perfekt«, sagt sie. Und dann, dass sie Hunger hat.
Wir landen in einem orientalisch-vegetarischen Laden und futtern uns durch Berge von Spinat, Kichererbsen und Falafel. Ich nehme einen Schluck von der hausgemachten Limette-Minz-Limonade, deren prickelnd exotischer Geschmack irgendwas in meinem Kopf freisetzt. Eine überraschende Erkenntnis, vielleicht sogar eine fürs Leben. »Ist dir schon mal aufgefallen, dass wir auf dem Land unnormal reizarm leben? Tessa, wir verpassen das Leben.«
»Sein Leben kann man nicht verpassen. Oder warst du auch nur eine einzige Sekunde nicht dabei?«
»Ich meine nicht UNSER Leben. Ich meine DAS Leben. Etwas, das außerhalb unserer Gemeindegrenze liegt. Etwas Prickelndes. Mehr als Apfelschorle oder Fanta mit Gin mit den immer selben Leuten im Garten. Ich will, dass mein Leben sich so anfühlt, wie diese Brause schmeckt.«
Tessa nimmt einen Schluck. »Ein bisschen wie alkoholfreier Caipirinha.«

»Findest du nicht, dass man die einzelnen Bestandteile irgendwie herausschmeckt? Also dass jedes für sich einen anderen Geschmackssinn anspricht, aber trotzdem alles ein außergewöhnliches Ganzes ergibt?«

»Hört sich an, als würdest du aus einer Restaurantkritik vorlesen«, erwidert Tessa, während sie mit der Gabel gebratenes Gemüse aus verschiedenen Schälchen aufpickt.

Wie soll ich ihr das erklären? Dieses Gefühl, schlagartig etwas Großartiges verstanden zu haben, etwas, das mein Leben verändern, ihm einen interessanteren Beat geben wird. Ich ahne es selbst ja gerade erst. »Na gut, vergiss das Getränk und guck dir die Leute hier an. Schon in diesem kleinen Restaurant herrscht mehr Vielfalt als bei einer Großveranstaltung auf dem Land.«

Tessas Blick streift den Typen mit der karierten Hose und der beigefarbenen Schiebermütze, neben dem ein Gitarrenkoffer steht. Er unterhält sich auf Englisch mit einer schwarzhaarigen Frau um die zwanzig, die transparente, durchlöcherte Armstulpen zu ihrem schwarzen ärmellosen Punk-Kleid trägt. »Meinst du mit Vielfalt, dass man Damenstrumpfhosen zerschneidet und sie sich über die Arme zieht?«

»Sieht doch cool aus.« Ich grinse.

»Also was willst du mir sagen?«, hakt Tessa nach. »Willst du in der Stadt leben und so sein wie die Leute hier?«

»Ach egal, ich weiß es doch selbst nicht so genau. Ich komme mir nur gerade vor, als käme ich direkt aus der Wüste. Als hätte ich jahrelang nur Sand, Sand und Sand gesehen. Und hier wird mein Durst nach Input und Lebendigkeit endlich gestillt. Ich glaube, ich will in Zukunft mehr als nur für ein paar Stunden daran nippen. Ich will meine Zeit auf diesem Planeten mit Geschichten füllen, die mir in Erinnerung bleiben und die für den Rest meines Lebens Bedeutung haben.«

Tessa pikt ihre Gabel in eine Möhre. »Du machst doch gerade etwas, das für den Rest deines Lebens Bedeutung hat. Du suchst Jo. Ich wette, daran wirst du dich immer erinnern.«

»Glaubst du, wir finden ihn?«

Tessa macht ein Gesicht wie der Oberarzt, der sich mit einer Todgeweihten ins Arztbüro setzt und ihr eröffnet, dass sie nur noch zwei Monate zu leben hat. Dann presst sie die Lippen zusammen und nickt heftig. »So wie ich dich kenne – auf jeden Fall.«

»Ob er auch nach mir sucht? Er muss sich doch wundern, dass ich mich nicht melde.«

Tessa zögert. »Keine Ahnung. Könnte auch sein, dass er denkt, dass du dich absichtlich nicht meldest.«

Fuck. Auf diesen Gedanken bin ich noch gar nicht gekommen. Wenn er mich ohne Nachricht hätte sitzen lassen, hätte ich ihn spätestens nach drei Tagen aus meinem Herzen verbannt. Der Zeitpunkt, an dem ich für ihn gestorben bin, liegt daher vermutlich schon fast drei Tage zurück. Wie konnte ich nur so dämlich sein, den Regen auf meinen beschrifteten Arm prasseln zu lassen? Warum haben wir nicht unsere Nachnamen, Wohnorte und Instagram-Namen ausgetauscht? Wie kann es sein, dass ich nicht in der Lage bin, auf das Glück meines zukünf-

tigen Lebens aufzupassen? Er hätte der Vater meiner Kinder werden können. Ganz im Ernst. Manche Leute passen zusammen wie Puzzleteile. Meine Eltern kennen sich auch schon seit ihrer Schulzeit.
»Isst du noch was davon?«, fragt Tessa und zeigt auf die Kichererbsen.
Ich schüttele den Kopf und sehe Tessa dabei zu, wie sie den Teller leert und ihre Limonade austrinkt. »Wir müssen los«, drängt sie. »Sonst verpassen wir das Konzert.«
Draußen ist es tropisch schwül. Die letzte Feuchtigkeit vom Nieselregen verdampft. Über die Straße spannt sich ein perfekter Regenbogen, und natürlich denke ich an den Regenbogen vom Marschland und wünsche mir, dass dieser Regenbogen über Hamburg jetzt wirklich ein Zeichen ist.

Jo

»Elisa, bist du fertig?« Karl klopft an die Badezimmertür. »Wir sind Jungs, verstehst du? Dir haben die drei Salatblätter heute Mittag ja vielleicht gereicht, aber unsere Mägen brauchen jetzt mal was Reelles.«
»Soll ich den Notarzt rufen?« Die Tür geht auf, Elisa schlüpft in ihre Sneakers, schnappt sich ihre Jeansjacke und geht voraus in den Hausflur. »Wo gehen wir eigentlich hin? Habt ihr schon einen Plan?«, fragt sie und hüpft die Treppe hinab. Auf dem Treppenabsatz bleibt sie stehen und ruft nach oben: »Ich bin bereit für eine Nacht auf dem Kiez.«
Keine Ahnung, was Karl ihr versprochen hat. Ich für

meinen Teil bin bereits satt von dieser Woche. Meine Psyche kriecht wie ein Schatten hinter mir her. Abgesehen davon, dass wir jeden Abend durch die Stadt gezogen sind, habe ich versucht, im Netz einen Hinweis auf Naira zu finden und zumindest notdürftig für meine beiden Klausuren zu lernen. Karl ist da schmerzfreier. Sein Bambus-Studium, wie er es nennt – in Wahrheit heißt es Bioressourcen-Nutzung –, ist für ihn nur so etwas wie ein Experiment. Er hat gerade erst das Studienfach gewechselt, sein erster Versuch hieß Ethnologie. Wie auch immer – für eine Klausur, die er dieses Semester hätte schreiben müssen, hat er sich einen gelben Schein geholt. Die andere will er irgendwie so schaffen.

Wir entscheiden uns für Pizza, und vielleicht war ich auch nur unterzuckert, jedenfalls denke ich anschließend, dass ich wohl doch noch eine Nacht durchhalte. Wir ziehen los, Karl hat offenbar ein Ziel, von dem ich nichts weiß. Doch was nächtliche Aktivitäten betrifft, kann man sich auf ihn verlassen.

Wir schlendern in eine Bar und lassen uns von Karl auf die erste Runde Getränke einladen. Er hat immer genug Kohle. Sein Vater stopft ständig nach. Karl meint, dass es am schlechten Gewissen liegt, weil er sich – Karl war gerade ein Jahr alt – für ein anderes Leben mit einer anderen Frau entschieden hat. Bei der wievielten Beziehung er inzwischen gelandet ist, weiß ich nicht. Aber das Geschäft läuft bei ihm, sagt Karl, und deshalb brennt bezüglich der finanziellen Versorgung nichts an.

Elisa saugt mit dem Strohhalm, der in diesem Fall aus

Bambus ist und Karl zu einem Monolog über Nachhaltigkeit bewegt, den Zucker vom Boden ihres Glases und rührt in den verbliebenen Eiswürfeln herum.
»Nehmen wir noch einen?«, fragt Karl, und zehn Minuten später weiß ich nicht mehr, warum meine Laune vorhin so im Keller war. Wir schlendern weiter durch die Schanze und bleiben bei einem Hostel stehen, vor dem sich ein paar Leute zusammengefunden haben. Karl zeigt auf ein Plakat, das für heute Livemusik ankündigt. »Wollen wir da rein?«
Elisa will unbedingt, und weil wir sowieso keinen konkreten Plan haben, stellen wir uns an. Das Konzert hat bereits begonnen, und was hier draußen zu hören ist, klingt wirklich ganz cool. Nur noch zwei Leute vor uns. Karl zückt schon das Geld für die Karten, doch urplötzlich macht der Türsteher Schluss. Der Laden ist voll, keine Chance, noch reinzukommen.
Elisa ist untröstlich und schmachtet das Plakat an. »Der Sänger sieht echt heiß aus.«
Karl hält sein Ohr an ein gekipptes Fenster. »Singen kann er scheinbar auch«, erwidert er. Rein musikalisch betrachtet hat sich Karl schon immer über Elisa und ihren Musikgeschmack amüsiert. »Du bist jetzt alt genug, deine Musik mit den Ohren auszusuchen – und nicht mehr mit den Augen.«

Nayra

Vor ein paar Minuten hatten wir hier drinnen noch viel Platz, inzwischen ist es jedoch so voll, dass wir alle

Schweißausbrüche bekommen. *Wir alle* sind in erster Linie Frauen um die zwanzig. Das liegt wahrscheinlich daran, dass Yanko Zett verdammt gut aussieht. Tessa und ich tauschen uns gerade über seine Frisur aus – er hat seine langen Haare zu einem lockeren, wie vom Wind zerzausten Dutt am Hinterkopf zusammengebunden –, als er ein paar Worte sagt, dabei lächelt und ich einen kleinen Herzaussetzer habe. Sein Lächeln erinnert mich so sehr an Jo, dass ich nur noch an ihn denken kann. Was eigentlich unmöglich ist, wenn man, wie Tessa und ich, so nah vor der Bühne steht und Yanko Zetts Atem schon fast im Gesicht spüren kann. Ich wette, dass sein Name in ein paar Wochen oder Monaten als Geheimtipp in irgendeinem Musikmagazin stehen wird. Und ich kann dann sagen, dass ich ihm schon mal zum Anfassen nahe war. Er hat die Gabe, das Publikum in seinen Bann zu ziehen. Die kleine Crowd antwortet mit aufmerksamer Stille auf eine langsame Ballade, sodass jedes Quietschen der Gitarrensaiten hörbar ist, und mit fröhlichem Tanzen auf seine energetischen Songs, die eine genreübergreifende Leichtigkeit transportieren. Nachdem Yanko Zett bereits sein komplettes Repertoire, wie er sagt, durchgespielt hat, wiederholt er in einer dritten Zugabe zwei Songs, weil das Publikum ihn einfach nicht gehen lassen will.

Als das Konzert schließlich wirklich zu Ende ist, legt Yanko Zett jedem verschwitzten Mädel, das ein Selfie mit ihm haben möchte, seinen Arm über die Schulter. Ich denke darüber nach, dass es cool wäre, später, wenn er berühmt ist, ein Foto mit ihm zu haben. Die Aussicht, vor allen anderen an der Theke zu sein, ist allerdings auch nicht übel. Und deshalb bestellen Tessa und ich uns lieber ein kaltes Bier und hauen uns in eine noch freie Sesselgruppe. Tessa zieht sofort ihr Handy aus der Hosentasche.

»Guck mal, da ist wieder die mit den Strumpfhosen-Armstulpen«, sage ich.

»Aha.« Tessa sieht gar nicht hoch. Sie tippt irgendwas und lächelt dabei total weggetreten.

Yanko Zett packt jetzt seine Sachen zusammen und rollt die Kabel auf. Er hat sich und sein Equipment für das Konzert mal eben auf einen rotbraunen Flickenteppich in der Eingangshalle gequetscht.

»Wenn er lächelt, sieht er Jo ein bisschen ähnlich.« Dieses Mal sage ich es laut.

»Hmmm.« Tessas Finger huschen weiter über das Display.

Ich habe keine Ahnung, wie ich sie wieder ins Hier und Jetzt holen kann, und sage nur so zum Spaß: »Na, mit wem geht da was?«, woraufhin Tessa mich anguckt, als wäre ich einer von den *Ehrlich-Brothers* und hätte gerade meinen Kopf abgeschraubt.

Jetzt bin ich dran mit blöd gucken, weil ich mit so etwas überhaupt nicht gerechnet hatte. Tessa steht auf jemanden, und ich weiß nichts davon? Das ist nahezu unmöglich. Ihr Handy leuchtet im Sekundentakt in ihren Händen auf, da hat offenbar jemand großes Kontaktbedürfnis.

»Tessa? Sollte ich nicht wenigstens seinen Namen wissen?« Ich will sie eigentlich nur ein bisschen ärgern, doch sie senkt den Blick und sagt so leise, dass ich es kaum verstehen kann, »Ole«. Und weil ich mir nicht sicher bin, ob ich wirklich richtig gehört habe, stoße ich seinen Namen so laut hervor, dass mehrere Köpfe herumfahren und uns angucken.

»Ja, Ole«, sagt Tessa jetzt lauter, sogar ein bisschen trotzig, und im selben Moment taucht das Armstulpen-Girl vor uns auf, lässt sich in einen der freien Sessel plumpsen und lacht: »Who the fuck is Ole?«

Ich erkläre ihr auf Englisch, dass er ein Freund von uns ist. Sie antwortet auf Deutsch, was mir ein bisschen peinlich ist, weil ich mich mit meinem Englisch so abgemüht habe, dass sie Mirja heißt und dass Yanko Zett ja wohl wirklich heiß aussieht und sie für Tessa hofft, dass Ole mindestens genauso heiß ist. Darunter würde sie es nämlich nie mehr machen, denn wenn man erst mal die Hand von Yanko Zett auf der nackten Schulter hatte, wäre man für alle anderen Jungs versaut.

»Na ja, jedenfalls für die meisten«, sagt sie, weil sich jetzt der Gitarrenkoffer-Typ aus dem Restaurant zu ihr auf den Sessel quetscht und ihr einen Kuss gibt. Er spricht wirklich nur Englisch, steht aber gleich wieder auf und gesellt sich an der Bar zu ein paar anderen Leuten. Mirja redet unbeirrt weiter. Ich will nicht unhöflich sein, weshalb ich mit ihr schließlich in ein Musik-Gespräch verwickelt bin und nur nicke, als Tessa meint, sie gehe mal aufs Klo.

Samstag, 30. Juni

»Wo ist eigentlich deine Freundin?«, fragt Mirja irgendwann, und erst jetzt fällt mir auf, dass es um uns herum bemerkenswert leer geworden ist.
Ich taste nach meinem Handy. Schon fast zwei Uhr. Zwei Nachrichten von Tessa. Als Freundin habe ich wohl gerade ziemlich versagt. »Sie ist schon ins Bett gegangen«, antworte ich zerknirscht.
»Kommst du mit vor die Tür? Ich will eine rauchen.« Mirja kramt Tabak aus ihrer Tasche und steht auf. Weil ich nicht weiß, was ich sonst tun soll und das Bett für mich in diesem Moment keine Option ist, folge ich ihr. Es ist immer noch warm draußen, und es hängen noch eine Menge Leute hier rum. Mirja dreht sich eine Zigarette, zündet sie an, und wie aus dem Nichts steht da Yanko Zett und fragt, ob er Feuer haben kann.
Mirja gibt ihm das Feuerzeug. »Hier, kannst du behalten. Ich habe noch eins.«
Yanko zündet sich seine Zigarette an, bedankt sich und steckt das Feuerzeug ein. Dann pustet er den Rauch in die warme Nachtluft, und ich überlege krampfhaft, was ich sagen kann, während Mirja einfach losredet. »Bleibst du die Nacht über hier im Hostel?«
Yanko nickt. »Ja. Bis morgen. Dann will ich weiter nach Kiel. Und was macht ihr hier in Hamburg?«
Mirja meint, sie sei mit ihrem Freund nur auf der Durchreise, woraufhin Yanko mich ansieht, und das Erste, woran ich denke, ist Jo. Und statt irgendwas Belangloses zu

antworten, zum Beispiel, dass wir uns die Stadt angucken, erzähle ich, dass ich einen Jungen suche, den ich auf einem Festival kennengelernt habe.
»Nicht wahr, oder?« Mirja guckt irgendwie mitleidig. Als wäre ich ein schützenswertes Wesen auf einem fremden Planeten. Ich glaube, sie will gerade beginnen, mir zu erklären, wie das so läuft mit Festival-Bekanntschaften, doch da kommt der Gitarrenkoffer-Typ herbeigesprungen, umarmt sie von hinten und zieht sie ein paar Schritte weiter, wo er sie leidenschaftlich küsst.
»Ziemlich romantisch, was du da machst.« Yanko Zett nimmt einen tiefen Zug von seiner Zigarette und sieht mich unverwandt an. »Wenn ein Mädchen wie du nach mir suchen würde, dann würde ich keine Sekunde zögern, mit ihr den Rest meines Lebens zu verbringen.«
Will er mich jetzt anbaggern? Ein bisschen mehr Tiefe hätte ich ihm schon zugetraut. Trotzdem fühle ich mich geschmeichelt. Zugeben möchte ich das allerdings nicht, weshalb ich mir Mühe gebe, nicht zu lächeln. »Damit er überhaupt darüber nachdenken könnte, müsste ich ihn erst mal finden.«
»Na ja, du wirkst nicht gerade völlig naiv auf mich, also vermute ich, dass da was Tiefergehendes zwischen euch war. Und wenn das so ist, dann findet ihr auch zueinander. Das Gesetz der Liebenden.«
»Glaubst du an so was?«
»Sonst könnte ich wohl keine Songs darüber schreiben.« Yanko holt eine Dose aus seiner Hosentasche, öffnet sie

und drückt darin seine Zigarette aus. »Setzen wir uns auf die Treppenstufen?«

Ich spüre die Blicke der anderen, die noch hier draußen sind. Ich bin mir sicher, dass sich ein paar von den Mädchen fragen, ob ich seine Freundin bin oder ob zwischen uns etwas läuft. Und ich muss zugeben, dass ich mich in diesen neidvollen Blicken minimal suhle.

»Haben deine Songs eigentlich reale Hintergründe?«

»Die Hintergründe sind die Emotionen. Wenn du allerdings so etwas meinst wie eine reale Geschichte, dann nicht.«

»Also extrahierst du die Gefühle aus irgendwelchen Erlebnissen und mixt sie neu zusammen?«

»So ungefähr. Wer weiß, vielleicht schreibe ich irgendwann einen Song über ein Mädchen, das in Hamburg nach einem Jungen sucht.«

»Könnte schwierig werden. Du hast keine Ahnung von dem Mädchen, das in Hamburg nach einem Jungen sucht. Wie willst du da Gefühle extrahieren?«

Yanko sieht mich an, und da ist etwas in seinen Augen, das mich irritiert. Eine Art lächelnder Schmerz, den ich in diesem Augenblick, da wir uns ansehen, geradezu fühlen kann. Und in diesem Moment kapiere ich es. »Es sei denn, du bist jemand, der gefunden werden will.«

Ohne seinen Blick abzuwenden, greift Yanko in seine hintere Hosentasche – er trägt eine dieser verwaschenen Jeans mit Rissen über Knien und Oberschenkeln und tiefen Taschen am Hintern – und zieht ein dünnes schwarzes Notizbuch und einen Stift heraus. »Schreiben wir es auf.«

»Willst du meine Emotionen plündern?«

Er lacht, streckt seine Beine aus und tastet seine vorderen Hosentaschen nach Zigaretten und Feuerzeug ab. »Möchtest du eine?« Er hält mir die geöffnete Zigarettenschachtel hin. Ich rauche fast nie, aber in diesem Moment nehme ich eine. Wir ziehen fast gleichzeitig den Rauch ein, stoßen ihn wieder aus und blicken ihm hinterher.

»Nicht plündern. Zusammenfügen. Mit meinen. Wir machen ein Ganzes daraus. Ich kann anfangen – damit du dir nicht so geplündert vorkommst.« Er legt das Notizbuch auf sein rechtes Knie. »*And she comes.* So könnte er heißen, der Song.«

Will er jetzt ernsthaft einen Song mit mir schreiben? »Sorry, ich glaube nicht, dass du in mir eine gute Co-Autorin gefunden hast.«

»Lassen wir es auf einen Versuch ankommen. Wir sammeln erst mal Wörter. Wenn es dein Song wäre, welches Wort würde dir zuerst dazu einfallen?«

»Bittersüß.« Meine Antwort kommt wie ein Reflex.

»Deep«, sagt er und schreibt. Aus bittersüß macht er bittersweet. Er hat eine schöne Handschrift.

»Moon. Days in the desert – after this fairytale walk through the summer rain.« Noch während ich spreche, spüre ich wieder den Regen auf der Haut und sehe Jo und mich von der Wiese zum Zelt rennen und irgendwann völlig durchnässt stehen bleiben. »Herz Pogo«, füge ich hinzu, und mein Herzschlag spielt verrückt, weil nur darüber zu sprechen bei mir alles aus der Spur bringt.

»Sehr cool. Also weiter: miss you, deep feelings, walking the city like an injured tiger, searching your smile in every brown-haired girl.« Er drückt mir das Notizbuch in die Hand. »Schreib schon mal weiter. Ich hole uns ein Bier. Oder was möchtest du?«

»Bier ist super. Danke.« Sein silberner Kuli ist gerade mal so lang wie mein kleiner Finger. Ich ziehe die Kappe wieder ab und schreibe. In Yankos Notizbuch. Mit meiner Schrift. Wir haben die gleiche Schriftrichtung. Leicht schräg nach rechts.

Hurts like hell. Lost my future in less than twenty seconds.

Die Wörter schreiben sich wie von selbst, und ich merke kaum, dass Yanko sich wieder neben mich auf die Treppe setzt.

»Es macht dir Spaß«, bemerkt er und lacht. »And she comes.«

Es stimmt. Texten ist wie Stadt-Land-Fluss für die Seele. Ort-Zeit-Gefühl. Es tut auf quälende Weise gut.

Yanko nimmt mir Buch und Stift aus der Hand, gibt mir das Bier und schreibt:

Will she come?

And she comes.

Dann greift er nach seiner Bierflasche, sagt »That's it« und trinkt in tiefen Zügen. »Wir haben einen Refrain. Na ja, zumindest einen Teil davon.«

»With wishes and fears. Shyness and doubts«, ergänze ich.

»Du bist wirklich in Hamburg, um einen Typen zu suchen, oder?«
»Habe ich doch gesagt.«
»Ja, hast du.«
»Und du? Wie lange wartest du schon darauf, gefunden zu werden? Wie lange kann man so etwas aushalten, bis man aufgibt?«, frage ich.
»Sehr lange.« Er seufzt, und ich muss an den Song denken, den er vorhin gesungen hat und in dem es darum ging, dass sie das Beste war, was in seinem Leben passiert ist, und er es bereut, das nicht früher kapiert zu haben. Es zutiefst bedauert, dass er ihr nicht nachgelaufen ist.
Wir sitzen da und starren auf die Pflastersteine. Jeder für sich. Jeder in seinem eigenen lächelnden Schmerz. Weil keiner von uns weiß, was siegen wird – das Lächeln oder der Schmerz. Dann gehe ich rein und hole uns an der Bar noch ein Bier.

Jo

Elisa und Karl sind nicht kleinzukriegen. Nur noch ein paar Minuten, dann wären wir zu Hause. Aber vor dem Hostel, in dem vorhin das kleine Konzert war, stehen ein paar Leute auf dem Bürgersteig herum, und Karl fragt, ob wir da an der Bar nicht noch ein letztes Getränk nehmen wollen.
»Ohne mich. Ich bin durch. Aber fühlt euch frei, ich kann ja schon vorgehen«, sage ich.
»Ach was soll's. Ich bin auch müde. Lass uns mitgehen.« Elisa springt mir auf den Rücken. »Aber nur, wenn du mich trägst.«

Montag, 2. Juli

Nayra

Tessa ist immer noch nicht darüber hinweg, dass ich Nachrichten von Yanko Zett bekomme. Seit wir vorgestern Nacht auf den Treppenstufen saßen, treiben wir unseren Seelenstriptease online weiter. Vielleicht bekommt jeder meiner verbalen Seufzer irgendwann von ihm eine Note zugeteilt. Einen Klang, der andere berührt. Vielleicht, falls Yanko mal berühmt wird, hört Jo die Lieder eines Tages und denkt dabei an mich, ohne auch nur ansatzweise zu ahnen, dass die Worte ihm gelten.

»Bist du dir sicher, dass er ein bestimmtes Mädchen aus seiner Vergangenheit sucht? Und nicht auf der Suche nach etwas Neuem ist und dafür dich auserkoren hat?«, fragt Tessa und reißt mich damit aus meinen Gedanken.

»Ganz sicher. Du hast den Song doch selbst gehört. Von wegen, dass er bereut, ihr nicht nachgelaufen zu sein und so.«

»Das könnte schon ewig zurückliegen.« Tessa überprüft zum tausendsten Mal den Inhalt ihres Rucksacks.

»Hast du alles?« Mein eigener Rucksack ist gepackt. Er ist nicht leicht, aber am schwersten wiegen die Erwartungen und die Angst. Die Angst vor der Leere, wenn wir heute Abend nach Hause kommen und Jo an der Uni nicht gefunden haben. In Wirklichkeit erscheint mir diese Suchaktion wie eine Verzweiflungstat. Eigentlich fahre ich nur hin, um alles versucht zu haben.

Bei Tessa ist es anders. Ihr Rucksack wiegt schwer, weil sie beim Shoppen auf dem Flohmarkt und in den kleinen Läden extrem eskaliert ist. Ihre Vorfreude auf Zuhause dürfte allerdings auch ein paar Kilo wiegen. Ich weiß, dass sie eigentlich nur das eine will – zurück und checken, wie es mit Ole weitergeht.
»Fertig. Wir können los.« Tessa hievt ihren Rucksack über die Schultern.
»Wir können auch direkt nach Hause. Das mit der Uni ist doch Schwachsinn.« Allein der Gedanke daran, dass mein Hoffen gleich ein endgültiges Ende finden könnte, zerreißt mich.
»Das ziehen wir jetzt durch«, bestimmt Tessa, und ich folge ihr, etwas erleichtert, Schritt für Schritt aus dem Hostel und zur S-Bahn.

Jo
»Gibt es eigentlich irgendeinen Song, der einen schönen Montagmorgen beschreibt?« Karl schaufelt sich Müsli in den Mund und redet kauend weiter. »Ist doch so. Montagmorgen ist einfach beschissen.«
»Beschissen ist eigentlich nur, dass ich heute nach Hause muss«, murmelt Elisa. Ihr angeknabberter Marmeladentoast liegt seit Minuten unberührt auf ihrem Teller.
»Kannst ja noch bleiben«, nuschelt Karl.
»Überlege ich auch gerade. Bevor ich in Frankfurt Depressionen bekomme. Alle fahren Mittwochnacht zum Magic7, nur ich bin nicht dabei.«
Ich ahne, warum Elisa nicht mit ihren Freunden zum

Festival fährt. Garantiert hat unsere Mutter ihre Hände im Spiel, und sobald mein müdes Hirn verstanden hat, dass sie Elisa das Festival verboten hat, sind meine Großer-Bruder-Instinkte geweckt. »Glaubst du, da geht noch was?«, frage ich Karl.

»Beim Magic7? Seit Monaten ausverkauft. Aber wir könnten mal das Netz checken.« Karl stellt seine Müslischale zur Seite und tippt irgendwas in sein Handy. Seine Montagmorgen-Depression scheint sich verflüchtigt zu haben. »Drei Karten bei Maite in der Nähe. Umständehalber zu verkaufen.«

»Wie viel kosten sie denn?« Mein Etat ist schon ziemlich angefressen, obwohl der Monat gerade erst begonnen hat. Aber wenn wir das mit dem Festival klarmachen, dann will ich Elisa auf jeden Fall das Ticket schenken und die Großer-Bruder-Sache von vorne bis hinten durchziehen.

»Wir teilen drei durch zwei, passt das dann?« Karl ist mit seinen Fingern schon in Anschlag gegangen und wartet nur noch auf mein Okay.

»Also bist du dabei?«, frage ich Karl.

»Klar, immer.«

»Du bist echt der Beste«, sage ich. »Wir könnten allerdings erst Freitag fahren. Donnerstag schreibe ich noch Klausur.«

»Kein Ding«, sagt Karl. »Der Donnerstag wird eh überbewertet.«

Elisa sitzt da in ihren Schlaf-Boxershorts, die Füße auf dem Stuhlrand und die Beine mit beiden Armen um-

klammert, und ähnelt mit ihren überraschten Kulleraugen einer Comicfigur. So hat sie das letzte Mal geguckt, als ich ihr mein Lederband mit dem rustikalen Silberanhänger geschenkt habe. An dem Tag, als sie lieber gestorben wäre, statt mit Gesa ins Auto zu steigen und nach Frankfurt zu ziehen. Sie trägt es immer noch um den Hals. Tag und Nacht.
»Und? Wie sieht es aus?« Karl fuchtelt mit seinem Handy vor Elisas Augen herum. »Willst du mit deinen großen Brüdern zum Magic7?«
Elisa springt auf, quietscht vor Freude und fällt mir um den Hals. Schon dieser Moment ist die vierhundert Tacken wert, die für diese Aktion draufgehen werden. Als sie mich wieder loslässt, gucke ich zu Karl. Er grinst wie ein Honigkuchenpferd, legt eine kleine Dramaturgiepause ein und klickt dann auf den Button.
»Done«, verkündet er.
Das mit der Uni kann ich für heute knicken, dafür ist es schon zu spät. Also koche ich noch einen Kaffee und feiere mit Elisa und Karl das geile Line-up, das uns am Wochenende erwartet.

Nayra
Der Zug rattert durch die Landschaft und bringt mich weg von der Idee, dass doch noch alles gut werden könnte. Weg von Hamburg. Weg von meinem Traum. Weg von der Liebe. Draußen regnet es wieder, und ich bin scheißfroh darüber, weil ich Sonnenschein und sommergelaunte Menschen jetzt nicht ertragen könnte. Die

miesen Gesichter, die die Leute hier im Zug vor sich hertragen, passen mir gerade ganz gut. Feierabendmienen – abgekämpft, desillusioniert und zu kaputt, um Restoptimismus zu verbreiten. Mir gegenüber sitzt Tessa, die gerade völlig aus der Art schlägt. Eine Szene wie auf einem kolorierten Foto. Tunnelblick, alles schwarz-weiß-grau und dazwischen ein strahlendes Gesicht mit seligem Grinsen. Ich könnte kotzen. Doch weil es nun mal Tessa ist, reiße ich mich zusammen und will gerade fragen, wie denn der Stand der Dinge ist, als ich bemerke, dass sich ihr Gesichtsausdruck verändert. Wortlos reicht sie mir ihr Handy. Eine Nachricht von Ole ist geöffnet.
Mein Chef gibt mir Donnerstag nicht frei. Zu viel zu tun. Können erst Freitag zum Magic7.
»Ist ja jetzt kein Weltuntergang«, sage ich.
Ole ist der Einzige von uns, der die Schule schon vor dem Abi geschmissen und stattdessen eine Ausbildung als Landmaschinen-Mechatroniker begonnen hat. Soweit ich es beurteilen kann, hat er alles richtig gemacht. Er fühlt sich einfach wohler, wenn er sich mit Treckern beschäftigt anstatt mit deutscher Lyrik.
»Scroll runter«, meint Tessa mit finsterer Miene.
Muss nachher noch zur Feuerwehr. Wird spät. Schaffe es also nicht. Vielleicht morgen. Dahinter ein zwinkernder Smiley. Scheiße, dass so etwas passiert, hätte ich eigentlich ahnen können. Ole ist nicht so der beständige Typ, wenn es um Mädchen geht. Er textet kreuz und quer, flirtet hier und da, hängt am Ende aber lieber mit seinen Jungs ab. Party machen, zwei, drei Tage zusammen Spaß ha-

ben, und wenn eine dann wirklich anfängt, ihn gut zu finden, wird es ihm zu kompliziert.
Die Farbe ist aus dem Bild verschwunden. Tessa guckt aus dem Fenster und sieht so grau aus wie alle anderen. Das tut mir fast mehr weh als die Tatsache, dass wir keine Spur von Jo am Institut für Kultur- und Medienmanagement gefunden haben und absolut nichts ausrichten konnten. Abgesehen von dem Zettel, der jetzt mit meiner Telefonnummer am Schwarzen Brett hängt und wer weiß wen dazu bewegt, mich anzurufen.
»Den Abend hätten wir echt besser in Hamburg verbringen können.« Tessa sitzt zusammengesunken da und erinnert mich an einen schlaffen Luftballon, zwei Tage nach einer wilden Party. Sie atmet einmal tief aus und wieder ein. Und dann reden wir uns beide den Frust von der Seele, bis der Zug in unseren Bahnhof einfährt und wir beschließen, uns den einzig möglichen Trost für diesen enttäuschenden Montag zu gönnen – Serie gucken und jede Menge Nahrungsmittel konsumieren.

Zwei Stunden später steht Tessa in meiner Küche und kreiert eine Kalorienbombe aus Quark, Baiser, Sahne und Granatapfel. Ängstlich beäuge ich meine weiße Wand, während Tessa den Granatapfel mit einem Messer öffnet. Tessa in Verbindung mit Koch- oder Backaktivitäten ist ein höchst explosives Gemisch. Entweder brennt die halbe Küche ab, oder irgendwer ist hinterher verletzt. Sie ist der einzige Mensch, den ich kenne, der es geschafft hat, sich mit einem Löffel zu verletzen. Mit dem Teil vom Besteck, den man eigentlich Babys gibt, damit nichts passiert. Sie gestikuliert beim Kochen mit den jeweiligen Küchenutensilien wie ein Dirigent, der ein ganzes Orchester in Schwung bringen will. Die Sache mit dem Löffel zum Beispiel – sie wollte sich mit dem Stiel eine Haarsträhne aus dem Gesicht schieben, war dabei allerdings so unkoordiniert, dass sie sich das Ding einmal durchs Auge gezogen hat. Drei Tage musste sie eine dicke Augenbinde tragen, weil sie sich die Hornhaut verletzt hatte.

»Ole ist für mich definitiv gestorben.« Tessa bearbeitet weiter den Granatapfel, und ihr weißes T-Shirt sieht aus, als hätte sie Ole bereits umgebracht. Wahrscheinlich wird sie das alles jedoch vergessen haben, sobald Ole auch nur ein einziges Wort schreibt. Ich denke darüber nach, sie darauf hinzuweisen, lasse es aber, weil Tessa Ole mindestens genauso gut kennt wie ich. Zum jetzigen Zeitpunkt ist es unmöglich, sachlich mit ihr über diese Angelegenheit zu sprechen. Das ist ganz klar, erst recht, wenn ich sehe, wie sie zusammenzuckt, nur weil mein Handy gerade piept. Dabei ist es MEIN Handy, und ICH müsste zusammenzucken. Weil MEINE Telefonnummer irgendwo in einem Institut für Kultur- und Medienmanagement hängt und es doch noch eine winzige Chance gibt, dass Jo sie sieht und sich meldet.

»Es ist Yanko«, stelle ich fest, mache ein Foto von dem Granatapfel-Massaker und schicke es ihm mit dem Kommentar, dass wir vielleicht etwas Blutrünstiges in den Song einbringen sollten.

»Also wenn du Yanko nicht willst, dann könntest du vielleicht mich mit ihm bekannt machen«, sagt Tessa und betont, mit Ole ein für alle Mal durch zu sein und keine Lust mehr auf das Magic7 zu haben.
Ein kleines Tief, über das ich ihr beiläufig hinweghelfe, indem ich den Auftritt von *Von wegen Lisbeth* am Freitag erwähne. Aber eigentlich ist das gar nicht nötig, denn so, wie ich Tessa kenne, würde sie niemals allein zu Hause bleiben und den ganzen Spaß verpassen. Damit die Sache endgültig aus der Welt ist, spiele ich ein paar Songs, die Tessa direkt in bessere Stimmung versetzen. *Von wegen Lisbeth* ist ihre Lieblingsband, und wenn sie *Bitch* hört, dann kann sie, egal wo sie ist, nicht mehr still halten. Und so rennen wir den ganzen Song lang wie bescheuert um mein Sofa herum.
Den Refrain rauszubrüllen, befreit irgendwie. Vor allem, wenn ich das Wort *Bitch* durch *Jo* ersetze, was Tessa sofort adaptiert. Zuerst hat sie Schwierigkeiten, *Ole* in den Takt einzupassen, aber dann hat sie es raus, und wir schreien unseren Frust in den Raum, jede mit ihrer eigenen Geschichte im Kopf.

Magic7 Festival

Freitag, 6. Juli

Jo

Unerklärlich, wie man um fünf Uhr morgens schon derart wach sein kann. Hinter der geschlossenen Badezimmertür rauscht die Dusche, und Elisa singt mit ihrer hellen Stimme *Bitch*.

Ich schleppe mich über den Flur zur Küche, um mich mit einem Kaffee halbwegs auf Kurs zu bringen. Elisas Gesang ist kaum noch zu hören, nachdem ich die Küchentür hinter mir geschlossen habe. Vielleicht liegt es an dem Song, jedenfalls fühle ich mich gerade verdammt alleine.

So sieht es nämlich aus. Man kann die besten Leute um sich herum haben und trotzdem scheißalleine sein. Das ist neu für mich und kann wohl nur bedeuten, dass alle Mädchen, die ich bisher mochte, den Kern, den Naira zum Schmelzen gebracht hat, niemals auch nur ansatzweise berührt haben. Was wiederum bedeutet, dass ich bisher keine Ahnung hatte, was Liebe sein könnte. Ehrlich gesagt bin ich mir auch immer noch nicht so sicher. Klar ist nur, dass ich mir seit dem Abschied von Naira unglaublich einsam vorkomme. Innen ausgehöhlt. Mein Leben, das vorher wirklich ganz okay war, erscheint überraschend leer ohne sie.

Der Espressokocher fällt mir aus der Hand und mit einem krawalligen Scheppern in die Spüle. Ich rühre mich keinen Millimeter und starre in den Wasserstrahl, der mir weiter über die Finger fließt.

Ich kann nur hoffen, dass ich sie wiedersehe. Das ist die große Gemeinheit des Lebens. Man vermisst plötzlich etwas, das man zuvor gar nicht kannte. Andererseits wäre das Leben ohne diese wunderbaren Veränderungen nur ein zähes ausgekautes Kaugummi. Ohne Geschmack. Ohne Höhepunkt. Das ist auch keine Option.

Die Tür fliegt auf.

»Kaffee fertig?« Karl hat nasse Haare, was bedeutet, dass er gerade geduscht hat.

Ich werfe ihm einen mörderischen Blick zu. »Hast du etwa mit Elisa geduscht?«

»Nein Alter, spinnst du. Die ist schon seit Stunden fertig«, erwidert Karl und nimmt drei Becher aus dem Schrank. »Kannst du mir mal sagen, was du so ewig in der Küche treibst?«

Ich sehe auf die Uhr. Scheiße, schon nach sechs. Wir wollten längst im Auto sitzen.

Nayra

Ole fährt wie ein Vollidiot. Ich hoffe, dass ich das Festival überhaupt erlebe. Wenn es jetzt knallt, dann hatte ich zumindest eine perfekte Nacht in meinem Leben, vermutlich sollte ich dankbar sein. Bestimmt gibt es eine Menge Leute, die noch vor ihrer perfekten Nacht gestorben sind. Aber ich bin noch nicht fertig. Ich will mehr. Mehr perfekte Nächte. Mehr Jo. Daher ist es nur folgerichtig, Ole ein paar Kommentare an den Kopf zu werfen.

»Bleib mal locker«, antwortet er, verzichtet aber immerhin auf seine sinnfreien Slalomfahrten in diesem Stop-and-go-Chaos kurz vor dem Ziel.
Ich wäre von vornherein lieber bei Ben mitgefahren, aber Tessa hat die Sache mit Ole klargemacht. Natürlich wollte sie mit ihm fahren, nachdem er ihr geschrieben hatte, dass er sich aufs Festival freue. Jetzt scannt sie jede Regung von ihm, während ich den Eindruck habe, dass er im Rückspiegel ständig meinen Blick sucht. Wahrscheinlich hat er ein schlechtes Gewissen wegen seiner Raserei und sehnt sich nach Vergebung.
Ein paar Kilometer weiter hat sich die Sache endgültig erledigt. Wir stehen im Stau.
»Wahrscheinlich eine Vollsperrung«, meint Finn, steigt aus und streckt sich.
»Das ist keine Vollsperrung. Guck dir mal die Autos an. Die haben alle Magic7-Aufkleber und sind vollgepackt bis unters Dach. Willkommen im Festivalstau«, flucht Ole.
Amelie klettert nach vorne auf Finns Sitz, wobei ihre ausgefransten minimalistischen Jeans-Hotpants noch höher rutschen. Dann stöpselt sie Oles Handy ab und ihr eigenes an. Tessa und ich verdrehen die Augen.
Echt jetzt? *Ahzumjot?* Hat sie nicht neulich noch zu Finn irgendwas über Hip-Hop-Scheiß gesagt? Und jetzt ist das auf ihrem Handy?
»Seit wann hörst du *Ahzumjot*?« Finn hat sich auf dem Autodach abgestützt und beugt sich zu Amelie runter. Er verzieht anerkennend das Gesicht. Amelies Mimik

bleibt mir verborgen, aber ich bin sicher, ihr Lächeln ist so zuckersüß, dass gleich Bienen auf ihr landen.
Amelie steigt aus und hüpft juchzend ein bisschen neben dem Auto herum, Finn quetscht sich wieder auf den Beifahrersitz, woraufhin Amelie über Tessa hinweg zurück in unsere Mitte krabbelt.
»Wo die alle herkommen. Krass. Dänemark, Kiel, Hamburg, Köln, Hamburg.« Tessa betet monoton die Autokennzeichen runter, was nach ein paar Minuten ein bisschen nervt. Bis sie plötzlich losschreit. »Ole! Rüber, rüber. Rechts rüber. Scheiße, fahr doch!«
Rechts schieben sich die Autos auf einmal ziemlich flüssig vorbei, während sich auf unserer Mittelspur gar nichts tut.
»Geht doch hier auch gleich weiter«, sage ich. Keine Ahnung, was bei Tessa abgeht. Sie dreht total durch.
»Da vorne, der rote Golf! Ole, fahr rüber! Da saß Karl drin! Der Turban-Typ! Nayra! Versteh doch! Ich glaube, Jo saß daneben!«
»Du spinnst«, sage ich ungläubig, während mein Herz quasi aus dem Seitenfenster springt.
»Ich spinne nicht! Ich bin einen ganzen Tag lang mit Karl auf dem Marschland rumgerannt, wenn du dich erinnerst. Ich weiß genau, wie der Typ aussieht. Finn, hast du ihn auch gesehen? Fahr rüber Ole«, drängt sie.
»Nö, nicht drauf geachtet«, murmelt Finn.
Ich verrenke mir den Hals, und irgendwo weiter vorne kann ich einen roten Golf erkennen, jedoch nicht die Leute, die drinsitzen.

Ole guckt in den Rückspiegel, checkt aber gar nicht den Verkehr, sondern sieht mich an und macht keinerlei Anstalten, die Spur zu wechseln. Ich ticke total aus und schreie, dass er doch eben noch wie ein Vollpfosten gefahren sei und jetzt mal ein bisschen Gas geben könnte. Meine hysterische Stimme tut mir selbst in den Ohren weh. Ole zuckt auf jeden Fall zusammen und latscht wohl irgendwie auf die Bremse. Dann kracht es auch schon. Nicht laut. Doch es ist ein endgültiger Ton. Der Golf fährt weiter. Wir bleiben stehen.

An den Autos ist nicht mal eine Beule zu erkennen. Trotzdem dauert es ewig, bis alles geregelt ist, weil der andere mit dem Auto seines Vaters unterwegs ist und darauf besteht, die Adressen und Versicherungen auszutauschen. Gefühlte Stunden später fahren wir endlich weiter.

»Mach mal wieder die Musik an«, sagt Amelie zu Finn, nachdem wir ein paar Kilometer stumm hinter uns gebracht haben.

Finn dreht sich um und hält ihr das Handy hin, damit sie den Code eingeben kann. Es ist nur eine winzige Interaktion, nichts Besonderes, doch ich ahne, dass sich in diesem Moment ein Anfang verbirgt. Das ganze Auto ist voller unsichtbarer Herzchen, die in dieser Millisekunde, da Amelies und Finns Köpfe sich über dem Handy fast berühren, lossprühen. Sie brennen sich wie Funken einer Wunderkerze unter meine Haut. Ein Flashback. Neiderfüllt. Und ich denke, dass das nicht nur die Gemeinheit von Wunderkerzen ist, sondern auch die des

Lebens: In jedem zauberhaft sprühenden Anfang steckt der Schmerz.

Doch selbst, wenn der Schmerz schon irgendwo in der Zukunft auf Amelie und Finn warten sollte – erst mal liegt ein ganzes Festival vor ihnen. So, wie das Marschland vor zwei Wochen noch vor mir lag, als ich mit Jo zusammengeknallt bin. Amelie und Finn werden sich auch hinterher noch haben, wenn wir längst wieder zurück zu Hause sind.

»Du hast ja sogar zwei Alben von *Ahzumjot.*« Finn dreht sich wieder zu Amelie um. Er ist genauso gespannt auf ihre Antwort wie Ole, Tessa und ich.

»Was guckt ihr alle so? Muss ich mich jetzt für die Musik auf meinem Handy rechtfertigen?«

»Wundert uns nur«, erklärt Tessa.

»Der lief die ganze Zeit, als wir neulich gegrillt haben. Und da habe ich festgestellt, dass er ein paar ziemlich poetische Texte hat.« Amelie inspiziert ihre lackierten Fingernägel. Sie sind milchig weiß, passend zu ihrem Top.

»Poetisch?«, japst Ole.

Er macht mich gerade komplett wahnsinnig. »Ja, Mann. Hörst du eigentlich irgendwann hin, wenn du Musik hörst? Oder lässt du das nur durch dich durchrauschen? Bei Rap dreht sich alles um Poesie. Um Lyrik. Das hat was mit Wortspielen, mit Reimen zu tun. Frag mal einen Rapper, was ihm wichtiger ist – der Sound oder die Punchline.« Ich hoffe, dass Ole meinen giftigen Blick im Rückspiegel auffängt.

Finn, der sich schon die ganze Zeit durch die Playlists

auf Amelies Handy scrollt, schmunzelt wissend und hat offenbar endlich den richtigen Song gefunden. Vielleicht ist es ein Kommentar zu meinem kurzen Monolog und soll die Poesie im Rap untermauern. Ich tippe allerdings darauf, dass diese Wahl Amelie gewidmet ist. Wenn ich recht habe, ist das echt süß. *Geschichte* ist nämlich ein Liebeslied und besingt nichts, was schon geschehen ist, sondern etwas, das noch bevorsteht. Und das ist wirklich poetisch daran – dass alles noch neu erfunden werden kann. Es gibt die Chance, alles richtig zu machen. Die eigene ultimative Lovestory zu kreieren.
Finn dreht sich zu Amelie um. Sie sagen nichts. Aber ich ahne, dass sie gerade beginnen, ihre Geschichte zu schreiben.

Ob Jo wirklich in dem Auto saß?

»Da lang«, sagt Finn, der letztes Jahr schon auf dem Magic7 war, und deutet nach links.
Ole kurvt über zugeparkte Wiesen. Wir sind endlich da. Amelie kramt einen Lipgloss aus ihrer Hosentasche und schminkt sich ganz ohne Spiegel einen perfekten Kussmund. Tessa verkündet, dass sie aufs Klo muss. Und ich gucke mir jeden bescheuerten roten Golf an und checke, ob er ein Hamburger Kennzeichen hat.

Jo
Wir haben den hinterletzten Parkplatz und müssen kilometerweit gehen, um dann ewig in der Bändchen-Schlan-

ge zu stehen. Die Bändchen sind gelb mit violetter Schrift und als wir unsere endlich haben, macht Elisa sofort zig Fotos von ihrem Handgelenk, erst solo, dann zusammen mit Karl und mir. Als sich unsere Handgelenke berühren, flackert sofort die Erinnerung wie eine Filmsequenz vor meinem inneren Auge auf: Naira und ich halten die Springkraut-Bändchen nebeneinander, unsere Handgelenke berühren sich, und meine Haut ist wie elektrisiert. Das war der Moment, als mir klar wurde, dass ich sie nicht mehr von meiner Seite lassen sollte.

Nayra

»Bist du dir sicher, dass die anderen schon da sind?« Tessa tritt von einem Bein aufs andere.

Ole steckt sein Handy zurück in die Hosentasche. »Sind da. Wir treffen uns bei den Bändchen.«

Das geht jetzt noch Ewigkeiten so. Die anderen suchen, auf die Bändchen warten, Klamotten schleppen, Zeltplatz erobern. Gemeinsam mit Hunderten ziehen wir Richtung Bändchenausgabe, während uns Hunderte, schon mit Bändchen am Arm, wieder entgegenströmen.

»Krötenwanderung«, rufe ich Tessa zu, die versucht, mit Ole Schritt zu halten.

»Ja. Strömen alle zu den Laichplätzen.« Ben, nach Luft schnappend, die Stimme voller Ironie, ist wie ein Geist hinter mir aufgetaucht. Auf seiner Stirn haben sich kleine Schweißperlen gebildet. Seine weißblonden Haare kleben an den Schläfen. »Ihr seid gerade an unserem Auto vorbeigegangen und habt es absolut nicht gecheckt.«

»Und wo sind die anderen?«, fragt Amelie.
Ben zeigt hinter sich. »Dahinten.« Er beugt sich vor, die Hände auf die Oberschenkel gestützt.
Vermutlich hat es ihn größte Anstrengung gekostet, seinen recht massigen Körper zu dieser Laufhöchstleistung anzutreiben.
Theo, Klawitter und dessen Nachbarin, deren Namen ich immer vergesse, kommen auf uns zugerannt. Die Nachbarin schmeißt sich an Oles Hals und stößt dabei ein ekstatisches Johlen aus. »Ooooole!« Aus der offenen Dose, die sie in der Hand hält, schwappt Bier. Nicht nur auf Ole, auch auf Amelie, die direkt daneben steht. Offenbar hat die Nachbarin im Auto schon vorgeglüht.
»Hallo Geertje.« Amelie, die mit ihr und Tessa schon im Kindergarten war, hält sich angewidert ihr durchnässtes Top vom Körper. »Das kann ich dann wohl schon mal vergessen«, sagt sie spitz.
Bei Geertje scheint der kleine Unfall kein sonderliches Bedauern hervorzurufen. »Festivaaaaal«, johlt sie ausgelassen und hüpft weiter mit dem schwappenden Bier herum.
Ben verdreht die Augen. Vermutlich war die Fahrt auch schon grenzwertig.
»Ich muss sowieso aufs Klo.« Tessa stupst Amelie an und zeigt auf einen Toilettenwagen in der Nähe.
Es sind richtige Toiletten, mit Wasseranschluss. Keine Dixis. Aus diesem Grund, und weil man nie weiß, wann sich die nächste Klo-Gelegenheit bietet, gehe ich mit.
»Endlich«, seufzt Tessa, und wir hören das Plätschern durch die geschlossene Tür.

Amelie beugt sich über das Waschbecken und versucht, das Bier aus ihrem Top zu waschen. Doch der Fleck ist zu groß und sitzt zu hoch.

»Da hilft nur ausziehen«, kommentiere ich.

»Scheiße.« Amelie streift das Top ab. »Danke übrigens für vorhin.«

»Musikgeschmack ist nicht diskutabel. Und wenn du neuerdings auf *Ahzumjot* stehst – hey, ist doch super. Ein paar seiner Texte sind absolut cool.«

»Ich habe mir die Alben gar nicht wegen der Texte geladen«, gesteht Amelie.

Es wundert mich, dass sie das zugibt. Um ihre intime Toilettenwagen-Beichte nicht zu unterbrechen, gucke ich möglichst ungerührt auf ihr Top, das sie jetzt mit einem gemurmelten »Eh-schon-egal« komplett unter den Wasserhahn hält.

»Ist doch in der Sonne gleich wieder trocken«, tröste ich sie.

Amelie nickt, schrubbelt weiter den Stoff aneinander und seufzt. »Es war wegen Finn. Er steht total auf diesen Hip-Hop-Kram, und ich wollte ein bisschen mitreden können. Das mit den Texten ist mir erst später aufgefallen. Da hatte ich beide Alben wahrscheinlich schon drei Mal durchlaufen lassen. Das war irgendwie merkwürdig, du weißt ja, dass ich mehr so auf das gängige Zeug abfahre. Aber als ich erst mal die Songs im Ohr hatte, fand ich sie wirklich melodisch. Und dann habe ich auf einmal geschnallt, dass er total viel über Liebe und Träume singt. Der Typ ist echt romantisch.«

»Wer? Finn?« Tessa steht in der geöffneten Kabinentür.
»Der auch.« Im Spiegel wird Amelies verklärter Gesichtsausdruck von Tessas störrischer Haarmähne umrundet, weil Tessa direkt hinter ihr steht.
»Ahzumjot«, kläre ich Tessa auf. »Amelie hat die Musikwelt hinter ihrem Tellerrand entdeckt.«
»Ach so. Ole hört den auch ständig«, meint Tessa und bricht erschrocken ab.
»Ooole?« Amelie dreht sich überrascht um.
Ich wette, dass Tessa das nicht ausgerechnet Amelie unter die Nase reiben wollte. Bei ihr kann man nie sicher sein, ob es nicht in zehn Minuten das gesamte Universum weiß. Aber nun ist es zu spät.
Ich verschwinde in der Kabine, überprüfe kurz, ob ich mich setzen kann oder jetzt schon meine Oberschenkelmuskeln bemühen muss, lasse mich auf die noch saubere Klobrille sinken und schließe kurz die Augen. Hoffentlich setzt Amelie jetzt kein Drama in Gang. Man weiß bei ihr nie, woran man ist. Entweder macht sie stundenlang auf Sozialtherapeutin, und man denkt, sie sei die beste Freundin. Oder sie zieht kommentarlos ab, und beim ersten Windstoß entpuppt sie sich als Pusteblume, die sämtliche Neuigkeiten wie Saatgut in der Gegend verstreut. Scheinbar interessiert sie sich aber nicht weiter für das Thema Ole, denn als ich die Tür öffne, steht sie immer noch im cremefarbenen Spitzen-BH da, und Tessa wedelt ihr Top zum Trocknen durch die Luft.
Ich beschließe, mir wegen Amelie keine Sorgen mehr zu machen. Immerhin hat sie mir eben auch etwas anver-

traut. Das schweißt zusammen. »Also los. Schreiben wir Geschichte«, grinse ich.

Amelie grinst zurück und zieht sich ihr nasses und darum komplett durchsichtiges Top wieder über. Sie zuckt mit den Schultern. »Wet-Look. Ist angesagt auf Festivals.«

»Genau«, sagt Tessa und will schon die drei Stufen ins Freie hüpfen.

»Warte«, halte ich sie zurück. Und dann stelle ich die alles entscheidende Frage, die mich schon seit der Autobahn umtreibt. »Bist du dir wirklich sicher, dass du Karl in dem Golf gesehen hast?«

»So sicher, wie ich Ole oder Amelie identifizieren könnte«, bestätigt Tessa.

»Und Jo?«

»Keine Ahnung. Irgendwer saß neben ihm. Es könnte Jo gewesen sein. Allerdings war der Wagen zu schnell vorbei, um das richtig zu erkennen.« Dann guckt sie mich so an, wie man Kinder ansieht, bevor sie auf den Zahnarztstuhl klettern. »Wird schon«, nickt sie. »Es reicht ja, wenn wir Karl finden. Dann hast du Jos Nummer, und die Welt ist gerettet.«

Jo

Wir schärfen Elisa ein, sich den Weg zum Zelt zu merken. Sie ist nicht gerade ein Orientierungsgenie.

»Hast du dein Handy dabei?«, frage ich.

»Check.« Elisa hält es in die Luft.

»Aufgeladen?«

»Klar. Man weiß ja nie – könnte sein, dass man mal eine wichtige Telefonnummer abspeichern muss«, grinst Elisa.

»Nicht witzig«, stänkere ich zurück.

»Sorry. Das war unsensibel.« Sie grinst immer noch, legt aber ihren Arm um meine Hüfte und drückt mich kurz.

»Wie ist jetzt eigentlich der Plan?« Karl studiert den Timetable in seiner Hand und flucht leise vor sich hin. Dann reicht er mir den Plan mit resigniertem Gesichtsausdruck.

»Wir haben ein Problem«, stelle ich fest. Karl und ich machen sonst immer unser eigenes Ding auf Festivals. Egal, wie groß die Gruppe ist, mit der wir unterwegs sind – in unseren persönlichen Timetable lassen wir uns kaum reinreden. Musikalisch sind wir, abgesehen von wenigen Ausnahmen, beinahe Zwillinge. Wir hören dieselben Bands, seit wir atmen. Maite hat uns Musik schon zum Babybrei gereicht. Nicht diesen Kinderkram mit Ringelringel oder Weihnachtskleckerei – ordentlichen Rock gab es für uns. Mit Streuseln von Reggae, Alternative – so was eben. Wenn wir nachmittags im Garten gespielt haben, tönte *So Lonely* von *The Police* durch die geöffnete Terrassentür, und wenn ich bei Karl übernachtet habe, sang *Bob Dylan* uns mit *Forever Young* in den Schlaf. Auf Einheitlichkeit legt Maite weder in Sachen Musik noch sonst irgendwo Wert. Hauptsache, die Seele wird berührt. Unsere Seelen wurden berührt. Eine frühkindliche Prägung, die Elisa leider entgangen ist. Wir waren wilde Vierjährige, als sie geboren wurde, und Gesa hat alles gegeben, um sie von uns rüpeligen Jungen fernzuhalten. Das hat bei Elisa Spuren hinterlassen, auch musikalisch.

Und hier liegt das Problem – die Band, die Elisa sehen möchte, überschneidet sich mit *Flogging Molly*, die Karl und ich zwar schon tausend Mal gehört haben, aber die immer wieder gut sind, um auf einem Festival rumzuspringen und Spaß zu haben. Uns blutet ein bisschen das Herz, als wir uns entschließen, unseren Festival-Klassiker für Elisa sausen zu lassen.

»Ihr müsst nicht Babysitten. Erinnert ihr euch? Meine Freunde sind hier. Ihr könnt euch also ganz ungeniert bei diesen komischen Folk-Punkern austoben.« Elisa unterbreitet uns den ultimativen Plan, sich mit ihren Freundinnen zu treffen, um ihre Band zu sehen, deren Namen ich mir nie merken kann, und dann – sie macht diesen Kleine-Schwester-Blick, und in ihrem butterblumengelben Top sieht sie aus wie ein Sonnen-Emoji – sollen wir bitte, bitte mit zu *Von wegen Lisbeth* kommen.

»Geht klar«, sagt Karl, weil *Von wegen Lisbeth* eben klargeht.

Nayra

Ich seziere jedes Grüppchen, an dem wir vorbeikommen, mit den Augen. Blöderweise vergesse ich dabei ständig, auch nach Karl zu gucken. Meine Augen suchen nur Jo. Obwohl wir einen Großteil der Zeit auf dem Marschland im Stockdunkeln verbracht haben, sehe ich ihn wie auf einem gestochen scharfen Foto mit jeder

Pore vor mir. Gleichzeitig jeden Typen zu checken, der einen Kopf größer ist als ich, und aufzupassen, die anderen nicht zu verlieren, ist Multitasking. Dass ausgerechnet Klawitter vor mir geht, macht die Sache nicht besser. Ich drehe den Kopf zur Seite, um seinen unangenehmen Alkoholgeruch nicht einzuatmen.

Er ist einer der Typen, die eigentlich nur mit aufs Festival fahren, weil sie das Campen und Feiern geil finden. Man könnte ihn ebenso gut mit einer Boombox, zehn Kisten Bier und ein paar Leuten im Wald aussetzen. Den Unterschied würde er ganz sicher nicht bemerken. Früher habe ich mich immer gefragt, warum wir ihn überhaupt irgendwohin mitnehmen. Inzwischen bin ich dahintergekommen, dass jede Dorfgeneration mindestens einen Spinner in der Gruppe hat, den sie bis zum bitteren Ende mit durchschleppt. Das nervt. Allerdings ist es auch so was wie gelebte Integration von Kindheitsbeinen an und ein ziemlich anspruchsvolles Social-Training. Natürlich ist Klawitter ohne T-Shirt unterwegs, und ich bemühe mich, nicht seinen vom Schüttel-Bier und Schweiß klebrigen Oberkörper zu berühren, was in der zur Bühne drängenden Menge nahezu unmöglich ist. In Gedanken verkuppele ich Klawitter mit Geertje, die im Bikini-Oberteil vor ihm herläuft.

»Schönes Pärchen, findest du nicht auch?«

»Habe ich auch gerade gedacht. Da geht was, dieses Wochenende.« Ich gucke über die Schulter, damit Ole meine Grimasse sehen kann, und bemerke dabei rechts von mir einen Typen mit T-Shirt auf dem Kopf. Ruckartig bleibe ich stehen, Ole prallt ungebremst auf mich, und

vor mir entsteht eine kleine Lücke, die sich im selben Moment durch fremde Leute schließt.
»Was ist los? Geh weiter.« Ole schiebt mich vorwärts, was okay ist, weil der Turban-Typ nicht Karl sein kann. Karl war, daran erinnere ich mich immerhin, nicht von oben bis unten tätowiert.
»Scheiße«, sagt Ole. »Wo sind jetzt die anderen?«
»Die müssen da vorne ja irgendwo sein«, antworte ich und schlängele mich so schnell wie möglich voran.
Zu spät. Ich habe Tessa und Amelie von Ole und Finn getrennt. Das ist unverzeihlich, weil in diesem Moment *Von wegen Lisbeth* auf die Bühne treten. Ich schäme mich in Grund und Boden, weil ich Tessa ihr Festival-Highlight versaut habe: *Von wegen Lisbeth* mit Ole, ganz nah an der Bühne. Stattdessen stehe ich hier jetzt mit ihm, Ben, Theo und Finn, während Tessa mit Amelie, Klawitter und Geertje irgendwo anders ist.
»Egal!« Ole greift von hinten um meine Taille, singt bei *Wenn du tanzt* ein paar Zeilen mit, dreht mich zu sich um, singt mich an, dreht mich im Kreis und zieht die Nummer bis zum Ende durch.
Und ich bin dabei. Der unbeschwerte Sound der Jungs auf der Bühne fährt mir direkt in die Beine. Für ein paar Songs vergesse ich sogar Jo, was mir erst auffällt, als ich bei *Bitch* mitsinge. In diesem Moment ist das Nicht-an-Jo-Denken vorbei, und ich checke wieder alle männlichen Einsneunziger um mich herum.
»Eigentlich erstaunlich, dass so viele Typen auf *Von wegen Lisbeth* stehen«, brülle ich Theo ins Ohr.

»Allerdings«, schreit Theo zurück und deutet mit einem Nicken auf Finn, der die Band gerade voll abfeiert.
Wir grinsen beide, weil Indie-Pop eigentlich unter Finns männlicher Hip-Hop-Würde ist, und ich denke, dass *Von wegen Lisbeth* echt ein Spagat gelungen ist, was wahrscheinlich an ihren Texten liegt. Da liefern sie so einen Lovesong ab, voll mit Sehnsucht und Schmerz, und nennen das Mädchen, um das es geht, dann lässig mal *Bitch*. Das ist Kontrast. Und es lässt sich so wunderbar ausspeien, wie man wütende Verletztheit eben ausspeien muss. Wenn ich mich bis eben noch gefragt habe, ob *Von wegen Lisbeth* überhaupt dafür taugen, mich hier nach Jo umzuschauen, dann bin ich mir jetzt fast sicher – die Band könnte ihm gefallen.
Genau genommen habe ich alle Bands, die heute noch auftreten, dem Jo-Check unterzogen. Feststellung Nummer eins: Ich weiß nicht so viel über ihn, wie ich dachte. Feststellung Nummer zwei: Der Timetable gibt zwei mögliche Schnittmengen her, die ich für einigermaßen sicher halte. *NOFX* und *Billy Talent*. *NOFX* ist ein Problem. Die Punkrocker mit ihren Reggae- und Ska-Elementen sind nichts für die anderen. Also gehe ich allein hin.

Es dauert genau zwei Songs, bis mich ein Typ im Schottenrock und seine Freunde adoptiert haben. Wir sind ziemlich weit hinten, haben aber umso mehr Platz, um unseren eigenen kleinen Moshpit zu zelebrieren. Die Band ist auf der Bühne so was von lustig. Und die Leute um mich herum ebenso. Wir machen unglaublich viel Quatsch, springen herum, schwenken unsere Arme, haken uns ein, drehen uns im Kreis, bis uns schwindelig wird, und sind für ein Konzert beste Freunde.

Ich denke zurück an meinen Schottenrock-Freund, als *Billy Talent* mit *Devil In a Midnight Mass* eröffnen und Klawitter neben mir steht. Dass ich mit ihm viel Spaß haben werde, bezweifele ich. Doch dann geht ausgerechnet er unfassbar ab, und ich bombe meinen Körper mit seinem und dem von Geertje gegeneinander. Das Leben hält immer Überraschungen bereit.
Wir sind nicht nah genug an der Bühne, um wirklich etwas zu sehen, aber ich kann auf der Videowall erkennen, dass Frontmann *Benjamin* schon nach zwei Songs die Haarsträhnen im schweißüberströmten Gesicht kleben. Das Feld hier unten kocht ebenfalls. Noch nicht mal Klawitters Schweiß ekelt mich mehr an. Ist eben so. Musik schweißt zusammen. Diesen Wortsinn kapiert man auf Festivals.

Samstag, 7. Juli

Jo

Ich habe immer noch *Surrender* von *Billy Talent* im Ohr, zusammen mit diesem Nachdröhnen, das man im Kopf hat, wenn man vom Festivalgelände auf den Campingplatz zieht und auf einmal der Geräuschpegel fehlt.

»Das war heftig.« Karl sieht aus, als hätte er den Schleudergang in einer dreckigen Waschmaschinentrommel überlebt.

»Ich glaube, ich habe drei Millionen Beulen.« Elisa tastet ihre Beine und Arme ab.

»Die kannst du mit Stolz tragen«, schmunzele ich. »Moshpit-Taufe für meine kleine Schwester. Und dann auch noch bei *Billy Talent*.«

»Legendär«, bestätigt Karl. »Woher hast du die eigentlich?« Er zeigt auf die rote Flagge, die Elisa sich um die Hüfte geknotet hat.

»Hat mir einer von den Typen geschenkt. Der, der mich wieder hochgezogen hat, als ich hingefallen bin. Ich glaube, er hat die ganze Zeit insgeheim auf mich aufgepasst, nachdem ich euch verloren hatte.«

»Du bist hingefallen?«

»Ja. Ist aber nichts passiert. Da war ja dieser breitschultrige Retter. Und als die dann diesen riesigen Kreis gemacht haben …«

»Circle Pit«, sagt Karl.

»Dann eben Circle Pit. Jedenfalls hat er mir da die Ecke von dem Tuch …«

»Flagge. Das soll eine Flagge sein. Der Song heißt *Red Flag*. Deshalb hatten alle rote Flaggen dabei«, besserwissert Karl ein bisschen, um Elisa zu ärgern.
»Also er hat mir eine Ecke von der Flagge zum Festhalten gegeben und ist mit mir mitten durch den Circle Pit gerannt.« Elisa zieht *Circle Pit* mit einem ironischen Unterton in die Länge.
»Ist ja schon gut«, sagt Karl.
»Du bist jetzt jedenfalls punkrock-tauglich«, setze ich mein Siegel auf die Diskussion.

Elisa, die immer drei Schritte machen muss, wenn Karl und ich einen machen, ist in eine Art Hüpftrab gefallen. Bei ihr ist noch ohne Ende Energie vorhanden. Und weil Karl vorhin irgendetwas vom Titty-Twister erzählt hat, will sie da jetzt unbedingt hin und sich mit ihren Leuten aus Frankfurt treffen.
»Weißt du überhaupt, was ein Titty-Twister ist?«, necke ich sie.
»Ihr habt ja wohl oft genug über eure Erlebnisse im legendären Partyzelt geredet. Aber keine Sorge, auf meine eigenen Tittys passe ich gut auf.« Elisa lacht.
Ganz klar, sie hat einen Festival-Flash und will den so lange wie möglich aufrecht erhalten. Tanzen, bis es hell wird. Karl und ich sind raus. Wir haben Lust auf ein gemütliches Bier vor dem Zelt, mit ausgestreckten Beinen und ein bis drei Tüten Chips.
»Findest du das Zelt auch wirklich wieder?« Elisa hier alleine durch die Nacht rennen zu lassen, behagt mir

nicht so richtig. Aber ich bin schließlich nicht ihr Vater, und Elisa verzieht nur spöttisch das Gesicht.
»Schon gut«, winke ich ab.
»Bis nachher«, ruft Elisa. Rückwärts hüpfend entfernt sie sich.
Ich sehe ihr noch einen Moment nach. Dann gehen Karl und ich weiter. Nachdem wir den Campingplatz erreicht haben, machen wir es uns bequem, und irgendwie ist es total gechillt, mit Karl schweigend vor dem Zelt zu sitzen und das Treiben zu beobachten.

Nayra
Die Luft im Titty-Twister ist unglaublich stickig, und die Träger meines Tops scheuern auf der Schulter. War ein bisschen viel Sonne heute. Immerhin habe ich nicht so einen krassen Sonnenbrand wie Amelie, deren Haut so neonrot ist, dass sie das Zelt allein beleuchten könnte. Eigentlich brauche ich diese Partynummer nicht, aber die Jungs wollten unbedingt. Und hey, Tanzen ist die beste Möglichkeit, das Nachdenken einzustellen. Tanzen ersetzt jedes Rauschmittel. Was Klawitter definitiv nicht kapiert. Er hat schon wieder ein Bier in der Hand. Wahrscheinlich hat er nur noch keine Alkoholvergiftung, weil er immer die Hälfte verschüttet. So wie jetzt. Er schwingt seinen Arm in die Luft, und kein Mensch weiß, warum es der Arm mit dem Bier sein muss, immerhin hat er auch noch einen anderen. Er ist einfach der typische Festival-Proll.
Tessa, Amelie und ich haben uns gerade mit ein paar

anderen Leuten eingetanzt. Eine alberne Gruppendynamik mit Fremden. Wir haken uns unter, albern herum und werden uns später wahrscheinlich niemals aneinander erinnern. Aber für den Moment ist es witzig. Bis Klawitter herbeigetorkelt kommt und seinen Arm – den freien – um die mit dem gelben Top legt, mit der ich beim Tanzen den meisten Spaß habe. Sie windet sich aus der Umarmung und wirft Klawitter einen angewiderten Blick zu. Er torkelt erneut auf sie zu, wobei er ihr aus Versehen einen Schwall Bier direkt ins Haar kippt.

»Sorry«, lallt er.

Mich überrollt augenblicklich eine Welle Fremdscham. Ich will absolut nicht, dass sie denkt, ich wäre irgendwie mit Klawitter verbandelt oder so. Aber es gibt nur eine Möglichkeit, sie vor weiteren Zudringlichkeiten zu bewahren. Ich stelle mich zwischen sie und Klawitter und zucke entschuldigend mit den Schultern.

»Komm Elisa, wir hauen hier ab«, sagt ihre Freundin und zieht sie mit sich.

Jo

Karl ist eingepennt und schnarcht. Normalerweise kann man ihm mit einem Nasengriff wieder zu einer normalen Atmung verhelfen, aber der Trick funktioniert wohl nur in nüchternem Zustand. Gegenüber versuchen ein paar Leute, Dosenravioli über einem kläglichen Rest glühender Grillkohle zu erhitzen. Ich gebe ihnen unseren Gaskocher, nehme noch ein Bier von ihnen und stelle fest, dass ich wahnsinnig müde bin. Doch bevor Elisa nicht wieder auftaucht, bekomme ich kein Auge zu.

Nayra

Irgendwie haben wir es geschafft, Klawitter zu den Zelten zu schleppen. Ben und Theo haben ihn erst mal unter freiem Himmel auf einer Decke geparkt. Das hätten wir mit Geertje auch machen sollen. Sie konnte kaum noch laufen und liegt jetzt angezogen und mit Schuhen quer im Zelt, das sie sich eigentlich mit Amelie teilt. Ich habe echt Schiss, dass sie in der Nacht kotzt.

»Komm zu uns rüber«, sage ich zu Amelie und helfe ihr, ihren Schlaf- und Rucksack in Sicherheit zu bringen. Zusammen mit Tessa bleibt Amelie noch draußen bei den anderen sitzen, aber ich bin durch und krieche in den Schlafsack. *Wird extrem eng hier nachher*, denke ich noch, und wache erst wieder auf, als Tessa und Amelie ins Zelt krabbeln.

»Pennen die anderen auch?«, murmele ich.

»Ole und Finn sitzen da noch«, erwidert Tessa.

Es dauert keine fünf Minuten, bis das Geraschel der beiden verklingt und ich nur noch gleichmäßige Atemzüge höre. Draußen ist es inzwischen hell, und im Zelt entwickelt sich bereits diese Morgensonnenwärme, die einen nach Luft schnappen lässt. Leise ziehe ich den Reißverschluss ein Stück auf und halte meine Nase in den spärlichen Luftzug. Eingelullt von den Stimmen, die auf dem still gewordenen Campingplatz jetzt gut zu verstehen sind, dämmere ich vor mich hin. Ein paar Wörter schnappe ich wie durch Watte auf. Irgendwas mit »süß« und »sexy« – das ist Finns Stimme –, und nach einer kurzen Schweigepause fragt er »Und was ist mit Tessa?«, woraufhin erst nur das Ploppen eines Kronkorkens zu hören ist.

Dann murmelt Ole: »Da ist nichts.«

Ich komme mir vor wie eine Diebin. Stehle ihnen die Geheimnisse und werde zur Mitwisserin, ohne es zu wollen. Es wäre fair, wenn ich jetzt ein Zeichen geben würde. Hallo, ich bin wach. Ein Husten würde vielleicht schon ausreichen. Stattdessen halte ich wie gebannt den Atem an.

»Was ist los mit dir? Sie steht auf dich, ist komplett in Ordnung und sieht sogar richtig gut aus«, höre ich Finns Stimme.

»Ich weiß.« Ole seufzt. Pause. Pause. Seufzen. »Es liegt nicht an ihr.«

»Kapier ich nicht. Woran dann?« Wieder Finn.

Stille. In der Ferne brüllt irgendein Idiot nach Helga, und ich denke, dass dieser Festival-Gag doch eigentlich längst ausgedient haben müsste.

Bevor ich mich weiter damit beschäftigen kann, schnappe ich erneut Finns Stimme auf, er klingt ungläubig: »Nayra?«

Es bleibt ziemlich lange still.

»Ja. Schon immer. Seit ihrem ersten Tag in der Schule.« Oles Stimme. Die ich immer erkenne. Weil Ole der ist, der mich in der neuen Schule quasi adoptiert hat.

Ich liege mit weit aufgerissenen Augen im Zelt und würde am liebsten Tessa wachrütteln, um ihr diese unverdauliche Neuigkeit zu erzählen, aber das ist nicht möglich. Zum ersten Mal verstehe ich, warum mein Vater immer meint, dass er nicht scharf auf Geheimnisse ist. Er sagt, sie würden nur Unannehmlichkeiten ins Leben bringen. Eigentlich muss ich dringend pinkeln, allerdings kann ich ja jetzt schlecht aus dem Zelt platzen und so tun, als wäre nichts.

»Sie ist irgendwie perfekt«, spricht Ole leise weiter. Seine Stimme klingt rau. »Hast du schon mal das Grübchen in ihrer Wange bemerkt? Nur eins. Links. Das ist so typisch Nayra. Irgendwie asymmetrisch. Wie alles an ihr. Zwei verschiedene Seiten. Zart und verletzlich und dann wieder cool und unnahbar.«

»Warte, warte, warte«, sagt Finn. »Weiß sie das?«

Stille.

»Du hast es ihr nie gesagt?«

»Nein, Mann«, höre ich Ole etwas lauter.

»Warum nicht?«

»Erst hatte sie Piet. Von dem hat sie noch ewig geredet, als er schon längst mit Emma zusammen war. Und neulich, auf dem Marschland, rempelt dieser Adonis sie an, und sie ist für den Rest des Festivals verschwunden. Ich bin so bescheuert, dass ich nicht mit euch zu den *DONOTS* gegangen bin.«

Wieder Kronkorken-Ploppen. Ich wette, dass es Ole ist, der sich noch ein Bier öffnet.

Meine Blase platzt gleich. Irgendwer auf dem Campingplatz hat Musik angemacht. Volle Dröhnung *Feine Sahne Fischfilet.*

»Scheiße, die stehen alle schon wieder auf«, höre ich Finn sagen.

»Boah, ich bin jedenfalls auch komplett im Arsch«, antwortet Ole, der wahrscheinlich, genau wie ich, mit halbem Ohr den Songtext wahrgenommen hat.

Dann höre ich den Reißverschluss vom Zelt. Geraschel. Ruhe. Ich warte noch drei Songs ab, bevor ich leise meine Duschsachen aus dem Rucksack ziehe und dann endlich aufs Klo gehe.

Jo

Elisa sieht schwer zerfleddert aus, als sie ankommt. Um uns herum geht schon das morgendliche Campingleben los. Leise Musik ein paar Zelte weiter und ein ziemlicher Hammer von irgendwo weiter weg. Ich identifiziere *Feine Sahne Fischfilet.* Klar, für die meisten Leute ist das nur eine geile Gröl- und Feier-Punkrock-Band, aber für mich sind sie auch echte Helden. Das muss man erst mal bringen, sich in der dunkelsten rechtsextremen Gegend Deutschlands mit antifaschistischen Texten auf die Bühne zu trauen. Ein bisschen mehr Engagement zur Weltverbesserung würde mir auch gut stehen. Vielleicht sind es Elisas nassen Haare – warum sind die überhaupt nass? –, die mich plötzlich auf eine Idee bringen.

»Du guckst, als wärst du auf Droge«, sagt Elisa und erkundigt sich, ob alles klar bei mir ist.

»Nur gerade so eine Eingebung. Abgesehen davon habe ich nicht gepennt«, erwidere ich.
»Warum das denn nicht?« Sie hat echt keine Ahnung. Und weil sie dabei so naiv und süß ist, verkneife ich es mir, die Sorgenvoller-Bruder-Nummer abzuziehen und sage nur, dass Karl geschnarcht hat.
»Und was für eine Eingebung?«
»Ach, nichts weiter. Nur so eine Idee.«
»Jetzt sag schon«, drängelt sie.
»Ich habe doch letztes Jahr Schwimmunterricht für die Flüchtlingskinder gegeben. Ich glaube, das mache ich die nächsten zwei Wochen wieder, bevor ich bei Papa im Hotel arbeite.«
»Und das fällt dir JETZT ein?«, erkundigt sich Elisa.
»Inspiration von *Feine Sahne Fischfilet*«, grinse ich. »Hörst du?«
Elisa hebt den Kopf, als könnte sie die Mucke dann irgendwie besser hören. »Und die haben jetzt den Schwimmlehrer in dir wachgeküsst?«
»Deine nassen Haare waren auch beteiligt.«
Elisa fasst sich ins Haar. »Ach ja. Das war heftig, in diesem Titty-Twister. Mich hat so ein Typ angemacht.«
»Wie bitte?«
»Ja, war nicht so schlimm. Der war einfach nur voll. Aber ich habe sein komplettes Bier abgekriegt. Außerdem war es übertrieben heiß in dieser Tanz-Sauna. Deshalb habe ich mal meinen Kopf unter den Wasserhahn gehalten.«
Elisa zieht eine Haarsträhne zur Nase. »Stinkt immer noch nach Bier. Ich glaube, ich gehe mal duschen.«

»Bin dabei«, sage ich und angele unsere Duschsachen aus dem Zelt.

Nayra

Wie ich geahnt habe, hat der morgendliche Run auf die Sanitäranlagen noch nicht voll eingesetzt. Die Toiletten sind noch ganz in Ordnung, und ich freue mich mit ein paar anderen über die noch leeren Duschen. Meine Haare sind total strohig vom Staub. Länger als nötig lasse ich das warme Wasser über meinen Rücken laufen. Ich habe das Gefühl, damit nicht nur Staub und Schweiß, sondern auch das aufwühlende Wissen abspülen zu können. Ich schließe die Augen und denke an den Käse, den Ole mir neulich gegrillt hat.

Sollte das ein Liebesbeweis sein?

Scheiße. Ich weiß absolut nicht, was ich Tessa sagen soll. Ich drehe das Wasser ab und greife gerade nach meinem Handtuch, als sie im Duschraum auftaucht.

»Hi.« Ihre Stimme ist brüchig. »Gut geschlafen?«

Mein Herz rast wie vor einem Gespräch mit dem Schuldirektor, bei dem man aus moralischen Gründen lügen muss, weil man sonst jemanden verpetzt, der es nicht verdient hat. Ich bekomme einen Schweißausbruch und würde mich am liebsten sofort wieder unter die Dusche stellen.

»Eigentlich nicht«, sage ich vage.

»Ich habe überhaupt nicht gepennt. Wäre aber wohl besser gewesen.«

Fuck. Fuck. Fuck. »Wie meinst du das?«

Tessa reibt sich mit der Hand durchs Gesicht. »Was kann man an *überhaupt nicht gepennt* nicht verstehen?«

Ich rubbele mit dem Handtuch so fest über meine Haut, dass es wehtut.

»Soll das ein Peeling werden?«, fragt Tessa.

Um Zeit zu gewinnen, schlinge ich mir das Handtuch umständlich um den Körper, bekomme es jedoch nicht festgeknotet und halte es letzten Endes nur zusammen. Während Tessa ihr Schlafshirt und die Boxershorts an einen Haken hängt und nun völlig nackt vor mir steht, sage ich, was gesagt werden muss. »Ich habe auch nicht geschlafen.«

Tessas Miene erstarrt. »Gar nicht?«

»Nicht, seit ihr ins Zelt gekommen seid«, antworte ich und beobachte jede Regung in ihrem Gesicht.

Ich sehe sie anrollen, die Tränen. Sie bahnen sich ihren Weg von irgendwo ganz tief unten bis zu den Augen und sammeln sich dick und schillernd in Tessas Augenwinkeln, bevor sie ihr Gesicht hinabrollen und vom Kinn tropfen. Nach ganz tief unten. Auf den Boden.

Ich nehme Tessa in den Arm, wobei mein Handtuch verrutscht und ich nun ihre Haut auf meiner spüre. Brust an Brust. Tessa merkt das wahrscheinlich gar nicht, ich allerdings schon. Bescheuert, dass ich jetzt überlege, was die anderen um uns herum wohl denken. Das sollte mich in so einem Moment ja wohl mal gar nicht interessieren.

»Du bist nackt«, sagt Tessa nach einer Weile.

»Du auch«, antworte ich.

Wir prusten beide los. Tessa läuft ein bisschen Schnod-

der aus der Nase. Sie wischt ihn mit dem Handrücken ab, begutachtet die Schlieren und sieht sich um. Ihr Blick fällt auf mein Handtuch, und ich schüttele vehement den Kopf. »Auf keinen Fall.«
Dann guckt sie zur Dusche und dreht den Wasserhahn auf. »Und jetzt?«, fragt sie.
Ich nehme mein Trägerkleid vom Haken und zucke mit den Schultern. »Keine Ahnung.«
»Dann sind wir wohl einfach drei unglücklich Verliebte«, stellt Tessa fest und dreht sich zur Wand.

»Wer ist unglücklich verliebt?«
Erschrocken lasse ich mein Kleid, das neue olivfarbene, das meine Mutter mir aus Berlin mitgebracht hat, auf die nassen Holzpritschen im Duschzelt fallen. Ich weiß echt nicht, was schlimmer ist. Dass Amelie urplötzlich da steht oder dass mein Kleid auf diesem ekligen Fußpilzboden liegt.
»Niemand«, sage ich, hebe mein Kleid auf und schüttele es ein bisschen, als ob Nässe abfallen könnte.
»Hast du gut geschlafen?«, fragt Tessa mit einem Unterton, der jegliche Lüge verbietet.
Amelie wird rot. Noch röter als ihr Sonnenbrand, dessen Neonrot sich in ihrem Gesicht mit dem hochschießenden Blutrot aus ihren Adern vermischt. »Nur kurz.« Sie seufzt und hebt hilflos die Schultern. »Ich habe es gehört.«
»Na super.« Tessa dreht sich wieder zur Wand und seift sich ein.

Jo

»Alter, habt ihr etwa schon geduscht?« Karl sitzt vor dem Zelt und kocht Kaffee.

»Solltest du auch mal machen«, meint Elisa.

Sie ordnet notdürftig ihre Klamotten und fragt nebenbei, warum die Leute vorhin eigentlich überall nach Helga gerufen haben.

Karl sagt nur: »Helga ist tot«, erklärt ihr dann aber doch noch, dass irgendwer mal auf einem Festival lauthals nach seiner Freundin Helga gesucht haben soll und dass dieser Ruf seitdem so eine Art Festivalritual ist.

»Es gibt auch noch eine andere Variante«, mische ich mich ein. »Auf einem verregneten Festival haben alle auf eine Gut-Wetter-Front namens Helga gewartet und deshalb ständig Helga gerufen. Ein Schrei nach Sonne.«

Ich gucke Elisa dabei zu, wie sie ihre Isomatte aus dem Zelt zergelt. Sie legt das Ding ins Gras, wischt mit der Hand ein bisschen Sand weg und richtet sich mit Kopfkissen und einem Mandala-Tuch als Decke so ein, als würde sie an einem einsamen Strand für ein Foto posen. Noch bevor Karl den Kaffee fertig hat, ist sie eingeschlafen. Zwischen all dem Festivalmüll um uns herum sieht sie aus wie ein sauberer Engel auf einem Schlachtfeld.

Karl reicht mir einen Kaffee im Emaillebecher. Was Kaffee betrifft, kennt er keine Kompromisse. Er kann sich ein ganzes Festival lang von Dosenscheiß oder Chips ernähren, aber er fährt nie ohne den Espressokocher. Drei Mädchen, die neben uns campen, gucken ziemlich neidisch.

»Kaffee?« Karl bringt sein charmantestes Lächeln zum Einsatz.
»Total gerne!«, rufen alle drei mehr oder weniger gleichzeitig rüber.
Nicht zum ersten Mal stelle ich mir die Frage, ob das der wahre Grund ist, weshalb Karl immer den Espressokocher mitschleppt.
»Kommt sofort.« Einem Barista gleich, bereitet er mit geübten Handgriffen und seinen bescheidenen Bordmitteln den Kaffee zu.
Die Nummer hat ihm schon mehrfach die Herzen weiblicher Campnachbarn zufliegen lassen. Erfahrungsgemäß finden Mädchen kaffeekochende Typen mindestens genauso beeindruckend wie Jungs, die Gitarre spielen.
»Fertig?« Karls ungeduldiger Ton lässt mich den Kaffee hinunterstürzen.
»Hier. Wenn's hilft.« Ich reiche ihm meinen leeren Becher, den er jetzt für die drei nebenan braucht.
»Oder wolltest du auch noch einen?« Sein Gesichtsausdruck duldet kein Ja.
Mein Bedürfnis an Festivalbekanntschaften ist noch vom Marschland gedeckt. Also verziehe ich mich ins Zelt und hoffe auf ein bisschen Schlaf.

Nayra
Keine von uns dreien kann Ole in die Augen gucken, als er aus dem Zelt kriecht. Er reckt und streckt sich, fragt »Was geht?« und verschwindet Richtung Toiletten.

»Zeit, aufs Gelände zu gehen, oder?«, frage ich Amelie und Tessa.
Tessa nickt. Amelie guckt zu Finn rüber und meint, dass sie noch ein bisschen bleibt.
»Wollt ihr schon los?« Theo, der gerade geduscht hat, schlüpft eilig in seine Jeans.
»Ja, mittags ist die Atmosphäre so schön entspannt. Ein bisschen die Stände inspizieren, wenn es noch ganz leer ist, und dann gechillt eine Band sehen, die man noch nicht kennt. Das macht echt Spaß. Willst du mitkommen?« Es wäre mir mehr als recht, wenn Theos Anwesenheit uns davon abhalten würde, über die Sache mit Ole zu reden.
»Wer spielt denn?« Theo staffiert sich schon mit Geld und Handy aus, er zögert also nicht wirklich.
»Die ersten Bands kenne ich nicht. Aber um halb drei *Kakkmaddafakka*. Die sind richtig gut.«
»Bin dabei«, sagt Theo. »*KMF* sind perfekt. Ganz vergessen, dass die heute spielen.«
Es ist windig geworden, und die rasant vorbeiziehenden Wolken erinnern mich an das Marschland. Irgendeine Fernsteuerung in meinem Hirn lässt mich auf meinen Arm blicken. Doch da ist nichts. Nicht die geringste Spur eines Buchstabens oder einer Zahl. Ich hole meinen Kapuzenpulli aus dem Zelt und binde mir die Haare mit einem Tuch aus dem Gesicht.
»Kurze oder lange Hose?«, überlegt Tessa.
Noch bevor sie sich entschieden hat, ist Ole wieder zurück und meint, er würde auch zu *Kakkmaddafakka* mitkommen. Shit.

Tessa erstarrt.
»Glaube nicht, dass die dein Ding sind«, sagt Theo in einem Ton, der selbst eine heiße Quelle in Sekundenschnelle gefrieren ließe.
Irgendwas geht zwischen Ole und Theo ab, von dem ich keine Ahnung habe. Ihr Blickgefecht ist so offensichtlich, dass man es wie messerscharfe Klingen in der Atmosphäre spürt. Theo ist eigentlich mehr der entspannte Typ, diese Mörderblicke sind normalerweise gar nicht seine Art.
Ole tritt einen Schritt zurück. »Ja, wahrscheinlich«, meint er. »Muss sowieso erst mal was essen. Wir sehen uns dann später.«
»Alles klar«, sagt Theo, als hätte es die Szene eben nie gegeben. »Bis dann. Spätestens bei *RIN*, richtig?«
»Unbedingt«, antwortet Ole und lässt sich in einen Campingstuhl plumpsen.

»Was war das denn vorhin?«, flüstert Tessa etwas später, als Theo am Merchandising-Stand einen Pulli anprobiert.
»Das wüsste ich auch gerne«, erwidere ich.
»Den oder den?«, fragt Theo.
»Eindeutig den«, antworten Tessa und ich gleichzeitig und zeigen jeweils auf einen anderen Kapuzenpulli.
»Na super.« Theo begutachtet weiter die beiden Pullis und entscheidet sich für Tessas Favoriten.
Das Gelände liegt frisch aufbereitet vor uns. Nur ein Trupp Reinigungskräfte in grünen Westen und mit Harken in der Hand lässt erahnen, dass hier die letzten Stun-

den hart gearbeitet wurde, um das Chaos der Nacht zu beseitigen. Theo meint, dass es einen gewissen Zauber habe, alles erwachen zu sehen. Er sagt wirklich *Zauber*. Tessa lächelt. Und wenn Theo Tessa zum Lächeln bringen kann, dann ist dieser Tag schon ein bisschen gerettet.
»Ich habe mal gelesen, dass auf dem Magic7 fünfhundert Tonnen Müll produziert werden.« Tessas Stimme klingt immer noch ein bisschen belegt.
»Na ja, bei 70000 Leuten«, erwidert Theo. »Man denkt da ja nie so drüber nach, wenn man sich das allerdings wirklich mal vor Augen führt, dass die alle essen, trinken und auf Toilette gehen, dann ist das organisatorische Höchstleistung.«
»Stimmt.« Tessa guckt zu dem Piercing-Stand rüber, vor dem ein Mädchen auf einem Hocker sitzt. »Was glaubt ihr, wie viele Leute sich hier piercen oder tätowieren lassen?«
»Keine Ahnung. Ich würde beides ganz bestimmt nicht auf einem Festival machen.« Theo bleibt stehen und beobachtet den Piercer bei der Arbeit.
»Ne, echt nicht«, stimme ich Theo zu. »Dass Tattoo- und Piercing-Studios so steril sind, hat ja seinen Sinn. Warum sich also freiwillig hier in den Staub setzen?«
»Würdest du dich denn überhaupt piercen lassen?«, will Tessa von Theo wissen.
»So ein Nasenpiercing oder ein Tattoo reizt mich schon. Was meint ihr?« Er wendet sein Gesicht zur Seite, um uns sein Profil zu zeigen. Er hat ein schönes Profil. Aber alles an ihm, von der kleinen Vertiefung im Kinn über seine gewellten hellbraunen Haare bis hin zu seinem im-

mer leicht melancholischen Blick, ist so natürlich, dass ich mir einen Fremdkörper wie ein Piercing in seinem Gesicht absolut nicht vorstellen kann. Tessa betrachtet ihn aufmerksam, wobei sich unter ihrem linken Mundwinkel diese zwei typischen Grübchen bilden, die zum Vorschein kommen, wenn sie beim Überlegen die Lippen leicht zusammenpresst, und die aussehen, als wären dort zwei Piercings entfernt worden.

Wir antworten gleichzeitig, aber Tessa sagt »Piercing«, ich »Tattoo«. Bisher hätte ich Theo weder das eine noch das andere zugetraut. Er kommt aus einer ziemlich konservativen Familie, und abgesehen von der abgerockten braunen Lederjacke seines verstorbenen Onkels, die er Tag für Tag wie ein Heiligtum trägt, ist mir noch nie ein Anflug von Rebellion an ihm aufgefallen. Allerdings wäre ich auch nie auf die Idee gekommen, mit ihm gemeinsam in mehreren Körbchen voller Freundschaftbänder zu wühlen. Doch genau das machen wir am nächsten Stand. Letzten Endes kaufen wir uns alle die gleichen – plus eins für Theos kleine Schwester – und knoten sie direkt um unsere Handgelenke, was sich angenehm verbindend anfühlt. Als wären wir jetzt eine Bande mit Geheimcode. Aber vielleicht kommt dieses Gefühl auch nur daher, dass wir mit Theo gechillt einen Festivalmittag ohne Alkohol und ätzende Sprüche verbringen. Mit Theo. Und mit *KMF*. Die Band kann zwar nicht die Wolken am Himmel vertreiben, fetzt jedoch jeglichen Restbestand übler Laune direkt vom Platz. Wir springen zu ihrem fröhlichen Sound herum, wobei

Theo und ich kurz zusammenknallen. Nicht so heftig wie Jo und ich auf dem Marschland. Trotzdem bleibe ich in der Erinnerung wie in einem Fischernetz hängen. Zwar hat Jo *Kakkmaddafakka* nie erwähnt, trotzdem könnte ich wetten, dass die Band voll sein Ding ist. Wenn er wirklich hier ist, dann besteht die Möglichkeit, dass er sich diesen Auftritt ansieht. Und wenn das so ist, dann gibt es zumindest eine geringe Chance, ihn irgendwo zwischen den Leuten zu finden. Es ist eine bescheuerte Idee. Das ist mir klar. Vergleichsweise aber weniger bescheuert als der Trip zur Uni in Hamburg. Jedenfalls aus meiner Sicht. Die Tessa nicht teilt. Sie meint, es wäre idiotisch, sich durch die tanzenden Leute zu quetschen. Aber wenn es so etwas wie ein Zeichen des Universums gibt, dann muss der kurze Zusammenstoß mit Theo eben ja wohl eines gewesen sein. Peng und Jo im Kopf. Also gehe ich los. Quetsche mich, schlängele mich, tänzele mich und hüpfe mich zwischen den Leuten hindurch, die mich wahlweise angiften oder mir eine Lücke bahnen, durch die ich schlüpfen kann. Von der Seite nähert sich ein Typ, der vier volle Biere in seinen hoch in die Luft gestreckten Händen hält. Es ist mir ein Rätsel, wie man für ein paar Bier diese Strapazen auf sich nehmen kann. Ihm offenbar auch, denn er bleibt direkt neben mir stehen und guckt sich um.

»Scheiße, das ist komplett aussichtslos, hier jemanden wiederzufinden«, brüllt er gegen die Musik an.

»Ja. Stelle ich auch immer wieder fest«, schreie ich zurück.

»Ich gebe auf. Willst du eins?« Er hält mir die vier Biere hin.
Aber für mich ist aufgeben keine Option. Ich schüttele den Kopf und drücke mich zwischen zwei Mädchen hindurch in die nächste Reihe.

Jo
Unglaublich, dass ich *KMF* verpennt habe. Als ich aus unserem Zelt krieche, sitzt Elisa mit Karl bei den drei Kaffee-Mädels. Außerdem haben sich zwei Typen dazugesellt, ich glaube, sie gehören zu der Dosenravioli-Gruppe gegenüber. Auf meine Frage, warum mich niemand geweckt hat, zuckt Karl nur mit den Schultern. Es sei ja nicht so, dass wir *KMF* noch nie gesehen hätten. Einer von den Dosenraviolis sagt, dass *KMF* sowieso etwas zu glatt geworden seien, seit der alte Keyboarder nicht mehr dabei ist. Ehrlich gesagt interessiert es mich aber einen Scheiß, was dieser Typ findet.
»Wir können ja jetzt los.« Elisa steht auf.
Karl zögert. Ich bemerke seinen Blick auf die Braunhaarige. Sie sieht ein bisschen aus wie Maite in jung. Ob es wahr ist, dass man in einem Beuteraster gefangen ist, das irgendwas mit gewohnten familiären Mustern zu tun hat? Naira hat jedenfalls null Parallelen zu Gesa. Vielleicht bin ich eher der Gegenteil-Typ und fahre auf Frauen ab, die mich möglichst nicht an Gesa und ihre herrische Art erinnern.
»Also was ist nun?«, fragt Elisa in die Runde. Der Wind weht ihr die Haare ins Gesicht. In einer einzigen fließen-

den Bewegung dreht sie sich gegen den Wind, fasst ihre Haare mit den Händen zusammen und streift ein Haargummi vom Handgelenk in den Schopf, den sie lässig zu einem lockeren, wippenden Knoten bindet. Sie lächelt mich an, als würde sie mir sagen wollen, dass sie jetzt für den zweiten Festivaltag bereit ist. Und dann erklärt sie, dass sie unbedingt mit mir ins Riesenrad möchte, um das Gelände mal von oben zu sehen. Das Wort *Riesenrad* trifft mich wie ein Vorschlaghammer. Eine Erinnerung bricht wie ein Tsunami durch meinen Körper. Es rauscht in meinen Ohren, die Umgebung verschwimmt, und ich höre mein Herz rasen. So, wie man Geräusche beim Tauchen unter Wasser hört. Der Flashback ist wie ein verschwommener Blick auf Naira, während man von einer Welle erfasst und unter Wasser gedrückt wird. Man sieht Steinchen und Sand umherwirbeln, erahnt die menschlichen Umrisse, das Lächeln, die Haare, bekommt aber keinen klaren Blick auf die Details.

»Jo, geht es dir gut?« Elisas Stimme dringt wie aus der Ferne an mein Ohr. Verzerrt von diesem Rauschen, das langsam etwas abklingt.

»Ja, alles klar.« Ich räuspere mich. »Alles in Ordnung.« In Erinnerung an meine Erste-Hilfe-Ausbildung nehme ich mir die nächstbeste Flasche Wasser und leere sie mit wenigen Zügen. Ich bin mir nicht sicher, ob das so eine Art Kreislaufabsacker war oder ob es möglich ist, dass allein die Erwähnung des Riesenrads und die Erinnerung an Naira diesen Zustand hervorgerufen haben. Das wäre ziemlich crazy.

Wir kramen noch ein paar Sachen zusammen, diskutieren hin und her, wer nun wann aufs Gelände will und welche Bands als Nächstes spielen. Schließlich bleiben Karl, Elisa und ich unter uns, und die drei Mädels schließen sich den Raviolis an. Es bleibt unklar, ob es eine zwischenmenschliche Entscheidung ist oder ob es eher um Musikgeschmack geht. Für entsprechende Psychoanalysen, die Elisa aufstellt, habe ich gerade keinen Sinn. Ich denke nur Naira, Naira, Naira. Und ich weiß, dass ich sie irgendwie wiedersehen muss, weil ich sonst noch durchdrehe.

Elisa textet mich weiter die ganze Zeit mit allen möglichen Informationen über die drei Mädels zu. Dass die eine direkt nach dem Festival für ein Jahr nach Südamerika geht. Und eine andere, Larissa, durchs Abi gefallen ist und jetzt den ganzen Scheiß noch mal machen muss. Eine Weile höre ich gar nicht richtig hin. Bis Elisa erwähnt, dass die mit den Sommersprossen auch in Hamburg wohnt und ihren Freund letztes Jahr auf einem Festival kennengelernt hat.

»Das ist so krass«, redet Elisa weiter. »Die sind da nur zufällig nebeneinander langgegangen und von einem Radiosender interviewt worden. Und anschließend haben sie sich noch ewig unterhalten. Das war alles. Keine Telefonnummern, keine Namen. Nichts. Aber hinterher ging das wohl beiden nicht mehr aus dem Kopf, und der Typ hat in so einem Festival-Forum nach ihr gesucht. Sie meinte, dass da alles voll ist von solchen Anzeigen. So was wie: *Suche den Jungen, der aus München kommt und Jura studiert. Wir haben uns vor der roten Bühne bei* Bilderbuch *kennengelernt.*« Elisa macht eine kaum merkliche Pause, bevor sie weiterredet. »Hast du eigentlich auch mal in einem Forum nach Naira gesucht? Ich meine, das ist ja naheliegend.« Als ich nicht antworte, checkt Elisa sofort, was Sache ist, und es ist augenblicklich klar, dass sie ihren Bruder für den größten Vollpfosten unter der Sonne hält.

Karl wirft mir einen mitleidigen Blick zu, nimmt einen Schluck aus der Bierdose, die er sich vom Zeltplatz mitgenommen hat, und hält sie anschließend mir hin.

Ehrlich gesagt kann ich ein Bier jetzt gut gebrauchen. Gierig nehme ich einen großen Schluck und spucke ihn angewidert sofort wieder aus.

»Bisschen warm«, gibt Karl zu. Aus seiner Sicht trotzdem kein Grund, diese goldgleiche Flüssigkeit zu verschmähen. Er nimmt die Dose wieder an sich und trinkt sie aus, bevor wir durch die Einlasskontrollen gehen. Ich trage das Magic7-Bändchen am selben Arm wie das vom Marschland, wie könnte ich also in diesem Moment nicht an Naira denken? Abgesehen davon, dass Elisa immer noch von diesem Forum redet und erst verstummt, als ich mich einverstanden erkläre, mich jetzt sofort anzumelden und eine Suchmeldung aufzugeben.

»Und was soll ich schreiben? So was wie: Du hast zwar nicht geschrieben, aber melde dich bitte?«

Elisa kräuselt die Stirn. Wenn sie wüsste, dass ich mich Nacht für Nacht frage, warum Naira sich nicht meldet, dann würde sie mich jetzt zufriedenlassen. Es gibt nämlich keine vernünftige Erklärung, warum ihr die Nummer abhandengekommen sein könnte. Allein der Gedanke, dass sie einfach kein Interesse daran haben könnte, sich bei mir zu melden, löst jedes Mal eine real erscheinende Schmerzattacke aus. Manchmal ist es ein stumpfer Schmerz, so wie jetzt. Wie ein Tritt in den Magen. Oder wie der Aufprall nach einem Sturz, wenn man auf den Rücken fällt und für Sekunden keine Luft bekommt. Dann gibt es noch den Messerschmerz, ein unerträgliches Stechen in der Brust. Beide Attacken klingen nach kurzer Zeit wieder ab. Anders dagegen dieses chronische Leid, das sich längst in meinen Eingeweiden eingenistet hat wie ein Freude und Hoffnung fressender Schädling. Unvorstellbar, es mit nicht beantworteten Gesuchen in irgendwelchen Foren noch zu nähren. »Nein«, revidiere ich mein Einverständnis. »Keine Chance. Das mache ich nicht.«

Wir sitzen inzwischen an einem der langen Tische im Bereich der Food-Trucks, vor uns die zurückgelassenen Pizza- und Wurstpappen anderer Leute, mit Ketchupresten, in denen ausgedrückte Zigarettenkippen stecken, und warten auf Karl, der Burritos besorgen wollte.

Elisa sieht von ihrem Handy auf und sagt »zu spät«, was ich nicht verstehe, bis sie diesen Ausdruck im Gesicht bekommt, den ich von unserer Mutter kenne. Es ist diese Keine-Diskussion-mehr-Miene, mit der mich Gesa gegen meinen Willen sowohl bei der Kinder-Therapeutin als auch beim Geigenunterricht angemeldet hat.

»Nicht dein Ernst«, sage ich tonlos.

»Doch«, antwortet Elisa und grinst, wirkt allerdings nicht mehr ganz so überzeugt.
»Was hast du geschrieben?«
Sie gibt mir ihr Handy.

Naira, bitte melde dich. Das Marschland mit dir war unvergesslich. Ich vermisse dich. Jo

Schweigend lege ich das Handy vor Elisa auf den Tisch. Dann stehe ich auf und gehe. Ich muss eine Runde drehen, kurz allein sein, damit ich nicht laut schreie. Vielleicht will ich auch einfach nur ein Bier. Ein kaltes. Nicht diese Pissbrühe, die Karl mir vorgesetzt hat. Aber ich komme keine zwei Meter weit.
»Warte. Warte, Jo. Bitte.« Elisas Flehen würde selbst einen Stein erweichen, als großer Bruder habe ich da keine Chance.
Noch bevor ich mich umgedreht habe, höre ich ein lautes Krachen und den Schrei, den ich zwischen Tausenden rausfiltern könnte. Elisas Schrei. Was auch immer sie getan hat, jedenfalls ist der Tisch umgefallen, Elisa liegt daneben und pflückt sich gerade eine Fresspappe mit Nudelrest vom Bein.
»Alles okay?«, frage ich anstandshalber, bevor mich ein Lachanfall ereilt.
In diesem Augenblick kommt Karl zurück, legt die drei in Papier gewickelten Rollen auf die am saubersten wirkende Stelle des Nachbartischs und hilft mir, zusammen mit ein paar anderen Leuten, den Tisch wieder aufzu-

stellen, während Elisa den Müll aufsammelt, der auf den Boden gefallen ist. Nicht, dass acht bis zehn Plastikteller und ein paar Servietten auf dem Boden hier weiter auffallen würden, es ist wohl mehr eine Frage des Anstands. Nachdem Elisa sich sortiert hat, setzen wir uns wieder an den Tisch und futtern unsere Burritos. Mit jedem Bissen, den ich runterschlucke, scheint auch mein Ärger zu verschwinden. Elisa traut sich nicht, etwas zu sagen, und ich lasse sie noch ein bisschen zappeln, aber ich bin drüber weg. Insgeheim muss ich mir eingestehen, sogar ansatzweise froh darüber zu sein, dass dieser Text jetzt im Internet steht. Die Hoffnung stirbt zuletzt, und dass es ein neues Fünkchen Hoffnung gibt, bedeutet, dass ich innerlich noch nicht ganz tot bin. Es ist absurd, doch aus dem Nichts ploppt die Idee in mir auf, dass ich mich verschrieben haben könnte. Die geringe Wahrscheinlichkeit, Naira auf dem Marschland einen Zahlendreher oder eine unlesbare Zahl auf den Arm gekritzelt zu haben, verändert alles. Ich fühle mich, als hätte jemand den eisernen Ring um meinen Körper gesprengt. Eine Armee von Ideen formiert sich in meinem Kopf. Alles ist wieder möglich.

»War wohl doch keine sooo schlechte Idee«, wagt sich Elisa vor.

»Wie kommst du darauf?«, frage ich.

»Weil du so debil vor dich hin grinst, als würde dir jemand die Eier kneten«, nuschelt Karl, der sich gerade den fast faustgroßen Rest seines Burritos in den Mund geschoben hat.

»Na ja, also falls du es demnächst mal auf Antworten checken willst – du kannst dich mit deiner Mailadresse einloggen. Das Passwort ist naira, alles klein geschrieben«, sagt Elisa.

Meinem halbherzigen Vortrag über verletzte Persönlichkeitsrechte hört niemand mehr zu, weil zwei Typen in Alpaka-Kostümen sich von beiden Seiten zu Elisa runterbeugen und ihr Küsschen auf die Wangen geben. Sie lässt sich darauf ein, mit ihnen vor dem Tisch ein Tänzchen hinzulegen.

Die Nummer mit den Tierkostümen haben Karl und ich ein einziges Mal gemacht. Mit achtzehn fanden wir das superlustig. Bis wir uns verloren haben. Man fühlt sich verflucht einsam, wenn man alleine in einem Giraffenanzug, eingepfercht vor der Bühne, ein Konzert überstehen muss. Ich wünsche den beiden Alpakas, dass sie das nie erleben. Sie erinnern mich an Karl und mich damals. Elisa scheinen sie auch zu gefallen. Sie hakt sie abwechselnd ein und dreht sich mit ihnen zu *I Still Believe* von *Frank Turner* im Kreis. Der von der Bühne herüberwehende Sound und die alberne Ausgelassenheit von Elisa und ihren Alpakas sind ansteckend. Karl ist längst infiziert. Er greift meinen Arm, zieht mich von der Bank und schleudert mich im Kreis herum. Wir schließen uns den Alpakas an, die Musik hält uns im Arm, und wir halten uns an den Händen.

Die Alpakas sind ausgesprochen brauchbare Festivalpartner. Und deshalb feiern wir mit ihnen weiter. *Frank*

ist noch lange nicht fertig mit uns. Mit *Four Simple Words* liefert er uns die Rampe, und wir gehen ab. Richtung Himmel. Aus uns heraus. Yeah! Wir wollen tanzen! Unsere Seelen wollen tanzen. Irgendwo da oben, wo *Frank* uns hingeschossen hat, während unsere Körper hier unten weiter zucken und springen. Bis zur Erschöpfung. Bis er uns wieder einfängt und träumen lässt.
Balladen auf Festivals. Die Alpakas schwoofen im Kreis mit Karl, und ich umschließe Elisa von hinten mit den Armen, meine kleine geliebte Schwester, die vielleicht mit ein paar Zeilen in einem Forum mein Seelenleben rettet. Ich lege mein Kinn auf ihren Kopf, und wir wiegen uns ganz leicht im Takt, während *Frank* mit *There She Is* mein Herz weinen lässt.
In meiner Vorstellung handelt der Song von Naira.

Nayra
Die gescheiterte Suche bei *Kakkmaddafakka* schmerzt mehr als die vergebliche Fahrt zur Uni. Ich war so überzeugt davon, Jo vor der Bühne zu finden. Aber wer weiß, wen Tessa in diesem roten Golf gesehen hat. Wahrscheinlich sind weder Karl noch Jo auf dem Magic7, und ich verschwende meine Energie darauf, ein Phantom zu jagen. Ich schwöre mir insgeheim, sofort damit aufzuhören und den Rest des Festivals zu genießen. Obwohl es nicht leicht ist, von den Gedanken an Jo loszukommen. Finn und Amelie machen es geradezu unmöglich. Sie halten Händchen, albern herum, küssen und balgen sich – eben alles, was verliebte Pärchen so

machen. Alles, was Jo und ich auf dem Marschland gemacht haben.

Wir diskutieren ein bisschen hin und her, wie es mit unserem Programm weitergehen soll, und entscheiden uns für *Bosse*, der bald auf der Main Stage spielt.
»Dann können wir vorher noch den Rest von *Frank Turner* sehen«, meint Theo. »Los, der spielt gerade.«
Wir rennen los, weil der Wind uns gerade ein paar Zeilen von einem Song, bei dem man eigentlich nur gute Laune bekommen kann, serviert. Theo nimmt Tessas Hand und brüllt mit *Frank* um die Wette. *Four Simple Words* ist echt die ultimative Tanzhymne, und hey, Tanzen ist die zuverlässigste Art, Glückshormone zu produzieren – genau das, was ich jetzt brauche. Wir sind nicht die Einzigen, die der Song wie ein Magnet zur Wild Stage zieht. Eine Menge Leute laufen hüpfend in die Richtung, und wir laufen mit. Auf der Videowall erscheint *Frank* in Lebensgröße beim Stagediving. Nach dem Sprung trägt ihn die Menge auf Händen, und ich wünschte, ich wäre jetzt mittendrin. Meinetwegen könnte er den Song in Dauerschleife spielen, aber als wir uns gerade ein bisschen weiter nach vorne gekämpft haben, ist er schon wieder zurück auf der Bühne und japst atemlos ein paar Worte zu seinem nächsten Song ins Mikro. Er hat ihn offenbar für seine Freundin geschrieben, und schon die ersten Takte sind so berührend, dass ich direkt heulen möchte.
Was Tessa verhindert, weil sie losquietscht: »Ohhhh! Alpakas! Die sind ja süß!«

Tessa steht total auf Alpakas, vor ein paar Monaten sind wir sogar extra zu einer Farm gefahren und haben eine geführte Wanderung mit einer ganzen Herde gemacht. Mit Fotoshooting und so – das ganze Programm. Wir hatten das Tessa zum Geburtstag geschenkt. Einen verwirrten Moment lang denke ich, dass sie echte Alpakas gesehen hat, und frage mich, ob das auf einem Festival nicht Tierquälerei ist, dann bemerke ich die beiden Typen in den Kostümen. Tessa hat schon ihr Handy in der Hand, weil sie unbedingt ein Selfie mit den beiden will.
Frank Turner singt, und ich finde das Lied wirklich schön, der Text erinnert mich an die Songschreiberei mit Yanko Zett und sein *And She Comes*. Und in diesem Moment sehe ich ihn – Jo.
Er hält ein Mädchen im Arm. So, wie er mich gehalten hat. Es fehlen nur die Seifenblasen aus dem Bubble-Shooter. Mein Blick hält die Szene fest, als wäre sie auf einem Foto eingefroren.

Mir wird eiskalt. Ich kann mich nicht mehr bewegen.
»Was ist los?«, fragt Tessa, und weil ich ihr nicht antworte, verfolgt sie meinen Blick bis zu der Stelle, wo sie ihn und das Mädchen ebenfalls entdeckt. Nur einen oder zwei Meter von den Alpakas entfernt.
Das Mädchen hat die Haare locker zurückgebunden. Viel mehr kann ich nicht erkennen, weil Jo hinter ihr steht und ihren Körper mit seinem fast komplett verdeckt.
»Scheiße«, sagt Tessa. Und dann noch, dass Karl da ja auch steht.

Im nächsten Moment schnappt sie sich meine Hand und zerrt mich im holprigen Laufschritt hinter sich her. Als müsste sie mich vor einem Ungeheuer retten.
Die anderen folgen uns blind.
»Seid ihr auf Droge oder was?« Ben mustert uns irritiert, nachdem wir endlich stehen geblieben sind.
Finn, Amelie und Theo stehen nur stumm fragend da. Doch ich habe keine Worte für das, was ich gesehen habe. Ich bin soeben bei 24 Grad Außentemperatur innerlich erfroren. Und ich will in mein Bett. Ganz weit weg von hier. Doch auf eine unfassbar selbstquälerische Art zieht es mich zurück zu der Stelle, von der aus ich Jo sehen konnte, um mir zu beweisen, dass es wirklich Jo war und nicht irgendjemand, der ihm ähnlich sieht. Und um sicherzugehen, ob er wirklich ein Mädchen im Arm hält. So, wie er mich gehalten hat. Aber ich gehe nicht. Weil ich genau weiß, was ich gesehen habe, und es keinen Zweifel gibt. Also lasse ich mich einfach nur auf den Boden sinken. Tessa hockt sich neben mich. Ich nehme die Plastikbecher und Pappteller um mich herum wahr. Ich höre die Musik. Ich registriere die schnell vorüberziehenden Wolken am Himmel. Doch ich empfinde nichts. Denn wenn ich mir erlauben würde, etwas zu empfinden, würde es mich zerreißen. Und so bleibe ich regungslos hier sitzen. Schockiert, stumm und stumpf, mit leerem Blick auf die Fülle des Lebens um mich herum.

Wer nicht schon mal auf einem Festival war, hat keine Ahnung, wie viele Tragödien sich zwischen den

Bühnen und Zeltplätzen abspielen. Wie viele Komödien, wie viele Romanzen. Das ganze Leben, die ganze Welt – eingeschweißt in einem knapp zwei Quadratkilometer großen Areal. Da vermischen sich Ekstase und der größte anzunehmende Kummer, da werden durchkotzte Nächte irgendwann wieder zum Tag, da brechen Beine, Hände und Liebesbeziehungen, Freundschaften entstehen, neue Paare finden sich, es wird geküsst, getrauert und geliebt – ein riesiger Pool voller Schweiß und Emotionen, gemischt mit Matsch oder Staub. Und jetzt, da ich hier am Boden sitze, wird mir die ganze Dimension dessen auf einmal klar. Wie in einer Glaskugel sehe ich die in den Menschen verborgenen Geschichten. Vor mir sitzt ein Typ, der sein Gesicht in ein T-Shirt presst und dessen Verzweiflung ihn wie eine Aura umgibt. Seine Freundin ist von ihm abgerückt und hat den Kopf demonstrativ abgewendet. Direkt daneben ein knutschendes Paar, das sich mit geschlossenen Augen immer weiter zur Seite bewegt und wahrscheinlich gleich über die beiden stolpern wird. Ich fixiere die Größe-37-Sneakers von Amelie und die sechs bis sieben Nummern größeren von Finn und denke, ihr armen und bedauernswerten Geschöpfe, ihr werdet euch die Herzen brechen.

Ja. Ein einziger Moment eines Lebens kann schlimmer sein als alle anderen Momente zuvor, beantworte ich mir selbst die Frage, die ich mir vor exakt zwei Wochen gestellt habe. Damals, vor gefühlten Ewigkeiten, als ich nach dem Marschland im Auto saß und festgestellt habe, dass der Regen Jos Nummer von meinem Arm gewaschen hat.

Die anderen haben sich zu mir in den Staub gesetzt. Vorgestern war hier noch Wiese. Aber das war vorgestern. Heute ist die Wiese kaputt. Ob Frutarier ein Problem damit haben, die Grashalme zu zertanzen? Tessa hält meine Hand. Ich frage mich, ob in ihr wegen Ole der gleiche Schmerz tobt. Und wie lange es dauert, bis man wieder normal atmen kann.

Die anderen haben inzwischen mitgekriegt, was los ist. Tessa hat es ihnen verklickert. Ich habe nur wie von fern die Worte *Jo* und *Arschloch* aufgeschnappt. Amelie steht auf und geht irgendwohin. Ben sagt zu Finn, dass wir *Bosse* jetzt wohl verpassen, woraufhin Finn mit den Schultern zuckt. Ich nehme an, dass er da emotionslos ist. Theo geht Amelie hinterher. Ein paar Minuten später sind beide wieder zurück und stellen sechs Gin Tonic auf den Boden. Das Zeug muss ein Vermögen gekostet haben.

»Manchmal reicht Bier einfach nicht.« Amelie zuckt mit den Schultern, und diese Geste ist mehr, als ich jemals von ihr erwartet hätte.

»Man sollte niemals Alkohol auf seine traumatischen Erlebnisse kippen«, erwidere ich, nehme einen Becher und stecke mir den Strohhalm zwischen die Lippen.

Nach zwei Schlucken bin ich so weit, die Welt um mich herum wieder einigermaßen wahrzunehmen. Das Riesenrad dreht sich noch. Ich atme noch. In Sichtweite verteilt

ein Typ Free Hugs, das steht zumindest auf seinem Schild, das er um den Hals trägt, und ein paar Mädchen werfen sich ihm tatsächlich in die Arme. Wenn es so einfach wäre. Aber mir helfen Free Hugs im Moment auch nicht weiter. Es geht mir nicht gut, und wäre ich jetzt zu Hause, dann würde ich heute nichts mehr machen. Nicht sprechen, nicht essen – nur noch existieren. Aber ich bin nicht zu Hause, und ein paar Leute hier wollen wirklich sehr gerne *Bosse* sehen. Meine Mutter sagt in solchen Fällen immer: *Es ist niemand gestorben, Nayra.* Und das stimmt. Es ist niemand gestorben. Nur meine Liebe liegt totgetrampelt am Boden. Wie die Grashalme dieser Fläche, die vorgestern noch eine Wiese war. Ole wüsste jetzt, wie lange es dauert, bis die Wiese wieder grün ist. Und meine Mutter wüsste wahrscheinlich, wie lange es dauert, bis meine Lebensgeister sich wieder aufrichten. Ich selbst habe von beidem keine Ahnung. Trotzdem stehe ich auf.
»Ich kann mich auch bei *Bosse* scheiße fühlen«, sage ich.
»Nein, das passt schon. Wir können hier einfach sitzen bleiben«, meint Theo, was süß ist.
Trotzdem ist es keine Option. »Krone richten, oder?« Ich sehe Amelie an, auf deren blonden Haare ein Sonnenstrahl fällt, weshalb sie leuchten wie die einer Fee.
Sie nickt. »Ganz genau.« Dann zupft sie ihr Top zurecht und reicht mir die Hand.

Bosse spielt schon längst. Dabei dachte ich, dass die Zeit nur dann verfliegt, wenn es gerade am schönsten ist. In schlechten Phasen ist sie normalerweise zäh wie Kaugummi. Aber hey, das ist *Bosse*, der weiß, wie das geht mit der schönsten Zeit. Und jemand, der sich daran erinnert, was er gemacht hat, als *Kurt Cobain* starb, ist grundsätzlich schon mal sympathisch. Hätte ich schon gelebt, als er starb, wüsste ich das garantiert auch noch. Aber ich bin eine andere Generation. Da erinnert man sich daran, was man gemacht hat, als beim Terroranschlag auf das Pariser Bataclan während eines Konzerts der *Eagles of Death Metal* fast neunzig Menschen starben.

Ich saß auf meinem Bett, Piet war da. Es war einer unserer ersten Küsse – zugegeben, kein Highlight. Ich fand diese Sache mit der Spucke irgendwie eklig. Und ich weiß noch, dass ich sauer war, weil Piets Handy piepte und er es nicht liegen ließ, sondern die Nachricht las, die ihm ein Freund geschickt hatte.

Terroranschlag während eines Konzerts. Eine Band, die wir kannten. Das traf uns.

Wir redeten stundenlang darüber, wie furchtbar es sein musste, eingepfercht in der Menge dem Maschinengewehrfeuer von Terroristen ausgesetzt zu sein. Dieses Ereignis war mir so nah, dass ich die Angst nachempfinden konnte, die Panik, das Blut, die Verzweiflung. Jede einzelne Zeile über das Attentat las ich in den folgenden Tagen. Jeden Post sah ich mir an. Tausendmal hörte ich den Song *Save a Prayer*, den die Band offenbar kurz zuvor gespielt hatte. Piet und ich haben uns damals geschworen, weiter zu Konzerten zu gehen. Wir träumten von unserem ersten Festival und hatten nicht vor, diesen Traum ein paar durchgeknallten religiösen Fanatikern zum Fraß vorzuwerfen. Aber manchmal denke ich trotzdem darüber nach, was wäre, wenn. Und dann denke ich schnell wieder weg. Verjage die Sorge. Eigentlich glaubt man ja immer, einem selbst könne so etwas nie passieren. Aber es kann. Immer und jederzeit. Deshalb beschließe ich, dankbar zu sein – vielleicht, weil *Bosse* sich gerade für eigentlich alles bedankt –, und ein bisschen mitzusingen. Und *Steine* zu fressen. Was wieder so erstaunlich passt. Oder denke ich mir nur immer alles passend? Allerdings gucken Tessa und Amelie, Finn, Ben und Theo mich so sorgenvoll an, dass ich mal davon ausgehe, mir das nicht einzubilden. Es passt. Also singe ich mit, um die mir gerade vorgeworfenen Steine irgendwie zu zerkauen und zu verdauen, während meine Tränen heiß über meine Wangen laufen.

Und so sitz ich auf'm Bett und esse Steine
Alte, schwere, spitze, feine
Bis ich fertig damit bin lasst mich alleine
Ich denk nur so geht es vorbei
Zu Stein um Stein
Stein um Stein

Tessa heult auch. Als wir uns angucken, mit unserem verschmierten Kajal, das Lied ganz langsam und still ausklingt und die Crowd johlt, Fähnchen schwingt und klatscht, fangen Tessa und ich an zu lachen. Zuerst nur ein bisschen. Dann immer lauter. Die anderen wissen nicht so genau, wie sie damit umgehen sollen. Niemand. Bis auf *Bosse*. Er weiß nämlich, was mit unserem Ka-

jal los ist, und singt es jetzt wirklich. *Schönste Zeit.* Was nicht nur Tessa und ich toll finden. Die Menge springt synchron. Hebt sich zum Himmel, senkt sich zu Boden. Tessa und ich, wir haben alle ausgeblendet. Der Refrain gilt nur noch uns, uns beiden besten Freundinnen, und wir grölen mit. Zeigen bei *und deine Tränen waren Kajal* auf unsere verschmierten Augen. Verpassen die Stelle mit *Kurt Cobain*. Und steigen wieder ein. *Dein erstes Tattoo war dann der Refrain: »It's better to burn out than to fade away – my my, hey hey«.*
So langsam glaube ich, dass *Bosse* nur für mich singt. Ich hatte nicht viel Ahnung von ihm, das war immer eher Tessas Ding. Aber jetzt verstehe ich das. Der Mann weiß Bescheid. Der weiß, wie Herzen ticken und Seelen fliegen, wie Tränen fließen und wie alles eben so läuft. Tessa freut sich, dass ich jetzt irgendwie auf *Bosse* stehe. Das war nicht abzusehen. So langsam ist die Band allerdings durch mit ihrer Setlist. Letzter Song. *So oder so.* Schön, wie Amelie und Finn sich ansingen und dabei tanzen.
Aber was Gutes wird passier'n
und wenn's gut ist, bleibt's bei dir
Jede Liebe wird irgendwann ans Licht kommen.

Ich will wirklich glauben, was *Bosse* da singt. Dass alles irgendwie gut wird.

»Geht's dir besser?«, fragt Ben, nachdem sich die Band verabschiedet hat und wir mit der Menge vom Platz schlendern.

Ich nicke. »Ja. Tanzen und Songtexte brüllen befreit irgendwie.«
»Ja, vielleicht«, meint Ben, der nicht so der Tänzer ist. Meistens steht er nur da und wippt mit dem Fuß. Tessa findet ihn verklemmt. Ich glaube jedoch, dass ihm nur ein bisschen Mut fehlt.
»Wartet mal.« Finn bleibt stehen und liest eine Nachricht auf seinem Handy. »Die anderen suchen uns.«
»Das nächste Drama wartet schon«, schnaubt Ben.
Ich bin mir nicht sicher, ob es eher ironisch oder verächtlich ist. Jedenfalls scheint Ben nicht sehr viel Lust auf Ole, Klawitter und Geertje zu haben. Er verschränkt seine Arme vor der Brust, und seine Miene ist wirklich finster, soweit das mit einem rosigen Pausbäckchen-Gesicht möglich ist.
»Sie warten am Riesenrad auf uns«, erklärt Finn und schiebt sein Handy zurück in die Hosentasche.

Jo

»Ich verstehe nicht, wie man *Bosse* nicht gut finden kann.« Wenn Elisa eine Band richtig geil findet, fängt sie jedes Mal an, einen bekehren zu wollen.
»Ist mir zu kuschelig«, antworte ich, obwohl mich ein paar seiner Texte eben schon mitgenommen haben. Live, mit Schweiß, Atemlosigkeit und Liebe, holt er einen wirklich authentisch ab.
»So wie du also«, stellt Elisa fest.
Ich spanne meine Muskeln an. »Kann man diesen Bauch aus Stahl kuschelig nennen?«

»MEIN Bauch ist vor allem leer«, fährt Karl dazwischen.
»Was? Wir haben doch eben erst Burritos gegessen«, erwidert Elisa.
»Du weißt doch, bei Karl muss man alle zwei Stunden nachstopfen, sonst ist er unterzuckert.«
»Ihr seid echt Fressmaschinen«, grinst Elisa.
Karl will einen Döner, was ich absolut nicht verstehen kann, weil es hier tausend Foodtrucks gibt und er sowieso schon fast jeden Tag Döner isst. Elisa hat Quesadillas für sich entdeckt, was mir jetzt als Snack eigentlich auch reicht.
»Wir können uns ja gleich am Riesenrad treffen«, schlägt Elisa Karl vor, nimmt meine Hand und zieht mich zu dem Stand mit den Quesadillas, vor dem eine ewig lange Schlange steht.

Nayra
»Es ist ja auch gar nicht gesagt, dass sie seine Freundin war«, sagt Finn auf dem Weg zum Riesenrad.
»Wer soll sie denn sonst gewesen sein?«
Finn zuckt mit den Schultern. »Ach Indienayra, du weißt doch, wie das auf Festivals ist. Nur so eine Momentaufnahme. Wie in der Fotografie. Klick. Und dann siehst du etwas, völlig aus dem Zusammenhang gerissen. Vielleicht ist das irgendeine Freundin, mit der die beiden unterwegs sind.« Finn legt den Arm um mich, beugt sich zu mir herunter und drückt einen Kuss auf meinen Scheitel. »Und? Was würde Amelie jetzt denken, wenn sie uns zufällig sehen würde?«

»Du musst ihr nicht die Welt erklären«, sagt Amelie zu Finn.
»Scheinbar doch«, entgegnet er, womit das Thema durch ist, weil Geertje, Klawitter und Ole auf uns zukommen.
»Ey, *RIIIIIIN*!«, krakeelt Ole und singt ein paar Zeilen aus einem Song, die keiner verstehen kann.
Klawitter springt ihm auf den Rücken. Dann fallen beide um.
»Hast du überhaupt Lust auf *RIN*?«, fragt mich Theo, während er Klawitter und Ole beobachtet, die sich gerade wieder aufrappeln.
»Schon irgendwie. Ich habe mir vor dem Festival ein paar Videos von ihm angesehen. Du weißt ja, der Wiedererkennungseffekt von Songs auf Konzerten ist nicht zu unterschätzen. Es knallt eindeutig mehr, wenn man schon bei den ersten Takten weiß, was kommt.«
»Ich dachte, Rap ist nicht so deine Welt.« Theo gräbt seine Hände tief in die Taschen seiner Lederjacke.
»Na ja, sagen wir mal – ich mag Rap, wenn so ein melodischer Flow drunterliegt. Darauf die hart aneinandergeflickten Silben …«
»Du bist echt so geil, Nayra«, unterbricht mich Finn und kriegt sich gar nicht mehr ein. »Hart aneinandergefickte Silben. Also besser kann man es eigentlich kaum in Worte fassen.«
»Aneinandergeflickt, ich habe GEFLICKT gesagt«, betone ich.
Theo und Finn gucken gleichermaßen enttäuscht.
»Wie auch immer. Das mag ich jedenfalls. Bei *RIN* ka-

piere ich allerdings noch nicht so richtig, warum er so krass gefeiert wird.«

»Ist doch auch streckenweise melodisch. Sozusagen dein Hör-Schema«, meint Finn.

»Den Sound kann ich auch wirklich gut hören. Aber mir kommen die Texte zu kurz. Gefühlt reiht *RIN* nur Hook an Hook.«

»Ach komm schon, das machen doch alle«, sagt Theo.

»Aber nicht so penetrant«, erwidere ich. »Na, immerhin macht er so seinen eigenen Style. Hip-Hop-Indie, wie du es so schön genannt hast.« Ich sehe Finn an.

Er grinst. »Ja, manchmal hab ich es voll drauf mit den Definitionen.«

»Jedenfalls habe ich Lust, ihn mir mal anzugucken. Abgesehen davon gibt das Line-up für mich auch gerade keine Alternative her.«

Ben zuckt mit den Schultern. »So fühlt es sich an, wenn man ich ist.«

Ich hätte ja einen Standort mit Klo und Getränkestand in der Nähe gewählt, doch die Jungs wollen unbedingt in den A-Block. Erste Reihe – ganz dicht vor die Bühne. Wir sind schon Ewigkeiten vorher im Block, stehen rum und warten. Das Publikum, ich hatte erwartet, dass es überwiegend männlich ist, entpuppt sich als bunte und sehr diverse Crowd. Typen mit Cap, andere mit Dutt, Mädels mit Glitter im Gesicht und solche, die längst die Kontrolle über sich und ihren Körper verloren haben. Es kursiert eine Menge Bier.

Geertje schnorrt von jedem, der an ihr vorbeikommt, ein paar Schlucke, bis sie irgendwann einen halb vollen Becher abstaubt, den sie direkt ext. Mit dem leeren Becher in der Hand quetscht sie sich neben mich und lässt sich in die Hocke gleiten.

Für die erste Reihe waren wir zu spät dran. Deshalb haben wir den Luxus des Absperrgitters zum Securitygraben im Rücken, an dem Tessa und ich lehnen.

Über uns liegt eine süßliche Wolke.

»Ich wusste gar nicht, dass Hip-Hop-Fans so viel kiffen«, meint Tessa.

»Ich frage mich, wie es das ganze Zeug durch die Kontrollen hier reingeschafft hat.«

Tessa zuckt mit den Schultern und meint, dass sie sich schon allein von den Rauchschwaden völlig high fühle. Mit den dunklen Haaren, dem schwarzen Pulli, dazu der dunkle Lippenstift und der Kajal, der ziemlich dick aufgetragen war und den sie nach der Tränenattacke ungewollt zu einem rauchigen Look verwischt hat, sieht sie ein bisschen gothic aus.

Ihre Augen suchen Ole. Er und Klawitter sind vollauf damit beschäftigt, einen Typen herbeizuwinken, der sich mit einem Kanister als mobile Bierzapf-Station durch die Reihen kämpft.

Ich bekomme nicht mehr mit, ob sie erfolgreich sind, weil Theo micht anstupst und mit einer Kopfbewegung auf die zu meinen Füßen hockende Geertje deutet. Sie lächelt selig vor sich hin und hat beide Hände unter ihren Hintern geklemmt, als würde sie darauf hocken. Dann verlagert sie ihr Gewicht von einem Fuß auf den anderen und zuppelt unter dem Rock an ihrer Strumpfhose herum. Keine Ahnung, was sie da treibt. Ich tippe auf alkoholbedingte Gleichgewichtsstörungen. Irritierend ist nur, dass sie mich so schelmisch anguckt. Tessa hält mir eine Tüte Weingummis hin.

Während ich mir einen rot-gelben Teufel nehme, hibbelt Geertje weiter neben mir herum und hat plötzlich wieder den Becher in der Hand. Sieht so aus, als hätte sie versucht, ihn als Hocker zu benutzen. Allerdings ist er voll, und ich bin mir hundert Prozent sicher, dass sie ihn eben noch geext hat. Innerhalb eines winzigen Moments inspiziert sie den Inhalt, dreht sich nach hinten und lässt die Flüssigkeit vorsichtig hinter das Gitter ins Gras laufen. Als sie unsere Blicke bemerkt, verzieht sie den Mund zu einem Grinsen und zuckt mit den Schultern. Mein Gehirn muss die Mikro-Szenen mehrmals in Zeitlupe wiederholen, bevor es mir einen sinnvollen Handlungsstrang liefert und ich kapiere, dass Geertje mal eben in den Becher gepinkelt hat.

Ich komme nicht mehr dazu, den Gesichtsausdruck von Tessa oder Theo zu studieren. Sie schauen beide wieder zur Bühne. Die Crowd ist laut geworden und in Bewegung geraten. Da vorne tut sich was. Ich stelle mich auf die Zehenspitzen.

Ey. Ey. Ey. Ey.

Die Rufe des Publikums schwellen an. Gebrüll und Gekreisch, das in einem Tosen mündet. *RIN* ist da. *Ey. Ey. Ey. Ey.*

Sämtliche Hip-Hop-Arme sind sofort in der Luft und gehen im Gleichtakt hoch und runter. Die ersten Songs habe ich noch nie gehört. Ich verstehe kein Wort. Bei mir kommt nur psychedelisch verzerrter Sprechgesang an. Übertrieben autogetuned. Trotzdem tragen mich die Synthie-Wolken nach einer Weile davon, und ich werde Teil der Menge, meine Hände machen das, was alle Hände machen, es kommt mir vor, als hätten sie ein Eigenleben entwickelt, das ist eher so ein Roboter-Ding. Fühlt sich aber nice an. Weil die Hooks von *RIN* kaum eine Herausforderung sind, fängt der Roboter in mir sogar an zu singen. Und hey, was ist das? Hier geht der übelste Moshpit los. Ich springe zu *Bros* mit den anderen herum. Sogar Geertje ist wieder auf den Beinen und hüpft ohne wesentliche Ausfälle wie ein Flummi hoch und runter. Beim nächsten Song werden wir alle, Geertje, Tessa, Theo, ich und die wer-weiß-wie-viel-hundert anderen, zu einem einzigen Schwungtuch, das vom Sound in die Luft gehoben wird und sich wieder senkt. Auf. Ab.
Die ersten Takte von *Monica Bellucci* erkenne ich sofort. Vielleicht muss man stoned sein oder sonst was, um *RIN* intellektuell nahe zu sein. Ich weiß es nicht. Nur, dass ich gerade auch überall Liebe sehe. Der Himmel ist rosarot, ich schwöre es.

Jo
Der Sonnenuntergang ist spektakulär. Rosafarbene Schlieren durchziehen den sommerblauen Himmel, und direkt über der Bühne versinkt die Sonne flammend rot.

Es könnte kein besseres Vorspiel für die Bühnenshow von *Rammstein* geben.
Wir stehen irgendwo weit hinten, außerhalb der Blocks. Allerdings ist hier noch längst nicht das hinterste Hinten. Die Menge ist unüberschaubar.
Mit einem Feuerwerk werden wir aus unserer lethargischen Wartestellung gerissen. Auf der Bühne bricht das typische Inferno aus. Lyrische Apokalypse, theatralisch inszeniert mit viel Blut und noch mehr Feuer. Man muss es einfach mal erlebt haben.

Nayra
»Ich muss aufs Klo.« Tessa meint es ernst. Ihre Augen haben schon diesen verzweifelten Ausdruck. Sie wird uns niemals wiederfinden.
Es tut mir nicht sehr weh, *Rammstein* für einen Klogang den Rücken zu kehren. Im Grunde bin ich nur hier, weil alle hier sind. Und weil es unverzeihlich wäre, diese Pyro-Oper zu verpassen, wenn sie einem schon mit dem Line-up serviert wird.
»Ich komme mit!« Ich beobachte Tessas Mimik, um festzustellen, ob sie mich gehört hat.
Sie lächelt dankbar und gibt den anderen ein Zeichen. Dann kämpfen wir uns durch die Reihen dicht gedrängter Körper.
»Immerhin müssen wir jetzt nicht warten.« Tessa zeigt, nachdem wir den Menschendschungel hinter uns gelassen haben, auf die Reihe fast unbesetzter Dixi-Klos.
Ich öffne drei Klotüren, bevor ich mich für Nummer

zwei entscheide, ein Taschentuch opfere, um den Rand abzuwischen, und versuche, mit keinem Körperteil oder Kleidungsstück irgendwas in dieser Kabine zu berühren. Draußen reicht Tessa mir ein Desinfektionstuch für unterwegs. Die hat sie immer dabei. Dankbar reiße ich die Packung auf.

»Manchmal ist so eine Freundin mit Hygienewahn ganz schön, oder?«

Ich grinse. »Im Moment auf jeden Fall.«

»Wollen wir da wirklich wieder rein?«, fragt Tessa.

»Nein. Wollen wir nicht. Eigentlich kann man hier von der Seite sogar viel besser gucken.«

Wir holen uns ein Bier und frieren ein bisschen, weil es außerhalb der Masse aus Körpern doch frisch ist.

»Wenn mir jetzt jemand anbieten würde, mich nach Hause zu fahren – ich würde es machen«, stelle ich fest.

»Bin dabei«, antwortet Tessa. »Ist schon scheiße, sich in einen zu verlieben, der die beste Freundin seit Jahren toll findet.«

»Oh Tessa, ich habe das absolut nicht geahnt.«

»Na ja, wenn wir besser hingesehen hätten, es gab da schon Anzeichen. Wie oft hat Ole dich noch das letzte Stück mit dem Fahrrad nach Hause begleitet, obwohl kein Mensch mehr freiwillig auch nur noch einen Kilometer gemacht hätte?«

»Ja, schon.«

»Beim Grillen besorgt er immer diesen Käse. Und als du das Backhaus renoviert hast, war er die ganze Zeit da, hat gestrichen und Löcher gebohrt, diese ganzen Sachen«, zählt Tessa auf.

»Ja, so praktische Dinge. Klar. Eben so kumpelmäßig. Ich habe ihm auch schon mal einen Kuchen gebacken, was ja noch lange nicht heißt, dass ich in ihn verliebt bin.«

»So ist Ole. Ihm fehlen die Worte. Er drückt sich da eben anders aus.« Tessa kneift die Lippen zusammen. »Trotzdem echt beschissen von ihm, dass er mir kein Zeichen gegeben hat, dass er nicht interessiert ist. Ich komme mir so dämlich vor.«

»Musst du nicht«, tröste ich sie. »Und frag mich mal. Es ist auch verdammt dämlich, sich einzubilden, die Liebe des Lebens auf einem Festival kennengelernt zu haben, und hinterher festzustellen, dass es wohl doch nur so ein Festival-Ding war, wie Finn es so schön genannt hat. Und wenn ich meinen Augen vertrauen kann, dann zieht Jo diese Nummer ja offenbar regelmäßig ab.«

Tessa sieht mich forschend an. Die Worte verlassen nur zögernd ihre Lippen. »Habt ihr eigentlich …«

»Ja«, unterbreche ich sie. »Auch.« Ich wusste, dass sie die Frage irgendwann stellen würde.

Tessa seufzt.

»Es war irgendwie folgerichtig, verstehst du? Der beste Tag in meinem Leben. Alles war so, wie man denkt, dass alles sein sollte. Ich schätze, das nennt man Glück.«

»Ist jetzt jedenfalls nicht mehr zu ändern«, seufzt Tessa.

»Ich würde es nicht ändern wollen. Auch, wenn ich könnte.« Ehrlich gesagt war mir das bis eben selbst noch nicht so klar. Aber es stimmt. Ich würde nichts von die-

sem Tag oder der Nacht mit Jo zurückdrehen wollen. Sein Spruch fällt mir wieder ein. *Weißt du etwa nicht, dass Menschen am meisten das bereuen, was sie nicht getan haben? Niemals das, was sie getan haben.*
»Nach allem, was du heute gesehen hast?« Es ist Tessa eindeutig anzumerken, dass sie es nicht fassen kann.
»Ja. Erstaunlich. Ich bereue nichts. Es klingt vielleicht naiv und ich kann es kaum laut aussprechen, aber irgendwie glaube ich immer noch an den Jo, den ich kennengelernt habe. Und dass es irgendeinen Grund für die Szene heute gibt, den ich verstehen würde.« Ich zucke zusammen, weil auf der Bühne wieder tonnenweise Feuerwerk losgeht. »Irgendwas in mir will das jedenfalls glauben.«
»Ich glaube an gar nichts mehr.« Tessa sieht tatsächlich komplett desillusioniert aus. Was komisch wirkt, weil ihr Gesicht in diesem Moment in hellem Orange aufleuchtet. Sie wirkt wie eine Lichtgestalt, die gerade der Hölle entstiegen ist.
An den Bühnenrändern schießen Feuersäulen empor. Die Nebelmaschinen geben alles. Und der *Rammstein*-Frontmann greift mit seiner dunklen Stimme tief in meine Seele.
Sonne.
Ich drehe mich zu Tessa. »Hörst du?«, brülle ich.
Tessas Gesicht flackert wie im Feuersturm. Doch es ist unmöglich, sie zu animieren. Ich müsste mindestens eine Schokoladentorte oder *AnnenMayKantereit* auffahren, um sie zum Lächeln zu bringen. Mich wird dieses Lied allerdings immer kriegen, mit dieser poetischen Urgewalt aus dem brennenden Brustkorb seines Sängers.

Sonntag, 8. Juli

Jo

Karl zieht mal wieder alle in seinen Bann. Seine Singstimme passt so gar nicht zu seinem Körper, der mit den roten Haaren und den Millionen Sommersprossen an einen pubertierenden Jüngling erinnert. Aber wenn Karl den Mund aufmacht, kommt die tiefste, versoffenste Stimme der Welt daraus hervor. Sein Gesicht und seine Stimme, das verhält sich zueinander wie ein niedliches Lämmchen und der böse Wolf. Weshalb er jetzt der Star auf dem Campingplatz ist. Er steht da, die Faust zum Himmel erhoben, und macht den *Rammstein*-Frontmann, was ihm, abgesehen von dem gerollten R, erstaunlich gut gelingt. Die Ravioli-Typen sind voll bei ihm. Martialisches Gegröle. *Sonne.* Und Elisa, mindestens zehn Jahre Chor im Lebenslauf, macht die weibliche Hintergrund-Märchenstimme.

Einer von den Raviolis steuert wie eine Testosteron-Rakete auf Zielsuche auf sie zu, schnappt sie sich und wirbelt sie im Kreis herum. Karl sieht zu mir herüber, bereit, den Typen die Sonne im Gesicht spüren zu lassen. Man traut es ihm nicht zu, aber Karl ist ein ziemlich genialer Boxer. Das hat er Maite zu verdanken, die meinte, Boxen wäre das allerbeste für die Motorik und die Körperbeherrschung. Jedenfalls ist der Song, und das wissen die meisten gar nicht, für einen Boxwettkampf geschrieben worden. Da ist so gar nichts Märchenhaftes dran. Das ist Brutalo-Poesie pur. Egal. Das Lied ist trotzdem genial.

Ich antworte Karl mit einem Kopfschütteln, lasse Elisa aber dennoch nicht aus den Augen.

»Hey, Jo! Komm her«, fordert sie mich auf. Und weil ich nicht komme, reißt sie sich von ihrem Ravioli-Spinner los und zieht mich ins Geschehen.

Das Ganze artet völlig aus. Irgendwer fährt ein amtliches Geschütz von Boombox auf, und weil niemand ein Ruhebedürfnis zu verspüren scheint, geht komplett die Party ab. Stundenlang. Immer hat noch irgendwer irgendwo eine Flasche mit irgendwas, aus der alle trinken. Am Ende sitzen wir alle mehr oder weniger im Kreis um einen Grill herum. Nicht so romantisch wie ein Lagerfeuer, aber durchaus eine Art Ersatz, um gechillte Stimmung zu schaffen.

»Und du bist der, der dieses Mädchen auf dem Marschland kennengelernt hat und es nicht mehr wiederfindet?«, fragt eine unserer Zeltnachbarinnen, die am Morgen in den Genuss von Karls Kaffee gekommen ist. Ich glaube, es ist die, die durchs Abi gefallen ist und die Larissa heißt.

»Hat Elisa das erzählt?«

»Ja.« Sie nimmt einen Schluck aus der Bierdose, was irgendwie misslingt. »Scheiße.« Sie beugt sich nach vorne, weil ihr das Bier die Mundwinkel hinunter in den Ausschnitt läuft, und wischt sich den Mund am Hosenbein ab. »Also?«, fragt sie.

»Ja, der bin ich.«

»Total süß. Also, dass du sie suchst.«

»Oder total bescheuert. Wie man es betrachtet«, antworte ich.

»Das ist echt der letzte Dreck, dass es im Leben nie glattlaufen kann.« Wahrscheinlich-Larissa wirft die leere Dose ins Gras und sieht sich um. »Hat noch jemand was zu trinken?«
Einer von den Raviolis reicht ihr ein Tetra Pak, das mit Panzertape umwickelt ist. Sie riecht daran und verzieht das Gesicht. »Ziemlich stark.« Sie nimmt einen Schluck. »Irgendwas mit Gin. Ananassaft vielleicht. Willst du?«
Ich winke ab. Reicht für heute. Außerdem meldet sich das Großer-Bruder-Verantwortungsbewusstsein. Ich sehe zu Elisa rüber. Bisher keine Ausfallerscheinungen.
»Ich bin durchs Abi gefallen«, sagt Wahrscheinlich-Larissa.
»Ganz großer Mist. Allerdings nicht das Ende der Welt, oder?«
»Ich wollte nach Neuseeland. War alles schon geplant. Also doch, für mich ist es irgendwie das Ende der Welt. Zumindest im Moment.«
»Work and travel?«, frage ich.
»Ja.«
»Dann machst du es eben ein Jahr später.«
Sie verzieht spöttisch das Gesicht. »Vielleicht findest du SIE auch NÄCHSTES Jahr irgendwann.«
»Okay, du hast recht. Es ist richtig scheiße. Aber ich wehre mich gegen dieses Das-Leben-ist-ungerecht-Geheule. Das ist eine Haltung, die ich möglichst niemals einnehmen will.«
»Bist du etwa einer von diesen Super-Optimisten? Die immer daran glauben, dass alles einen Sinn hat?« Wahr-

scheinlich-Larissa zieht die Ärmel ihres Pullovers lang und lässt ihre Hände darin verschwinden.
Es ist verdammt kalt geworden. Der aufkommende Wind weht mir eine Ladung Grillasche direkt ins Gesicht.
»Siehst du. So ist es mit dem Leben. Es haut dir immer noch eine weitere Portion Dreck in die Fresse«, kommentiert sie den Ascheregen.
Ich ziehe die Kapuze meiner Sweatshirtjacke über den Kopf und überlege, wie ich vor dieser Stimmungskanone flüchten kann. Aber ich will kein Arschloch sein, deshalb bleibe ich sitzen, starre in die Glut und denke darüber nach, ob ich wirklich so ekelerregend optimistisch bin, dass den vermeintlichen Verlierern des Lebens davon schlecht wird. »Ich weiß nicht«, sage ich. »Super-Optimist – das klingt so negativ. Ich bin auch gar nicht übertrieben optimistisch. Eher ein entspannter Realist. Aber ich vermeide es, mein aktuelles Leben mit einer besseren Variante zu vergleichen. Das führt nur zu Frust. Ich habe einfach keine Lust, den Tag mit depressiven Aufzählungen zu verbringen und mich zu fragen, was wäre, wenn. Es ist, wie es ist, damit versuche ich friedlich zu leben. Und wenn mir nicht gefällt, wie es ist, dann versuche ich, einen anderen Weg einzuschlagen. Alles andere ist mir zu kompliziert und erfordert viel zu viel Gegrübel.«
Ich frage mich, ob das, was ich gerade gesagt habe, wirklich stimmt. Es klingt eher wie eine Lüge über mich selbst. Von wegen entspannter Realist. Und was ist da-

mit, dass ich es vermeide, mein Leben mit einer besseren Variante seiner selbst zu vergleichen? Seit der Sache mit Naira fantasiere ich mir ständig eine bessere Variante meines Lebens zusammen. Mit ihr. Ich bin gerade weit davon entfernt, ein entspannter Realist zu sein. Stattdessen laufe ich als jammerndes Nervenbündel durch die Welt, beherrscht von kneifenden Fragen, Sehnsucht, romantischen Visionen und Selbstzweifeln. Aber ich habe keine Lust, mein Selbstbild für eine Stunden-Bekanntschaft richtigzustellen.

Wahrscheinlich-Larissa knabbert am Nagelbett ihres Daumens. »Hast du ein Rezept fürs Realistsein? Falls ja, dann hätte ich das gerne.«

Ich will gerade so einen Schwachsinn wie drei Kilo Selbstbewusstsein, zweihundert Gramm Kampfgeist und so was antworten, als ein schriller Schrei uns alle zusammenzucken lässt. Karl springt sofort auf, mitten aus der Knutscherei mit dem jüngeren Maite-Verschnitt – ich wusste es ja gleich, dass er auf sie steht. Wir starren Elisa an, und ich denke noch, dass der Dosen-Ravioli mit seiner schmalzigen Italo-Frisur jetzt gleich wirklich die Sonne zu sehen bekommt, weil Elisa aufgesprungen ist und gar nicht mehr aufhört zu kreischen. Aber dann raffe ich noch irgendwie, dass der Ravioli-Typ nichts gemacht hat und Elisa hysterisch rumhüpft, weil ein Riesenkäfer sie attackiert. Sofort ist das ganze Camp auf den Beinen und versucht, den Käfer zu eliminieren. Aber das Vieh ist ziemlich gerissen und dazu noch extrem wendig.

»Wer fliegen kann, ist klar im Vorteil.« Karl springt los und fängt an, Müll aufzusammeln. Folien und Pappen, die hier so rumfliegen wie auf einer Müllhalde. Seine Beute häuft er vor dem Zelt auf, wo er das Zeug seelenruhig mit Tape zusammenklebt.
»Was soll das denn?«, fragt seine Kuss-Partnerin und ihre Stimme lässt darauf schließen, dass sie sich jetzt alles andere als eine Bastelstunde vorgestellt hat.
Das ist typisch Karl. Wenn er eine Idee hat, muss sie sofort umgesetzt werden. Ohne Umweg. Mit dem, was zur Verfügung steht. Ein Charakterzug, der schon diverse Interessierte in die Flucht geschlagen hat. Katja zum Beispiel. Das schönste Mädchen, das jemals den Boden seines Zimmers berührt hat. Sie war perfekt für ihn. Sie hatte eine unfassbar beeindruckende Lockenmähne, dunkelblond, und ungelogen noch mehr Sommersprossen als Karl im Gesicht. Grüne Augen, leuchtend wie Algen im sonnendurchfluteten Wasser. Und ihr Septum-Piercing, dieser kleine Silberring in der Nase, hat einen unangepassten Akzent in ihrem märchenhaften Gesicht gesetzt. Sie kam extra aus Kassel nach Hamburg, und alles lief bestens, bis er mit ihr auf den Flohmarkt ging und eine alte kaputte Schreibtischlampe mit nach Hause brachte. Für den Rest des Tages war die Reparatur dieser Lampe sein Projekt. Er tat es für sie, weil sie die Lampe so unglaublich schön fand. Dennoch reiste sie ab, bevor Karl auch nur irgendetwas zum Leuchten brachte.
Karl klebt weiter an seinem Projekt, die Zunge zwischen

die Lippen geklemmt wie ein konzentrierter Schuljunge. Nach einer Weile kann man riesige Flügel erkennen.

»Flügel. Echt jetzt?« Die, die er vorhin geküsst hat, klingt extrem abgetörnt, und es ist nicht zu überhören, dass sie durch ist mit ihm.

»Wenn du keine Flügel hast, kannst du niemals fliegen.« Karl klebt sich die Dinger mit Panzertape auf den Rücken. »Und wenn du schon im Kopf nicht fliegen kannst, dann bist du niemals frei.« Er nimmt Elisas Hand und fragt, ob sie ihn begleiten würde, um die Welt der Käfer im Flug zu erobern.

»Nur, wenn ich auch Flügel bekomme«, kichert Elisa. »Und wenn mein Bruder-Käfer mitkommt.«

Die beiden laufen los, sammeln neues Material, und bevor ich weiter mit Dosen-Raviolis und übel gelaunten Pessimistinnen hier zurückbleibe, baue ich mir auch lieber ein paar Käferflügel und brumme mit meiner Familie durch die Nacht.

Wir landen bei einer Horde Festival-Freaks, die sich mit ihren Wagen und Buden ein halbes Dorf aufgebaut haben. Es gibt alles dort. Getränke, höllenlaute Musik – die gute Sorte –, jede Menge Verrückte, die auf Käfer stehen und die mit uns tanzen, bis die Flügel brennen.

Nayra

Zum Frühstück gibt es Weingummi und Chips. Das ist alles, was wir noch haben, abgesehen von den paar Bechern Caffeé Latte, die Tessa herumreicht und die Ole damit kommentiert, dass ihm seine Morgenlatte reichen würde, wobei er sich in den Schritt fasst. Tessa dreht sich zur Seite und steckt sich andeutungsweise den Finger in den Hals. Meinetwegen könnten wir jetzt die Zelte abbauen, alles in die Autos packen und dann so schnell wie möglich aufs Gelände gehen. Doch die anderen rühren sich nicht.

»Blöd, dass wir heute schon fahren müssen.« Geertje beißt einer Gummischlange den Kopf ab. Sie hat Amelie und Finn ihr Zelt überlassen und bei Tessa und mir geschlafen. Sekunden später sagt sie, sie müsse jetzt unbedingt mal Zähne putzen und duschen. Wie man mit Weingummi im Mund an Zahnpasta denken kann, weiß ich nicht.

Geertje krabbelt ins Zelt und stößt ein paar Flüche aus, weil sie ihren BH nicht findet.

»BHs werden sowieso völlig überbewertet«, rufe ich Richtung Zelt, aus dem Geertje im nächsten Moment ihren Kopf hervorstreckt, was aussieht, als wäre sie eine Kasperletheaterpuppe. Wegen ihrer zwei dicken blonden Zöpfe eindeutig die Gretel. Und wie im Kasperletheater liefert sie auch gleich einen Monolog.

»Also ich finde auch, dass die Bügel eine Zumutung sind. Die trage ich schon lange nicht mehr. Nur noch diese weichen Dinger. Aber ehrlich gesagt, frage ich mich schon ewig, warum Frauen überhaupt BHs anziehen.«

»Kann man drauf verzichten«, sage ich und ziehe mein Sweatshirt über die Schulter. »Hier. Quasi oben ohne. Mache ich meistens so.«

»Super Entscheidung. Wir sollten die Dinger einfach verbrennen.«

»Wer will seinen BH verbrennen?« Klar, dass Ole ausgerechnet diesen Satz aufgeschnappt hat.
»Wir«, antworten Geertje und ich synchron.
»Kein Problem«, sagt Ole. »Ich mache Feuer.«
Jetzt, da Ole im Spiel ist, kann kein Mensch auf dieser Welt die Aktion noch stoppen. Wenn er irgendwo eine verrückte Sache wittert, dann sorgt er dafür, dass es auch wirklich richtig knallt. Blöd, dass ich nur meinen Lieblings-BH dabeihabe und den jetzt opfern muss. Egal. Entschlossen krieche ich ins Zelt, hole ihn und stelle mich an den Grill. Ole starrt auf das schwarze Stück Stoff in meiner Hand, lässt seinen Blick weiter auf meine Brusthöhe wandern und sieht schnell wieder weg, als ich ihn mit deutlichem Unterton darauf aufmerksam mache, dass das Feuer nicht richtig brennt.
Es ist nicht zu übersehen, wie er seine Kiefer zusammenpresst. Vielleicht wäre jetzt der richtige Augenblick, mit ihm über alles zu sprechen. Über das, was ich gehört habe, und darüber, dass er für mich immer ein Kumpel sein wird, aber niemals mehr. Und darüber, dass er aufhören soll, Tessa so derart beschissen zu behandeln. Mental gehe ich gerade an den Start und bin kurz davor, einen ersten Satz zu sagen, als Geertje herbeigesprungen kommt und triumphierend ihren BH über ihrem Kopf kreisen lässt.
»Gefunden!« Sie sieht auf das Feuer. »Etwas mehr Flamme könnte nicht schaden«, sagt sie zu Ole, der zusammenzuckt, als hätte sie ihn geschlagen, dann seinen Rücken strafft, sich umsieht, ein Stück Pappe vom Boden klaubt und damit die Flammen anfacht.

»Die Befreiung der Brüste«, sagt Geertje, und es klingt ziemlich bedeutungsvoll. »Wenn wir die BH-Verbrennung fotografieren und posten würden, wären wir bestimmt die nächsten Influencer.« Sie schleudert ihren BH am Zeigefinger durch die Luft und lässt ihn in den Grill fallen, in dem Ole inzwischen ein ordentliches Feuer entfacht hat. Der BH wird direkt von einer Stichflamme gefressen.

Mein Bild von Geertje hat sich in den letzten zwei Tagen komplett gewandelt. Abgesehen von ihren gelegentlichen Entgleisungen ist sie einfach nur cool. Vielleicht sogar eine von denen, die wirklich nur das machen, was sie wollen. Selbst mitten in der Menge in einen Bierbecher pinkeln, wenn es sein muss. Ich lasse meinen BH wie Geertje am Zeigefinger durch die Luft kreisen und pfeffere ihn auf den Grill. Wir grinsen uns an. Geertje johlt. Und dann tanzen wir um den Grill. Tessa, immer noch abseits sitzend, rührt sich nicht und schüttelt nur den Kopf, als Geertje sie zum Mitmachen animieren will.

»Mehr BHs! Wir brauchen mehr BHs! Wer will seinen BH verbrennen?« Geertjes Stimme hat Marktschreier-Qualität.

Auch Ole, das hätte ich ahnen können, gibt sich mit zwei BHs im Feuer noch längst nicht zufrieden. Er läuft zu einem roten Zelt, vor dem eine Menge Leute sitzen, nimmt das erstbeste Mädchen an die Hand und zieht es zu unserem Feuer. Geertje rennt sofort hinterher, hüpft ein bisschen vor der Gruppe herum und bringt tatsächlich drei weitere Mädels mit, die nicht zögern, ihre BHs

in unser Feuer zu werfen. Das Ganze wird innerhalb kürzester Zeit eine Riesensache. Alle rennen plötzlich wie irre herum und holen sämtliche weiblichen Geschöpfe aus der Nähe herbei. Wahrscheinlich ist das Feuer ein komplettes Umwelt-Desaster. Die BHs schmurgeln und stinken, aber es ist ein großer Spaß.
Theo, der die Aktion neben Tessa sitzend beobachtet, meint, das sei ja wie eine Adaption der feministischen BH-Revolte von 1968.
»Haben die Frauen da BHs verbrannt?«, fragt Tessa.
»Ja. In Amerika. Soweit ich weiß, war das die erste BH-Verbrennung, die Schlagzeilen gemacht hat. Allerdings ist umstritten, ob die Frauen ihre BHs nur demonstrativ weggeworfen oder tatsächlich verbrannt haben.«
»Woher weißt du diesen ganzen Scheiß?«, fragt Geertje.
Theo zuckt mit den Schultern. »Keine Ahnung. Wahrscheinlich von meinem Onkel. Der hat ständig Geschichten aus der Hippie-Zeit erzählt. Dass die Jugend früher noch politisch war und so. Er hat es immer bedauert, selbst so spät geboren zu sein. Eigentlich wären die späten Sechziger seine ideale Zeit gewesen. Schon wegen der Musik.«
»Wieso wären? Ist er tot?«, fragt Geertje.
»Ja.« Theo vergräbt seine Hände in den Taschen seiner Lederjacke. Dann räuspert er sich und deutet auf das Feuer. »Feministisch betrachtet ist das ja vielleicht eine Möglichkeit, sich zu befreien. Ich habe keine Ahnung von der Unterdrückung der Frau durch BHs, aber es scheint ja durchaus eine Sichtweise zu sein. Wenn das

allerdings weiter so qualmt, dann steht hier wahrscheinlich gleich die Feuerwehr.«

»Sehe ich auch so«, gestehe ich ein. »Das stinkt ja, als würden wir einen Haufen Plastiktüten verbrennen. War lustig, ist jetzt aber auch gut.«

»Ich glaube nicht, dass Ole noch zu bremsen ist«, meint Theo mit einem Blick auf Ole, dessen Gesicht vor Hitze glüht und der lauthals für die BH-Verbrennung wirbt.

»Für den Feminismus!«, schreit Ole in diesem Moment.

»Ausgerechnet Ole feuert den Feminismus an?«, Tessa schnaubt. »Der würde jetzt auch Handys abfackeln, wenn ihn jemand auf die Idee bringen würde. Oder Zelte. Er würde alles tun, was irgendwie Show ist. Also ich will das nicht mehr mit ansehen. Kommt jemand mit aufs Gelände?«

Ich werfe einen Blick auf Tessa und weiß, dass sie keine Minute mehr in Oles Gegenwart verbringen möchte, der jetzt von zehn bis fünfzehn Mädchen umringt ist und es sichtlich genießt. »Lieber erst packen, oder?«

»Hast recht.« Tessa stopft ihre Klamotten in Höchstgeschwindigkeit in den Rucksack. »Hoffentlich kann der nachher überhaupt noch fahren.«

»Im Zweifel fahre ich«, meint Theo, der seine Sachen schon in einer Sporttasche verstaut hat.

»Wollen wir Finn und Amelie fragen, ob sie ihre Sachen auch schon zum Auto bringen wollen?«, frage ich.

»Ich glaube, die brauchen das Zelt noch eine Weile«, grinst Geertje.

Ole gibt uns ohne zu zögern den Schlüssel für sein Auto.

»Wir sehen uns spätestens bei *Green Day*«, ruft er uns hinterher.
»Hoffentlich«, sagt Tessa. »Nicht, dass wir in der Nacht ewig am Auto stehen und nicht loskommen.«
Theo hält den Autoschlüssel in die Luft. »Wir haben die Macht.«

Jo
»Fliegen war irgendwie geiler«, sagt Karl, als wir unsere Sachen zum Auto schleppen.
»Ich finde ja, dass bald mal jemand die Formel fürs Beamen entschlüsseln sollte. Dann wäre die Menschheit gerettet. Jeder hätte Zugang zu Wasser oder Sonne. Und ich müsste meine tanzwunden Füße jetzt nicht malträtieren«, philosophiert Elisa vor sich hin.
»Gibt es dann keine Grenzen mehr? Oder wie läuft das?«, fragt Karl.
Über Elisas Nasenwurzel bilden sich zwei kleine Fältchen. »Also, ich denke, das würde alles verändern. Grenzenlos glücklich und friedlich durch Beamen. Eine neue Welt. So ungefähr stelle ich mir das vor.«
»Und alle leben in der Karibik«, ergänzt Karl ironisch.
»Nein. Gar nicht. Das wäre ja nicht nötig. Weil man sich jederzeit in die Karibik beamen könnte. Oder nach Südafrika. Nach Kalifornien. Ganz egal. Wenn das so ist, dann kann man es doch auch locker im Norden aushalten«, verteidigt Elisa ihre Utopie.
»Könnte hier aber auch voll werden«, mische ich mich ein. »Wenn sich alle zu uns beamen, um zu duschen oder

Wäsche zu waschen. In Südafrika ist Wasser jetzt schon Mangelware.«

»Boah, ihr seid mir echt zu negativ«, stöhnt Elisa.

»Vor ein paar Stunden wurde mir von dieser Larissa noch das Gegenteil vorgeworfen.«

»Hat eigentlich jemand den Timetable im Kopf?«, wechselt Elisa das Thema.

»Erst *Editors*, dann *alt-J* und zum Schluss *Green Day*. Alles andere ist schon gelaufen«, antwortet Karl.

»Und was ist mit *Gurr*? Die spielen doch heute auch.«

»Zu hohe Stimmen. Davon bekomme ich Tinnitus. Und jetzt mal ehrlich, Elisa. Eine Band mit Tauben-Phobie? Das kann ich nicht ernst nehmen.«

Die Sache mit der Tauben-Phobie hat Karl von mir. Ich habe ihm mal aus einem Artikel vorgelesen, dass sich die Band so nennt, weil eine der beiden Musikerinnen Tauben extrem eklig findet. Das hat ihn offenbar nicht mehr losgelassen.

»Bleib mal locker, Karl. Die sind gar nicht so uninteressant. Wir sterben jetzt nicht direkt, wenn wir uns die ansehen«, versuche ich ein bisschen Programm für Elisa zu retten.

»Ansehen ist ja nicht das Ding«, brummelt Karl. »Anhören ist das Problem.«

»Lästerst über Tauben-Phobie und hast selbst eine Frauenstimmen-Phobie«, frotzelt Elisa. Doch so was prallt an Karl ab.

»Reicht sowieso nur noch für ein paar Songs«, stelle ich mit Blick auf den Timetable fest. »Wenn wir uns beeilen.«

»Na, dann los«, sagt Elisa, und ihre tanzwunden Füße sind offenbar wieder zu Höchstleistungen bereit.

Nayra

Tessa ist wieder ein bisschen aufgetaut, seit sie mit Geertje begeistert zu *Gurr* rumhüpft. Geertje ist echt wandelbar. Oder flexibel. Vielleicht auch nur nicht musikalisch festgelegt oder schlicht eine Frohnatur, die bei allem Spaß hat. Das ist beneidenswert. Ich selbst fühle mich seelisch verkatert. Ständig habe ich das Bild von Jo mit dem Mädchen vor mir und beschwichtige mich dann selbst mit weit hergeholten Erklärungen, die den erschütternden Schmerz aber nicht ansatzweise verdrängen können. Ich halte es einfach nicht mehr aus.

»Gib mir den Autoschlüssel«, sage ich zu Theo und halte ihm meine offene Hand hin. »Ich brauche eine Pause. Zu *Green Day* bin ich wieder da.«

»Dein Ernst?«

»Definitiv.«

»Soll jemand mitkommen?«, fragt Theo besorgt.

»Nein. Ich muss nur mal eine Runde heulen. Vielleicht auch schlafen. Wer weiß.« Es kostet mich meine letzte Kraft, die Worte über die Lippen zu bringen und gleichzeitig die aufsteigenden Tränen zu unterdrücken.

»Willst du nicht wenigstens Tessa Bescheid sagen?«, fragt Theo.

»Nein. Dann würde sie sich verpflichtet fühlen, mitzukommen. Ich will, dass sie da vorne weiter mit Geertje rumhüpft.«

»Okay.« Theo legt mir den Autoschlüssel in die Hand. »Wir sehen uns bei *Green Day.*«

Ich nicke. Dann schlurfe ich davon. Langsam und mit hängendem Kopf. Der Weg ist weit. Es ist zu befürchten, dass die Tränen schneller sind als meine Füße. Deshalb fange ich an zu rennen. Und renne, renne, renne. Um meinen Tränen zuvorzukommen. Um rechtzeitig das Auto zu erreichen.

Meine Hände zittern, als ich es aufschließe. Meine Kehle brennt. Mit dem Spurt habe ich meinen Körper völlig überfordert. Ich zerre meinen Schlafsack aus dem Kofferraum und rolle mich darin auf der Rücksitzbank zusammen, bereit für die befreiende Tränenflut, die sich die ganze Zeit in mir zusammengebraut hat. Aber da strömt jetzt mal gar nichts. Wahrscheinlich habe ich das schon ausgeschwitzt. Ich setze mich wieder auf und lese die eingegangenen Nachrichten auf meinem Handy.

Yanko hat geschrieben. **Bin demnächst in Hannover. Treffen?**

Ich antworte: **Gehe übermorgen mit Tessa auf Interrail-Tour. Hannover klappt also nicht. Fahren nach Amsterdam, dann Paris, Irun in Spanien (nie gehört) und weiter nach Lissabon.**

Yankos Antwort bringt mich zum Lächeln. **Okay, dann komme ich nach Lissabon. Wann?**

Echt jetzt?

Wollte ich sowieso schon immer mal hin, schreibt Yanko. **Außerdem ist unser Song noch nicht fertig.** Dahinter ein zwinkernder Smiley.

»Er ist schon ziemlich süß«, meint Tessa, als ich ihr von Yankos Nachricht erzähle, während wir auf den Auftritt von *alt-J* warten.
Tatsächlich hat mich der Chat mit Yanko wieder so aufgebaut, dass ich zurück aufs Gelände gegangen und mit einem Crêpe in der Hand alleine im Riesenrad über das Magic7 gegondelt bin. Ich habe mich an Jo erinnert, die zuckrig-zimtige Süße des Crêpes auf der Zunge gespürt und in Erinnerung an Yankos Zeilen gelächelt. Vor die milchige Sonne haben sich immer wieder Wolken geschoben. Aber sie sind genauso schnell auch wieder abgezogen. Und da oben habe ich meine Grundformel für das Leben entdeckt. Es ist wie das Wetter. Heiter bis wolkig. Stürmisch. Wie ein Gewitter. Sonnig. Lau. Schwül. Verregnet. Klar. Frisch. Windig. Das Wetter spiegelt das Leben in allen Facetten. Mehr muss man nicht wissen, nur, dass die dunklen Wolken auch wieder abziehen. Und dass es immer wieder hell wird. Irgendwann.
Ich kann auch gar nicht sagen, warum der Schmerz in dem Moment, als *alt-J* ihren ersten Song spielen, irgendwie weicher wird. Es muss etwas mit den berührenden Stimmmodulationen des Sängers zu tun haben, der mit seiner knarzenden Stimme alle meine schmerzenden, liebenden, weinenden und lächelnden Stellen gleichzeitig erreicht. Natürlich habe ich *Breezeblocks* auch auf meiner *Uuuhhuuu*-Playlist, doch live ist der Song noch viel besser. Ich strecke meine Arme zum Himmel und wiege meinen Körper von links nach rechts.

»Was soll das eigentlich heißen? Ich verstehe deren Texte einfach nicht«, schreit Theo mir ins Ohr.
»Ich glaube, das versteht kein Mensch. Das sind wohl mehr so Wortfetzen«, antworte ich und verschränke meine rechte Hand mit der linken von Geertje, um mich mit ihr weiter im Takt zu wiegen.
»Dann bin ich ja froh, dass alle anderen das auch nicht kapieren«, meint Theo, nimmt meine linke Hand und Tessas rechte und macht mit uns die Blümchen-im-Wind-Nummer, bis der Song zu Ende ist.

Jo

Irgendwie haben wir es bei *Green Day* ganz nach vorne geschafft. Es ist höllenen g. Aber es ist nicht die Menge, die meinen Brustkorb einschnürt. Es sind die Emotionen, die mich bei *Boulevard of Broken Dreams* zerquetschen. Zum ersten Mal spüre ich mit jeder Faser die traurige Einsamkeit in jedem einzelnen Wort des Songs. Als hätte ich den Text bisher nie kapiert und immer nur die Melodie wahrgenommen. Meine Seele ruft nach Naira. Wir waren der Sache so nah. Der Vollkommenheit. Dem Glück. Dem seligen Zustand der Gemeinsamkeit. Ich habe nicht die geringste Ahnung, was nach dem Festival passiert ist. Und bis ich das weiß, taumele ich hier alleine herum. Zwischen all den anderen, die ihre Arme nach links und rechts schwenken und die ihre Feuerzeuge oder leuchtenden Handys in die Luft halten und – wie ich, damals in einem anderen Leben – unbekümmert den Song feiern, ohne von der Einsamkeit dahinter gequält zu werden.

Mein Herz sehnt sich nach Naira. Das Schlimmste daran ist die Unwissenheit. Nicht zu wissen, warum sie nicht schreibt. Ich verstehe es nicht, es kann doch unmöglich sein, dass nur ich die Verbindung zwischen uns gespürt habe. Unklarheit ist ein verflucht anstrengender Begleiter. Mein Zustand zieht mich komplett zu Boden, und wenn *Green Day* jetzt nicht gerade das Tempo wechseln würden, hätte ich mich wahrscheinlich genau dahin sinken lassen. Doch da gibt es etwas, das mich auffängt. Gerade so eben. Und das ist *When I Come Around* in Verbindung mit Karl und Elisa, die mich so mitreißen, dass die Welt von einer Minute auf die andere wieder ein ganz anderes Gesicht bekommt. Scheiß auf das Selbstmitleid. Ich beschließe, mir dieses Lied für alle Worst-case-Situationen in meinem Leben zu merken. Es immer dann zu hören, wenn ich ganz unten bin. Und an Karl und Elisa zu denken, die immer da sein werden, wenn es nötig ist. Also mache ich weiter. Zusammen mit ihnen. Wir schreien uns mit der Menge um uns herum die Seele aus dem Leib, und das ist vielleicht die wahre Medizin des Lebens – die Musik. Sie rettet mich. Immer wieder.

Nayra

Are We the Waiting – das ist vielleicht die Frage überhaupt. »Irgendwie wartet man doch immer auf irgendwas«, meint Theo, und damit hat er verdammt recht. Wir singen weiter, zusammen mit den Massen, die mit uns nach dem *Green-Day*-Auftritt zu den Autos strömen. Oooohhhhooos und Heyeyeys.

Dieser Festivalnachklang, die Musik noch im Nacken, der Weg nach Hause noch weit, das ist jedes Mal bittersüß und voller Emotionen. Ich beobachte Amelie und Finn, die Hand in Hand vor mir gehen. Von der Seite sehe ich Tessas Blick, der auf Ole gerichtet ist. Daneben Klawitter, erstaunlicherweise mal nicht volltrunken. In diesem Zustand hat sein Gesicht, das habe ich zuvor nie wahrgenommen – oder noch nie erlebt, einen ganz anderen Ausdruck. Sympathischer. Ohne diesen aggressiven Zug um Augen und Mund wirkt er fast zerbrechlich und schüchtern. Sein Mutanten-Gegröle hat sich in ein nach innen gekehrtes Lächeln verwandelt, seine sonst ausladende und unkoordinierte Gestik ist entspannten Bewegungen gewichen. Er hat dunkle Ringe unter den Augen, scheint aber mit sich und der Welt zufrieden. Ebenso wie Theo, der gerade seine Faust zum Himmel erhebt und einen Songfetzen mit der Menge grölt. Ben, der mit dem Autoschlüssel in der Hand voranschreitet. Und Geertje, deren T-Shirt nur noch in Fetzen an ihr hängt – keine Ahnung, wie sie das gemacht hat. Ihre Wangen sind knallrot und voller Glitter, und ihre Haare kleben schweißnass an den Schläfen. Sie lacht mich an. Ich lache zurück und denke, hey, das sind wir. Wir gehören alle irgendwie zusammen. Alles geht weiter. Und wer weiß, wohin uns alles noch führt. Und in diesem Moment fragt Geertje, ob wir sie mit auf unsere Interrail-Tour nehmen.

Dienstag, 10. Juli

Vor meinem Fenster zeichnet sich die Eiche gegen den Himmel ab. Die Vögel fangen gerade an zu zwitschern. Alles ist ganz friedlich da draußen, und ich denke, dass es schön wäre, liegen zu bleiben. Ich möchte diesen Moment anhalten. Die frische Morgenluft atmen, die durch mein Fenster strömt. Den Vögeln bei ihrem Frühkonzert zuhören. Mich in meiner Bettwärme rekeln. Ewig in diesem Wohlbefinden verharren. Doch meine Gedanken sind schneller. Zuerst ist da die Erkenntnis, dass ich aufstehen muss und heute mein Interrail-Trip mit Tessa und Geertje beginnt. Denn was hätten wir auch auf ihre Frage antworten sollen? Keine von uns hat ein Nein über die Lippen gebracht. Tatsächlich könnte die ganze Sache mit Geertje sogar ziemlich lustig werden. Und im nächsten Moment ist schon wieder Jo in meinem Kopf. *Are We the Waiting.* Großes Fragezeichen. Der Song lässt mich seit dem Konzert nicht mehr los. Ist das ganze Leben wirklich nur eine einzige Warterei auf das Unbekannte, das vor uns liegt? Und ist es nicht dumm, in dem Moment, den man gerade erlebt, schon wieder an den nächsten Moment zu denken? Was ist mit dem Hier und Jetzt? Tritt man es nicht mit Füßen, wenn man immer dem nächsten Schritt entgegenfiebert? Aber wie soll ich mit meinem Jetzt glücklich sein, wenn ich immer noch an Jo denken muss? Wenn ich immer noch grübele, ob Finn vielleicht richtiglag, alles eine blöde Momentaufnahme war und Jo nur IRGENDEINE Freundin im Arm hat-

te? Wenn er sich vielleicht doch fragt, warum ich ihm nicht schreibe? Wenn er absolut keine Ahnung hat, von dieser Sehnsucht, die mich verrückt macht und die mich an nichts anderes denken lässt als an ihn? Und keine Ahnung von diesem beschissenen Regen, der einfach seine Nummer von meinem Arm gewaschen hat? Was, wenn er immer noch auf ein Zeichen von mir wartet?
Weißt du etwa nicht, dass Menschen am meisten das bereuen, was sie nicht getan haben? Das hat Jo auf dem Marschland gesagt. Und so ist es. Es gab diesen winzigen Moment, als es mich zu ihm und dem Mädchen zurückgezogen hat. Als ich noch mal hingehen und fragen wollte, was los ist. Ich hätte es wagen sollen. Dann wüsste ich jetzt, woran ich bin. Doch ich habe die Chance, alles aufzuklären, verstreichen lassen. Und jetzt stelle ich fest, dass es vielleicht nur ein Eindruck war, weit entfernt von einer echten Wahrheit.
Ich bereue, was ich nicht getan habe. Das Risiko, die schlimmstmögliche Erklärung zu erhalten, war mir in dem Moment einfach zu groß. Ich hatte Angst vor dem Schmerz. Doch jetzt frisst sich das Nichtwissen wie ein Schwelbrand durch mein Inneres. Und das ist viel quälender.

»Amsterdaaaam!« Die Tür fliegt auf, und Tessa steht wie eine Erscheinung im hereinflutenden Sonnenlicht.
»Scheiße!« Ich springe aus dem Bett. Keine Ahnung, wie das passieren konnte. Eben war es doch noch fünf oder so.
»Du hast jetzt nicht wirklich verpennt?«

»Gib mir fünf Minuten. Ist alles schon gepackt. Nur eine Schnelldusche und zack, sind wir unterwegs«, rufe ich aus dem Badezimmer.

»Geertjes Mutter sitzt mit laufendem Motor im Auto«, ruft Tessa mir hinterher.

»Ich komme sofort!« Mit einem Aufschrei stelle ich mich unter das kalte Wasser. Ich schrubbe mir mit der Zahnbürste notdürftig über die Zähne, raffe das Zeug für die Kosmetiktasche zusammen und schlüpfe noch halb nass in meine Klamotten.

Als der Zug durch die Landschaft rattert, kommt es mir vor, als würde ich einen ganzen Lebensabschnitt hinter mir lassen. Dabei sind seit dem Marschland erst sechzehn Tage vergangen.

»Irre. Manchmal rast das Leben wie ein Zug«, sage ich.

»Ich weiß nicht.« Tessa zuckt mit den Schultern. »Ich empfinde eher Stillstand. Als ob sich nur alles um mich herum bewegt und ich selbst an dem immer selben Punkt verharre.«

»Du sitzt in einem Zug. Schon deshalb ist das totaler Bullshit.« Die Sonne scheint durch das Zugfenster auf Geertjes Unterarm, sodass die darauf tätowierte Rose dunkelrot leuchtet. Es wird langsam stickig im Abteil, vermutlich zupft Geertje deshalb ständig an ihrer schwarzen Strumpfhose, zu der sie einen schwarzen Latzrock trägt, dessen einer Träger lässig herunterhängt. Ihre Füße stecken in schwarzen Sneakers mit weißer Sohle und weißen Schnürbändern.

»Es passiert einfach nichts«, redet Tessa weiter. »Also abgesehen von Theo. Der passiert irgendwie, ohne dass ich mich bewege.«

»Theo?« Ich horche auf.

»Ja, er war gestern noch bei mir und hat mir ein Buch über Portugal gebracht. Meinte, er freue sich schon darauf, wenn wir zurück sind, und es werde bestimmt öde ohne uns. So was in der Richtung«, sagt Tessa. »Und dass wir in Lissabon unbedingt mit dieser einen Straßenbahn fahren sollen. Die, die so steil die Straße hochfährt.«

»Interessant«, sage ich. »Ist mir irgendwie nicht aufgefallen, aber wenn ich jetzt so darüber nachdenke, dann würde ich sagen, er steht auf dich.«

»Quatsch«, erwidert Tessa und kramt eine Tüte Buchstabenkekse aus ihrer Tasche. »Genug Material, um unser Leben in Worte zu fassen.« Sie wühlt so lange in der Tüte, bis sie ein J und ein O gefunden hat.

»Kein Problem«, sage ich, nehme ihr das O weg und suche ihr ein L und ein E dazu.

»Fertig Leben.« Tessa schiebt sich das O zur Hälfte in den Mund und zerbeißt es, was unglaublich wütend aussieht.

»Das ging wohl eher in Richtung fertig Ole«, kommentiere ich und sehe ihr dabei zu, wie sie auch noch das L und das E zwischen den Zähnen zermalmt.

»Jetzt du«, fordert mich Tessa auf und reicht mir das J. Ich starre auf den Buchstaben. Dann schüttele ich den Kopf und werfe den Keks zurück in die Tüte. »Gib mir einen anderen Buchstaben. Einen, der komplett bedeutungslos ist.«

»Kann es sein, dass du irgendwie zu empathisch bist?« Geertje verzieht ironisch das Gesicht.
»Punktlandung. Sie kann noch nicht mal ihren Kuschelteddy von früher in eine Schublade packen, weil er dann keine Luft bekommt.« Tessa kramt suchend in der Tüte.
»Hier, ein C.« Sie wirkt irgendwie enttäuscht und gibt es mir, wendet sich jedoch gleich an Geertje und fragt, welchen Buchstaben sie gerne töten möchte.
»L wie Liebeskummer«, sagt Geertje. »Damit das schon mal aus der Welt ist und wir endlich Spaß haben können.«

Jo
»Alter, die Sonne scheint. Dein Leben hat keine Zeit für depressive Verstimmungen.« Karl steht in Boxershorts vor meinem Bett und reißt mir die Decke weg.
»Hau ab. Ich will nicht«, murmele ich und drehe mich zur Wand.
»Die Flüchtlinge warten. Du hast es so gewollt«, erwidert Karl.
»Scheiße. Schon so spät?« Ich springe aus dem Bett und renne ins Bad.
Karl kommt hinterher und stellt sich in die Tür.
»Was willst du? Mir beim Pinkeln zusehen?«
»Aufpassen, dass du dich nicht in die Badewanne legst und weiterschläfst.«
Diese Wärter-Nummer ist nicht gerade typisch für Karl. Er muss sich wirklich Sorgen um mich machen.
»Ich habe Frühstück gemacht«, sagt er. »Du hast noch eine Stunde Zeit.«

Es muss mir wirklich sehr schlecht gehen, wenn Karl freiwillig Frühstück macht. Sogar mit Aufbackbrötchen. Der Duft zieht mich zuverlässig in die Küche. Karl hat Servietten neben die Teller gelegt, was, soweit ich mich erinnern kann, noch nie passiert ist. »Ich bekomme Angst, wenn du so einen Aufwand betreibst.«
»DU bekommst Angst? ICH bekomme Angst, wenn du so weitermachst. Du hast seit gestern nichts gegessen.«
»Tatsächlich? Ist mir gar nicht aufgefallen. Seit wann überprüfst du meine Nahrungsaufnahme?«
Karl wirft mir ein Brötchen zu. »Seit du so ein Jammerlappen bist.«
»Nur, weil ich verschlafen habe? Immerhin habe ich gestern noch den Schwimmunterricht klargemacht. Was hast du seit dem Festival auf die Reihe gekriegt?«, frage ich Karl, der sich vier Scheiben Käse auf eine Brötchenhälfte legt.
»Das ist was anderes. Bei mir ist das normal«, nuschelt er.
»Wie auch immer. Ich esse ja jetzt. Siehst du?« Ich beiße demonstrativ von meinem Brötchen ab und kaue extra übertieben. »Ist sowieso durch, die Nummer mit Naira. Ich habe nämlich keine Ahnung, was ich noch tun könnte.«
»Bleibt ja immer noch das Wnschwl«, sagt Karl mit vollem Mund und spuckt dabei versehentlich einen feuchten Brötchenkrümel auf den Tisch. Er ist echt ein Neandertaler, wenn kein Mädchen in seiner Nähe ist.
»Was für ein Schwl?«
Karl schluckt. »Das Windswell«, wiederholt er übertrieben deutlich.

»Was meinst du damit?«, frage ich.
»Na das Windswell im August. Dafür hat sie doch eine Karte«, sagt Karl und präpariert die nächste Brötchenhälfte mit Schoko-Aufstrich.
»Wer hat eine Karte für das Windswell?«, hake ich nach, weil ich absolut nicht verstehe, wovon er redet.
»Naira«, sagt er und leckt sich den Daumen ab.
Ich starre auf das Messer, das er jetzt ebenfalls ableckt, und auf seinen Mundwinkel, in dem ein Brötchenkrümel hängt. Die Information träufelt nur langsam an eine Stelle in meinem Hirn, die bereit ist, das Gesagte aufzunehmen.
»Was?«
»Naira hat eine Karte für das Windswell. Weißt du doch«, sagt Karl so emotionslos, als würde er mir mitteilen, dass er Müsli eingekauft hat. Dann richtet sich sein Blick wie in Zeitlupe auf mich, er erstarrt, legt sein Brötchen auf den Teller und sagt: »Fuck. Habe ich das etwa nicht gesagt?«
Ich bin viel zu schockiert, um etwas zu sagen. Karl erholt sich dagegen schnell von der Erkenntnis, sein Wissen nicht mit mir geteilt zu haben, greift wieder nach seinem Brötchen und erzählt mir in aller Seelenruhe, dass Tessa, die Freundin von Naira, das auf dem Marschland erwähnt hat.
»Also Naira und ihre Freundin fahren zum Windswell?«
»Jetzt hast du's begriffen.« Karl lehnt sich zurück und streckt seine Beine unter dem Tisch aus.
»Und du hast die ganze Zeit nichts gesagt?«

»Ist wohl irgendwie untergegangen.« Er stößt das Messer tief ins Schokocreme-Glas, dreht es darin um und leckt es ab.

»Untergegangen?«, keuche ich fassungslos.

»Alter, bleib mal locker«, brummt Karl. »Ist doch noch gar nichts passiert.«

»Das ändert doch alles«, stoße ich hervor.

»Was genau ändert es?«, fragt Karl.

Ich stehe auf und gehe zum Fenster. Auf der gegenüberliegenden Straßenseite schiebt ein alter Mann, selbst buckelig und wackelig auf den Beinen, eine zierliche alte Frau, dünn, filigran und wahrscheinlich leicht wie eine Feder, im Rollstuhl. Der Anblick rührt mich. Ich beobachte den Mann und sehe ihm zu, wie er kurz anhält, eine Strähne aus dem Gesicht seiner Frau streicht – ich nehme an, dass sie seine Frau ist – und dann weiterschiebt. Das muss Liebe sein. Vielleicht sind diese beiden schon ihr ganzes Leben lang zusammen. Vielleicht haben sie gemeinsam Kinder großgezogen. Möglicherweise haben sie unter widrigsten Umständen im Krieg zueinandergefunden. Und niemals aufgegeben.

Ich winke Karl zu mir, der tatsächlich aufsteht und ans Fenster kommt, wahrscheinlich nur, weil sein schlechtes Gewissen so übermächtig ist, dass er mir gerade keinen Gefallen ausschlagen kann.

»Da drüben. Siehst du die? Den Opa und die Oma? Die mit dem Rollstuhl.«

»Sind ja nicht zu übersehen«, sagt Karl. »Und weiter?«

»Wie lange kennen die sich wohl?«, frage ich.

»Seit sie fünfzehn sind. Seit der Tanzstunde. Seit sie sich im Altenheim kennengelernt und die Geschichten ihrer verstorbenen Männer und Frauen ausgetauscht haben. Was weiß ich«, brummt er. »Und was hat das jetzt mit dir zu tun?«

Ich zucke mit den Schultern.

»Du bist komplett irre«, meint er in einem Anfall plötzlicher Erkenntnis. »Du bist einundzwanzig und kennst diese Naira nicht mal ansatzweise. Und da glaubst du, dass das so ein Lebensding ist? Obwohl sie sich seit über zwei Wochen nicht bei dir gemeldet hat?« Wahrscheinlich würde er mich jetzt am liebsten direkt einweisen lassen, doch dann setzt er sich wieder, nimmt einen Schluck Kaffee und stöhnt. »Scheiße«, sagt er. »Scheiße. Du tust mir echt leid.«

»Ja«, sage ich. »Ich mir auch.«

Mittwoch, 11. Juli

Nayra

»Amsterdam hat echt Venedig-Flair«, sagt Tessa.

Wir überqueren mehrere Grachten und können uns nicht sattsehen an den schmalen, zum Teil windschiefen Häusern, den Cafés, Hausbooten, überall angeketteten Fahrrädern, Menschen und Läden.

»Wenn wir weiter in jedes Geschäft gehen, dann kommen wir nie zum Waterlooplein-Flohmarkt«, sagt Geertje, als Tessa sich offenbar von einem mit Lakritz überfrachteten Laden angezogen fühlt, was merkwürdig ist, weil Tessa Lakritz verabscheut.

»Nur mal gucken. Wir brauchen doch auch ein paar Mitbringsel«, murmelt sie und kauft, neben niederländischer Schokolade, mehrere Packungen mit salzigen, süßen, weichen und harten Lakritz-Sorten.

»Wen willst du denn mit diesen Mengen beehren?«, hake ich nach.

Tessa errötet leicht und senkt ihren Blick auf ihren mit einem Hirschkopf bedruckten Turnbeutel, um die Schachteln und Tüten zu verstauen.

»Vielleicht Theo?«, necke ich sie.

»Jetzt hör mal auf.« Energisch zurrt sie die Bänder des Beutels zusammen und hängt ihn sich über die Schulter, ohne mir eine aufschlussreiche Antwort zu geben.

Was allerdings auch nicht nötig ist. Abgesehen von Theo kenne ich nämlich niemanden, der sich für Lakritz begeistern könnte.

»Weiter jetzt«, treibt uns Geertje an, und wir folgen ihr schnellen Schrittes, bis die ersten Stände des Flohmarktes zu sehen sind.
Von den typischen Holzschuhen über Schilder, Käse, Gewürze, Schmuck, Taschen bis hin zu Porzellan, Büchern und Kleidung gibt es hier alles. Ich stürze mich sofort auf einen Stand mit Schallplatten, von dem mich Geertje aber schon bald wieder wegzieht.
»Vinyl über Paris und Lissabon nach Hause zu schleppen wäre einfach dämlich«, sagt sie. »Aber wie wär's mit dieser Sonnenbrille hier?« Sie schnappt sich ein überdimensionales Herz-Modell vom nächsten Stand und setzt es sich auf.
Herumalbernd wühlen wir uns eine Weile weiter durch die Waren, kaufen ein paar Kleinigkeiten, stopfen uns mit Poffertjes voll und steuern schließlich unser Hauptziel für den Tag an – mit der kostenlosen Fähre ins Stadtviertel Amsterdam Noord, das durch den Fluss IJ vom Rest der Stadt abgeschnitten ist und früher eine Werft war.

»Mein perfekter Platz in Amsterdam!«, rufe ich ausgelassen, während ich mir, über den kleinen Strand hüpfend, die Schuhe ausziehe. Vor einer weiträumigen, aus Schiffscontainern gebauten Bar bevölkern eine Menge junger Leute den Stadtstrand und genießen die Sonne. Ich lasse meinen Blick über das Gelände und den Kran im Hintergrund schweifen, gehe im Slalom um Decken und Menschen herum und setze mich auf einen der wenigen freien Flecken in den Sand. »Hier ist es schön.«

»Volltreffer«, bestätigt Geertje. »Das ist genau das, wovon ich geträumt habe.« Sie lässt sich neben mir in den Sand fallen und streckt sich zufrieden seufzend aus. »Jede Menge Leute, eine coole Kulisse, Sonnenschein und das Wasser vor der Nase. Hier können wir bleiben.«

»Richtige Festivalatmosphäre«, stelle ich fest, während ein Pärchen, das sich angeregt unterhält, lacht und sich immer wieder küsst, meine Aufmerksamkeit erregt. Sofort spult mein innerlich abgespeichertes Fotoalbum in schneller Folge eine Diashow mit Bildern von Jo ab, und ich wünschte, ich könnte meine Eindrücke von diesem lebendigen Ort mit ihm teilen.

Geertje kramt aus ihrem Rucksack die drei Flaschen Craft-Bier, die sie auf dem Weg zur Fähre gekauft hat, und sieht sich suchend um. Dann springt sie auf, läuft zu einer Gruppe Jungs und kehrt mit einem Feuerzeug zurück, mit dem sie leichthändig unsere Flaschen öffnet. Fünf Minuten später sitzen wir bei den Jungen auf der Decke, reden mit ihnen und albern herum. Wenn es nach Geertje ginge, würden wir einfach hierbleiben, bis es Nacht wird. Und hey, es ist warm, und Geertjes Frohsinn und Spontanität färben auf mich ab. Ich habe Lust auf Leben pur und den vollen Spaß. Ohne diese Emo-Marschland-Flashbacks. Zuerst schüttelt Tessa den Kopf, weil sie nicht auf unsere geplante Grachtenfahrt verzichten will, doch schließlich stimmt Geertje sie um. Wir lassen uns von Bent, Lasse, Tjark und Gondolf das, so versichern sie, spannendste Viertel von Amsterdam zeigen. Das inspirierende Künstlerviertel mit Graffitis

Werkstätten und einer unvergleichlichen Mischung aus Industriegelände und Hippie-Lebensart erobert unsere Herzen derart, dass wir die Zeit vergessen. Wir bleiben ewig in einem Café inmitten einer Ansiedlung aus alten Hausbooten und genießen die entspannte Atmosphäre, während die Sonne langsam untergeht. Am späten Abend landen wir wieder an der Bar, vor der wir bereits am Nachmittag im Sand gesessen haben.

»Wow, hier geht ja voll die Party ab«, jubelt Geertje, nimmt Bent an die Hand und rennt mit ihm los.

Wir anderen laufen hinterher, mischen uns unter die Menschen und tanzen, bis wir die letzte Fähre verpasst haben.

»Egal«, meint Geertje. »Dann machen wir eben durch.«

Und das machen wir, bis um sieben Uhr die erste Fähre ablegt.

Donnerstag. 12. Juli

»Wir könnten sogar noch eine Grachtenfahrt schaffen, bevor unser Zug fährt«, überlegt Tessa.
Ich schwächele schon leicht, aber Geertje meint, ich könne schließlich im Zug schlafen. Als sogar die Jungs spontan sagen, dass sie die Grachtenfahrt mitmachen wollen, willige ich ein.
»Ich bin verliebt in diese Stadt«, stelle ich fest, während die durch das Mikrofon blechern klingende Stimme unseres Guides erklärt, dass es etwa zweitausendfünfhundert Hausboote in Amsterdam gibt. »Hier würde ich gerne studieren und auf einem Hausboot wohnen. Auf dem da zum Beispiel.« Ich zeige auf ein kleines modernes Hausboot mit Holzterrasse und großen Fenstern zum Wasser hin und male mir, während wir weiter durch die Kanäle schippern, ein Leben in Amsterdam aus.
»Was?«, Tessa stößt mich fest mit dem Ellenbogen an und reißt mich aus meinen Träumereien. »Hast du das gehört? Die Stadt steht einfach nur auf Hunderttausenden Pfählen. Jedes einzelne Haus braucht schon vierzig, um stabil zu bleiben. Und unter der Stadt ist nur wässriger Schlick. Gruselig.«
»Das ist alles andere als gruselig. Gerade das gefällt mir ja so gut an Amsterdam«, entgegne ich und lasse meinen Blick wieder über die leise schaukelnden Hausboote und die sich romantisch in der Morgensonne vor uns erstreckende Gracht schweifen. Das Wasser ist in Amsterdam wirklich überall.

Jo

Gleichzeitig mit Wasser in Berührung zu sein und etwas wirklich Sinnvolles zu tun, ist unbeschreiblich. Dabei erfüllt mich – abgesehen von der Begegnung mit Naira – das größtmögliche Gefühl von Lebendigkeit. Wahrscheinlich sollte ich einfach Schwimmlehrer werden. Die Jungen, sie sind alle zwischen vierzehn und siebzehn, kommen hauptsächlich aus Syrien, zwei aus Afghanistan, einer aus dem Irak, können kein bisschen schwimmen. Das ist absurd, weil einige in viel zu kleinen Booten übers Mittelmeer hierhergekommen sind. Und wer besteigt schon ein Boot, wenn er nicht schwimmen kann? Das macht niemand freiwillig. Nur dann, wenn die Not im Nacken sitzt.

Ich sehe in ihre Gesichter und will mir gar nicht ausmalen, wie viel Angst man haben muss, wenn man als Nichtschwimmer in einem winzigen, maroden Boot übers Mittelmeer dümpelt. Jede kleinste Welle muss da Panikattacken auslösen.

Ich versuche, mich von mir selbst, der das Wasser als freundliches Element empfindet, zu lösen und es mit ihren Augen zu betrachten. Es gibt eine Sache, die ich diesen Menschen zeigen kann – wie man Freundschaft mit dem Wasser schließt.

Nayra

Die einzige Art, sich auf Reisen Freiraum von seinen Mitmenschen zu verschaffen, sind Ohrstöpsel oder der Gang aufs Klo. Ich verbringe die Zugfahrt mit Ohrstöpseln und meiner Marschland-Playlist. Alle Songs, die ich mit Jo auf dem Festival gehört habe. In meinem Kopf tobt ein wilder Mix aus Jo-Erinnerungen, Marschland-Bildern und den frischen Amsterdam-Eindrücken, während der Zug durch die Landschaft rauscht, Geertjes Mund sich für mich ohne Ton öffnet und schließt, und Tessa mit einem abwesenden Lächeln manchmal nickt. Vor uns liegt Paris, die Stadt der Liebe. Ich ziehe den rechten Ohrstöpsel raus. »Warum heißt Paris eigentlich die Stadt der Liebe?«

Tessa gerät sofort in Verzückung. »Wegen der Romantik. Der Eiffelturm, die ganzen Künstlerviertel, verwinkelte Gassen, die Seine – wegen dieser Dinge eben.«

Ein paar Stunden später wissen wir: Für wahre Romantik sind eindeutig zu viele Menschen in Paris. Und speziell für mich ein einziger zu wenig.

»Spürst du die Liebe schon?«, witzelt Geertje mit Blick auf Tessa, als wir am Eiffelturm ankommen.

»Nein. Allerdings spüre ich eine Liebe zu körperlicher Gewalt in mir aufkommen, wenn du nicht gleich aufhörst, mir meine schönsten Sights zu vermiesen«, braust Tessa auf.

Normalerweise ist sie nicht so schnell aus der Ruhe zu bringen. Doch Geertje scheint mit ihren Frotzeleien etwas in ihr aufzuwühlen, das sonst irgendwo tief auf Tessas Seelengrund schlummert. Vielleicht war es nicht die beste Idee, Geertje mitzunehmen. Sie macht zwar alles spannender, bringt aber auch Unruhe in Tessas und mein harmonisches Miteinander. Und ich, ich bin wieder mal nicht im Hier und Jetzt, weil es unmöglich ist, auf dem Eiffelturm zu stehen und nicht an Jo zu denken. Wie könnte mich das nicht an unsere Fahrt im Riesenrad erinnern? Ich sollte in diesem Moment die Aussicht genießen oder irgendwas anderes tun, das mich von Jo ablenkt. Aber ich bin jetzt in dem Modus, der einen dazu zwingt, alles noch schlimmer zu machen, und quäle mich mit einem Song von *Morrissey*. *I'm Throwing My Arms Around Paris* klingt eigentlich nach einer positiven Botschaft, aber tatsächlich verbirgt sich dahinter tiefer Liebeskummer, und die Stimmung des Songs ist bittersüß. Eine Prise lächelnde Sehnsucht, ein Karton Selbstmitleid und die trotzige Ansage, Paris zu umarmen.

»Was hörst du?«, fragt Tessa.

»Morrissey«, sage ich und halte ihr den linken Ohrstöpsel hin.

»Dein Musikgeschmack ist echt edgy«, bemerkt Geertje.

»Besser als gar kein Musikgeschmack«, erwidere ich spitz. Das passiert mir manchmal. Dass Bemerkungen vorschnell meinen Mund verlassen, bevor ich überhaupt denken kann. »Scherz«, schiebe ich schnell nach.

Tessa sieht mich an. Der Songtext passt ziemlich exakt zu ihr und Ole. Ich kann regelrecht dabei zusehen, wie sie sich in den von *Morrissey* an die Oberfläche gewirbelten Emotionen suhlt.

Sogar Geertje scheint das zu bemerken, nimmt Tessa den Ohrstöpsel weg, hört kurz rein und verzieht dann das Gesicht. »Das ist hier die Stadt der Liebe. Nicht des

Leids«, sagt sie und zieht auch meinen Stöpsel ab. »Ausmachen. Sofort. Vor euch liegt Paris, und ihr popelt in den verbrannten Stellen der Vergangenheit. Dabei hat das Lied doch eine ganz klare Botschaft. Lasst uns die Stadt umarmen!«

Von oben betrachtet ist Paris winzig klein, und gleichzeitig erstreckt es sich beeindruckend weit zu unseren Füßen.
»Schwankt das Ding?« Tessa klammert sich gespielt ängstlich am Stahlgeländer fest.
»Das ist nur das flaue Gefühl, das Höhe bei Menschen verursacht. Auf dem Eiffelturm neigen die Leute dazu, es mit Liebe zu verwechseln, was zur Folge hat, dass hier oben überdurchschnittlich viele Heiratsanträge gemacht werden.« Geertje imitiert die betont positive Sprechweise einer Reiseführerin. Dann hält sie inne, denkt einen Moment nach und setzt ihre Ausführung grinsend fort. »Und so kommt es, dass Paris die Stadt der Liebe genannt wird. Weil die Leute schlicht zu blöd sind, die Reaktionen ihres Körpers zu deuten.«
Ich sehe in die Tiefe. Der Eiffelturm ist 324 Meter hoch. Mir ist nicht flau im Magen. Ganz anders war es im Riesenrad auf dem Marschland. Als ich mit Jo Richtung Himmel gegondelt bin, hat mein Magen und überhaupt alles verrückt gespielt. Was aber eindeutig nicht an der Höhe lag. Ich kann also davon ausgehen, dass ich nicht gefährdet bin, höhenflaue Gefühle mit Liebe zu verwechseln.

Freitag, 13. Juli

Jo

Amir steht neben mir, den Blick voller Ehrfurcht in die Tiefe gerichtet. Für sein Seepferdchen muss er nur vom Beckenrand springen, trotzdem wollte er unbedingt auf den Dreimeterturm. Er lacht, schüttelt den Kopf und steigt wieder hinab. Ich springe. Es sind nur drei Meter. Doch als mich nach dem kurzen freien Fall das Wasser umfängt, denke ich, dass es so auch mit der Liebe ist. Man springt. Und wenn alles perfekt läuft, wird man umfangen. Ich tauche auf mit Naira vor Augen. In Wirklichkeit steht da nur Amir. Am Beckenrand. Bereit zum Sprung.

Sonntag, 15. Juli

Nayra
»Il faut se méfier des mots.« Ich recherchiere in meinem Französisch-Vokabular, kann jedoch keine Übersetzung für méfier finden. »Was heißt das?«, frage ich, während ich weiter das riesige Schild an der Hauswand über uns betrachte, auf dem in Schreibschrift eben dieser Satz geschrieben steht. Als hätte ein Riese da oben eine Botschaft mit Tafelkreide hinterlassen.
»Vorsichtig«, sagt Tessa, nachdem sie die Wörterbuch-App befragt hat.
»Also so was wie: Es ist nötig, sich mit den Wörtern vorzusehen?«, überlege ich.
»Schätze schon«, erwidert Geertje. »So ähnlich wie dieses Sprichwort. *Erst denken, dann reden.*«
»Oder es geht gar nicht um die eigenen Worte, sondern die der anderen. Also dass man, wenn jemand etwas sagt, hinter die Wörter gucken muss, um die wahre Aussage zu erkennen. Oder nicht alles glauben darf, was so gesagt wird«, sinniere ich weiter.
Tessa muss gar nicht mehr in ihre Hosentasche greifen, um ihr Handy zu benutzen. Es liegt einfach dauerhaft in ihrer Handfläche wie ein zusätzliches Körperteil. Sie hat nichts übrig für den Spaß, über irgendwas zu diskutieren, und guckt bei jeder Frage nach. »Aha.« Sie verkündet das Ergebnis ihrer Recherche, als hätte sie die Sache höchstpersönlich wissenschaftlich beleuchtet und analysiert. »Das heißt: Hüte dich vor den Worten.«

»Na super. Und was bedeutet das?«, fragt Geertje. »So weit war Nayra ja jetzt auch schon.«
»Vielleicht ist das eher politisch gemeint«, vermute ich.
Tessa stöhnt auf und merkt an, dass wir Ferien hätten und das Letzte, worauf sie jetzt Lust habe, seien Unterrichtseinheiten in Politik. Also ziehen wir weiter durch Belleville, das Viertel, in dem auch unser Hostel liegt, und setzen uns in ein Café. Wir sind fußlahm und der Sehenswürdigkeiten müde. Aus meiner Sicht fängt der wahre Spaß jetzt erst an – treiben lassen und Atmosphäre schnuppern. Und nichts eignet sich dafür besser als dieses kunterbunte Viertel, das ein bisschen freaky und gechillter ist als der Rest der Stadt. Ich bekomme meinen Café au Lait in einer großen Schale und bin glücklich. Die Sonne scheint mir ins Gesicht, der Milchschaum haftet an meiner Oberlippe, und hey, genau so habe ich mir Paris vorgestellt. In einem Straßencafé sitzen und Leute beobachten.
»Du hast die ganze Zeit nicht fotografiert«, sagt Tessa, als ich meine Kamera aus dem Rucksack hole. »Und jetzt fängst du damit an?«
Ich zucke mit den Schultern. »Weißt du, wie viele Fotos es von all den Sehenswürdigkeiten gibt? Nichts unterscheidet sie voneinander. Such *Arc de Triomphe* im Internet und sieh dir die Fotos an. Daran ist nichts interessant. Gar nichts. Aber an die Atmosphäre hier im Café will ich mich erinnern, wenn ich später von Paris erzähle. Wie du auf einem dieser bunten Stühle sitzt und mich ärgerlich ansiehst, während du dir dein Vanilleeis

in den Mund schiebst.« Ich fokussiere Tessas Gesicht durch den Sucher, stelle scharf auf den Löffel, den sie gerade in ihrem Mund verschwinden lässt, und drücke ab. Ich spanne den Film für das nächste Foto und stelle Geertjes Gesicht scharf. Mit ihren geflochtenen Zöpfen wirkt sie inmitten dieser Cafékulisse wie aus der Zeit gefallen. Daraus könnte ein richtig nostalgisches Bild werden. Klick.
»Woher hast du diesen alten Fotoapparat eigentlich?«, fragt Geertje.
»Von meiner Oma. Also eigentlich von meiner Mutter. Aber die hatte die Kamera von ihrer Mutter geerbt. Und ich darf sie benutzen. Gefühlt ist es meine.«
»Darf ich?«, fragt Geertje, und als ich ihr die Kamera gebe, berührt sie vorsichtig das Leder der angeschraubten Schutzhülle, lässt sich von mir zeigen, wie man scharf stellt, schaut durch den Sucher und drückt ab. »Wow. Und damit hat deine Oma schon Fotos gemacht? Unglaublich. Wie lange diese alten Dinge überlebt haben. Alles wurde repariert und lebenslang – oder sogar über Generationen hinweg – benutzt und gepflegt. Und wir schmeißen unsere Handys auf den Schrott, nur, weil es schon wieder ein neues Modell gibt.«
»Wahrscheinlich hat unsere Generation die Verantwortung, das zu ändern«, erwidere ich. »Hat mit dem Vintage-Trend ja auch schon begonnen. Aber das muss alles noch mehr werden, wenn es wirklich etwas bringen soll.«
»Machen wir doch einen Anfang. Wir kaufen uns keine Kleidung mehr auf unserer Reise«, schlägt Geertje vor.

»Spinnst du?« Tessas Aufmerksamkeit gehört wieder uns, nachdem sie minutenlang völlig mit ihrem Handy und ihrem Eis verschmolzen war. »Wir sind in Paris. Hallo? Stadt der Mode.«

»Ich denke, die Stadt der Liebe«, kontert Geertje.

Tessa stöhnt. »Das ist echt zu grausam, Leute. Das halte ich nicht durch. Stadt der Liebe ohne Liebe und Stadt der Mode ohne Shopping-Eskalation. Das ist wie Geburtstag ohne Kuchen und Geschenke.«

»Kompromiss: Wir kaufen nur in Secondhandläden und auf Flohmärkten.« Ich finde Geertjes Vorschlag richtig gut. »Und zu Hause nähen wir aus unseren alten Klamotten neue Sachen. Wir machen ein komplettes Upcycling. Und jetzt«, ich stupse Tessa an, »ziehen wir los und lassen uns auf der Straße inspirieren.«

Tessa kratzt ihren Eisbecher aus. Sie braucht eine Weile, bis sie schließlich hochsieht, schmunzelt und sagt, dass sie sich für das Windswell ihre kurze Jeans besticken könnte. Und ihr helles Lieblings-Top färben. Blau.

»Farbe der Könige«, sagt Geertje und fragt, ob wir eigentlich wüssten, wie schwierig es früher war, blaue Farbstoffe in der Natur zu finden. Und dass Purpur aus Purpurschnecken gewonnen wurde, wobei für nur ein Gramm Purpur ungefähr achttausend Schnecken sterben mussten.

»Das ist eklig.« Tessa simuliert einen kurzen Würgereiz, widmet sich dann aber gleich wieder ihren Überlegungen zum neuen Design alter Kleider und verkündet, dass sie aus dem Unterkleid ihrer Urgroßmutter ein Top machen wird. Wir haben ein Projekt. Und das eint uns drei plötzlich. Am Abend gründen wir, zumindest im Geiste, ein eigenes Mode-Label.

»In drei Tagen sind wir schon in Lissabon«, sagt Tessa, als wir gegen Mitternacht in unseren Betten liegen. »Kommt Yanko nun eigentlich wirklich?«

»Er hat geschrieben, dass er schon gepackt und dasselbe Hostel wie wir gebucht hat.« Ich drehe mich auf den Bauch, rufe seine Nachricht auf meinem Handy auf und lese sie vor. Dann die Nachricht davor. Und die davor.

»Dann steht er auf dich.« Geertje springt aus dem Bett und geht ins Bad. Sie macht sich nicht die Mühe, die Tür zu schließen, was mich als professionelle Leise-Pinklerin jedes Mal irritiert. Und gleichzeitig neidisch macht. Geertje scheint wirklich keinerlei Probleme mit ihrem Selbstbewusstsein zu haben. Sie ruft »Alle stehen auf dich!« durch die offene Tür.

Tessa setzt sich in ihrem Bett auf und meint, das sei, obwohl sie es mir gönne, eine große Ungerechtigkeit. Besonders, weil ich sowieso nur Jo wolle, und da sei es ja Verschwendung, dass Ole und Yanko für alle anderen unbrauchbar, weil meinem Charme erlegen, seien. Sie beugt sich aus dem Bett, nimmt eine Packung mit holländischen Schokoladenpralinen vom Nachttisch und reißt sie auf.

»Hey, die wolltest du doch verschenken.«

»Nicht die Schokolade. Nur die Lakritze«, brummelt sie.

»An wen eigentlich?«, hake ich erneut nach.
»An Ole wohl kaum. War einfach so eine Option«, antwortet Tessa.
»Hast du eigentlich wirklich mit diesem Jo geschlafen?«, fragt Geertje, als sie wieder aus dem Bad kommt.
Nicht mal Tessa hat sich so deutlich danach erkundigt. Mein Herz gerät völlig aus dem Takt. Pogo – schon bei der Erinnerung an die Nacht mit Jo. Aber auch, weil die Frage so direkt ist und, wenn ich antworte, alles wieder so real werden lässt wie das Jucken unter meiner Fußsohle, das jetzt derart aufdringlich ist, dass ich es nicht mehr ignorieren kann. Wahrscheinlich verlangt meine Fußsohle absichtlich meine gebündelte Aufmerksamkeit, damit ich von meinem Herz-Pogo nicht gleich ohnmächtig werde.
»Ja«, sage ich. Meine Stimme klingt belegt, und ich merke, dass ich rot werde.
»Und wie habt ihr das gemacht? Also ich meine – hattest du Kondome dabei?«, fragt Geertje ungeniert weiter.
»Er hatte eins dabei. Und ja, wir haben es natürlich auch benutzt. Ich nehme zwar auch die Pille, aber sicher ist sicher.«
Geertje schmeißt sich auf ihr Bett, prummelt ihr Kopfkissen zusammen und klemmt es zwischen die orange gestrichene Wand und ihren Kopf. »Meine Mutter steht gar nicht auf die Pille«, sagt sie.
»Warum nicht?« Während ich versuche, bei der Sache zu bleiben, gerät meine Haut auf unbeschreibliche Weise aus dem Konzept. Der bloße Gedanke an Jos Berührun-

gen aktiviert meinen Körper derart, dass er die vollständige Gefühlspalette unserer gemeinsamen Nacht noch einmal abspult. Neben dem, was man als Phantomschmerz bezeichnet, muss es auch noch so etwas wie Phantomerotik geben.

»Wegen der Hormone«, antwortet Geertje. »Meine Mutter ist so eine Natürlichkeits-Extremistin und besteht seit dem Tag meiner ersten Regel darauf, dass ich einen Menstruationskalender führe und jeden Tag meine Temperatur messe und noch mehr untersuche, wovon wir jetzt nicht weiter reden wollen. Jedenfalls meint sie, dass ich so meinen Körper besser kennenlerne und ihn nicht mit Hormonen verseuche. Zur Verhütung hat sie mir zusätzlich Kondome empfohlen. Aber ich verlasse mich nicht auf die Jungs. Ich habe immer ein eigenes dabei.« Geertje greift nach ihrem Handy und klappt die Schutzhülle nach hinten, wobei ein Kondom zum Vorschein kommt.

»Cool«, sagt Tessa. »Und was meintest du mit Temperatur messen und noch mehr?« Sie nimmt zwei Pralinen aus der Packung und wirft erst mir und dann Geertje eine zu.

»Man überprüft täglich die Konsistenz seines Schleims.« Geertje verzieht ihren Mund, und zum ersten Mal habe ich den Eindruck, dass ihr irgendwas peinlich ist.

»Waaaaas?« In Tessas Gesicht zeichnet sich Ekel ab.

»Na ja, so schlimm ist es nun auch wieder nicht. Ist ja mein Schleim.« Ungerührt wickelt Geertje die Praline aus und steckt sie sich in den Mund, während Tessa ihre zur Seite legt. Wahrscheinlich ist sie total schockiert. Dass sie keine Nahrung zu sich nehmen kann, passiert sonst gefühlt nie.

»Also jetzt mal für Anfänger – du misst täglich deine Temperatur, nimmst eine Schleimprobe, aus deiner Scheide nehme ich an, und machst dann was?« Ich will es jetzt genau wissen.

»Dann gebe ich alle Infos in eine App ein. Die zeigt dann alles automatisch an. Die nächste Regel, die fruchtbaren Tage, also den Eisprung, und die unfruchtbaren Tage. Aber verlassen würde ich mich erst mal nicht darauf. Ich habe meine Regel alles andere als regelmäßig«, erklärt Geertje.

»Echt jetzt? Dafür gibt es eine App?«, fragt Tessa.

»Ungefähr dreihundert.« Geertje nimmt ihr Handy, öffnet die App und zeigt sie uns.

Tessa saugt jedes Detail auf, und während sie weiter und weiter fragt, schmeißt sich Geertje irgendwann auf ihr Bett und bekommt einen Lachanfall. »Sexualkunde mit Frau Doktor Geertje«, japst sie. »Ich dachte, das weiß jeder.«

»Ich jedenfalls nicht. Meine Mutter würde das Wort Schleim noch nicht mal aussprechen«, nuschelt Tessa. »Und ich selbst habe mich immer nur mit der Pille oder der Spirale beschäftigt.«

»Zervixschleim ist der Fachbegriff. Na ja lassen wir das«, meint Geertje.

Tessa kichert. »Zervix hört sich irgendwie cool an. So könnten wir unser Label nennen.«

»Zervix?« Geertje schmeißt Tessa das zusammengeknüllte Pralinenpapier an den Kopf. »Das heißt Gebärmutterhals. Willst du ein Label haben, das Gebärmutterhals heißt?«

»Aber irgendwas Weibliches wäre schon cool«, überlege ich. »So ein bisschen Woman-Power. Und etwas, das Werte transportiert. Wertschätzung, Nachhaltigkeit, Natürlichkeit.«

»Warte, warte, warte«, quietscht Geertje und springt total aufgedreht von ihrem Bett. »Also einen Namen weiß ich nicht, Zervix ist ja wohl indiskutabel. Aber ich weiß ein Zeichen. Wir nehmen einen Widderkopf. Natürlich nur abstrakt.«

»Einen Widderkopf?«, fragen Tessa und ich gleichzeitig.

»Der sieht aus wie ein Uterus, hundertprozentig feminin. Und dei Widder ist als Sternzeichen leidenschaftlich, inspirierend, kämpferisch, selbstsicher, visionär, willensstark«, zählt Geertje auf und lässt sich nur dadurch stoppen, dass Tessa ihrerseits sie jetzt mit Pralinenpapier bewirft.

»Scheinst dich ja super mit dem Widder auszukennen«, bemerkc ich.

»Ich bin einer.« Geertje senkt ihren Kopf und schnaubt durch die Nase.

»Und wieso sieht ein Widderkopf jetzt aus wie ein Uterus?«, hakt Tessa nach.

Geertje verdreht die Augen. »Was habt ihr eigentlich beim Sexualkunde-Unterricht gemacht? Die ganze Zeit mit den Jungs Kondome aufgepustet? Oder was? Die

Gebärmutter ist ja wohl in jedem blöden Biobuch abgebildet. Die sieht genauso aus wie ein Widderkopf bei den Sternzeichen.«

»Echt jetzt?« Tessa tippt sofort auf ihrem Handy herum, scrollt sich durch die Bildergebnisse, zeigt sie mir und sagt »krass«.

Geertje hat recht. Etwas abstrahiert sind Widderkopf und Uterus nahezu identisch.

»Was heißt Widder auf Englisch?«, frage ich, woraufhin wir sämtliche Sprachen auf eine labeltauglich klingende Übersetzung für Widder überprüfen.

»Ist doch auch egal«, sagt Tessa irgendwann matt. »Wir gründen ja sowieso kein Label.«

»Du könntest echt mehr Biss haben. Eine Widder-Seele steckt nicht in dir«, frotzelt Geertje. »Natürlich gründen wir ein Label. Das ist doch jetzt beschlossen, dachte ich.«

»Aber vorher schlafen wir«, gähnt Tessa.

Jo

Karl will unbedingt noch mit mir losziehen, dabei ist es schon nach Mitternacht und morgen ist Montag.

»Scheiß auf Montag.« Karl hockt sich in meinem Zimmer auf den Fußboden, mitten auf den rostbraunen Kelim-Teppich. Maite hat ihn mir geschenkt. Manchmal, vor dem Einschlafen, stelle ich mir vor, dass man mit dem Teppich wirklich fliegen könnte.

Karl zieht meine Gitarre zu sich heran und klimpert ein bisschen darauf herum. »Bier?«, fragt er nach ein paar

Minuten, steht auf und holt zwei Flaschen aus der Küche. »Du denkst immer noch an sie«, stellt er fest, nachdem er die Flaschen mit einem Feuerzeug geöffnet und einen Schluck genommen hat. Dann deutet er auf mein Handy mit den angestöpselten Kopfhörern, aus denen schon wieder, immer noch und immer wieder Nairas und meine Songs vom Marschland zu hören sind. »Und hörst immer noch die Songs vom Festival.«

Ich greife nach meinem Handy und stelle die Musik ab.

»Du brauchst dringend Ablenkung, Alter.« Karl lässt einen Großteil seines Bieres ohne Pause durch seine Kehle rinnen, setzt ab und rülpst.

»Und du bist echt ein Neandertaler«, sage ich, nehme einen Schluck und grinse. »Weißt du noch, als wir geübt haben, das Alphabet zu rülpsen?« Ich hätte das nicht sagen sollen, weil Karl sofort anfängt, Luft zu schlucken und ein paar Wörter zu rülpsen. Ich glaube, dass es sich um »Vergiss diese Naira« handelt, und werfe ihm ein Kissen an den Kopf.

»Du bist so unsensibel.«

Karl schnappt sich mein Bier, weil seines leer ist. »Ich bin nur realistisch«, meint er. »Sie schreibt nicht. Punkt.«

»Aber warum nicht?«, frage ich und lasse ihm etwas Bedenkzeit, indem ich neues Bier aus der Küche hole.

»Wenn du scharf auf verbale Folter bist, okay«, sagt Karl, als ich wieder in mein Zimmer komme. »Sie findet dich nicht so toll, wie du dachtest. Du warst ein beschissener Lover. So was in der Richtung.«

»Es war gut. Mehr als das. Es war – umwerfend. So etwas spürt man doch. Ich kann mir nicht vorstellen, dass es daran liegt.« Über die Nacht mit Naira zu reden, wirbelt sämtliche Emotionen wieder auf, und ich kann ihre Haut geradezu auf meiner spüren. Ich starre auf das zum Kleiderschrank ausgebaute Flightcase, schwenke weiter zu der Weinkiste, in der meine Schallplatten stehen, und versuche das alles mit Nairas Augen zu sehen. Den Rahmen mit den Konzertkarten, das Stück Wand, das ich mit schwarzer Tafelfarbe gestrichen habe und auf das Karl mit oranger Kreide *Auf die Freiheit* geschrieben hat.

»Jo?«

»Was?«

»Vergiss es.« Karl nimmt wieder die Gitarre, klimpert irgendwas Schräges, weil er überhaupt nicht Gitarre spielen kann, und singt: »Liebe, du bist ein Arschloch. Gib mir meinen Freund zurück.«

»Dein Freund ist immer noch da«, sage ich.

»Nur seine Hülle«, erwidert Karl.

Dienstag, 17. Juli

Nayra

Auf der Zugfahrt nach Irun macht Tessa das, was sie immer macht – sie checkt ihr Handy, wirkt dabei allerdings unnormal aufgeregt.

»Also was treibst du da eigentlich immer, Tessa? So langsam werde ich echt neugierig«, sagt Geertje.

»Vielleicht hast du nur keine Freunde, die dir schreiben«, murmelt Tessa beiläufig, beißt sich jedoch sofort auf die Lippe. Eine Entschuldigung spart sie sich trotzdem. Dann sieht sie mich an, und ihre Augen kochen fast über vor Aufregung. »Ich glaube, ich habe Jo gefunden.«

»Waaaas?« Mehr bringe ich nicht heraus.

»Es gibt hier so ein Festival-Forum. Und da sucht ein Jo nach einer Naira. Er hat deinen Namen mit i geschrieben. Aber es kann nur er sein. Naira – das gibt es ja wohl nicht sooo oft, schätze ich.« Tessa hält mir ihr Handy hin.

Naira, bitte melde dich. Das Marschland mit dir war unvergesslich. Ich vermisse dich. Jo

Der Text haut mich um. Und das Datum noch mehr. »7. Juli«, lese ich vor. »Das war auf dem Magic7. An dem Tag, als ich ihn mit diesem Mädchen gesehen habe.« Mein Herz rast.

»Dann lag Finn wohl doch nicht so falsch«, stellt Geertje fest. »Es war nur irgendein Mädchen. Nicht seine Freundin.«

»Vor gar nicht so langer Zeit war Finn aber auch schon mal der Meinung, dass es nur so ein Festival-Ding war«, gebe ich zu bedenken.
»Wie auch immer«, sagt Tessa. »Jedenfalls kann man sich ja wohl kaum vorstellen, dass jemand, der mit seiner Freundin auf einem Festival ist, gleichzeitig daran denkt, ein Mädchen von einem anderen Festival zu suchen.«
»Wie bist du überhaupt darauf gekommen, in diesem Forum zu suchen?«, frage ich Tessa.
»Weiß nicht. Ich habe eben immer weiter recherchiert. Und irgendwann habe ich entdeckt, dass es dieses Forum mit jeder Menge Suchanzeigen gibt.« Sie lehnt sich in ihrem Sitz zurück. »Während du ja mehr oder weniger aufgegeben hast.«
Ich will gerade zu einem Protest ansetzen. Immerhin musste ich davon ausgehen, dass Jo eine Freundin hat oder ständig auf Festivals Mädchen abschleppt. Ich will sagen, dass ich verwirrt war und verletzt. Doch Geertje nimmt mir das Handy aus der Hand, liest den Text und fragt, was ich denn nun antworten will.
»Alles«, antworte ich. »Dass der Regen seine Nummer unkenntlich gemacht hat und ich ihn ebenfalls suche.«
»Dann schreib.« Geertje gibt mir das Handy zurück.
Heftigster Pogo in meinem Inneren: Mein Herz spielt verrückt. Es rennt, stolpert, fällt hin, rappelt sich auf, rennt weiter. Und mein Gehirn denkt. Denkt und stolpert. Stößt sich an der Außenwand zum Hier und Jetzt. Wendet sich an mein Herz. Und mein Herz wird angerempelt. Von all diesen Gefühlen, die ich wahr-

scheinlich die nächsten zehn Jahre nicht ordnen können werde.

Jo

Meine Hülle steht vor dem Badezimmerspiegel und putzt sich die Zähne, während ich denke, dass Karl verdammt recht hat. Ich muss auf andere Gedanken kommen. Mich ablenken. Nicht ständig an Naira denken. Das macht mich zu einem Wrack. Ich muss das jetzt abstellen. Sofort. Wenigstens bis zum Windswell. Dort werde ich sie suchen und erfahren, was los war und warum sie nicht geschrieben hat. Aber bis dahin werde ich mir sämtliche Gedanken an Naira verbieten sowie sämtliche Songs, die mich an sie erinnern. Ich nehme mein Handy, lösche die Marschland-Playlist, die ich mir angelegt habe, logge mich ins Festival-Forum ein, das mir immer noch keine Antwort auf meinen Post anzeigt, und lösche den Text. Ich fühle mich befreit. Für einen Moment. Er reicht genau die paar Schritte über den schmalen Flur voller Konzertplakate bis zu meinem Zimmer. Dort setze ich mich aufs Bett und lege erneut die Marschland-Playlist an.

Nayra

Wir beraten fast die ganze Zugfahrt lang, was ich schreiben soll. Kurz vor Irun meint Geertje, dass es jetzt langsam Zeit sei, mal ein paar Worte zu tippen. Egal welche. Und genau genommen ist es ja auch egal. Es soll nur nicht zu blöd klingen. Hey, er sucht mich! Also raus mit den

Worten. Ich rufe die Seite des Forums auf meinem eigenen Handy auf, melde mich an und suche nach Jos Eintrag.
»Hast du jetzt was geschrieben?«, fragt Tessa nach einer Weile.
»Ich finde den Post nicht«, antworte ich, und mein Magen zieht sich zusammen.
»Gib mal her.« Tessa nimmt mir das Handy aus der Hand. Sie tippt lange auf dem Display herum. Dann nimmt sie ihr eigenes Handy und ruft die Seite bei sich auf. Auf ihrer Stirn ist diese Falte, die sich sonst nur zeigt, wenn Tessa ihrer Mutter oder unserem Mathelehrer gegenübersteht. Also dann, wenn es ganz unangenehm wird.
»Was ist?«, fragt Geertje.
Aber ich weiß schon, was los ist. Ich nehme es mit jeder Faser meines Körpers wahr. Irgendetwas stimmt nicht.
»Der Post ist weg.« Tessa presst die Lippen aufeinander und tippt wild auf ihrem Handy herum. »Das gibt es doch nicht. Er war doch eben noch da. Wir haben es alle gesehen.«
»Kann doch nicht sein«, sagt Geertje.
»Doch«, sage ich. »Kann sein. So wie Regen sein kann, der Zahlen von Armen wäscht.«
»So ein Post verschwindet doch nicht von alleine«, überlegt Tessa.
»Nein«, sagt Geertje. »Nur, wenn ihn der Verfasser löscht.«
»Aber warum sollte er das tun?« Tessa will es nicht wahrhaben.
»Weil er die Hoffnung aufgegeben hat«, flüstere ich und starre aus dem Fenster. Irgendwo ins Nichts.

Mittwoch, 18. Juli

Jo

Ich denke nicht weniger an den Post, seit ich ihn gelöscht habe. Im Gegenteil. Er klebt an meinen Gedanken wie Baumharz in Haaren. Kein Mensch ist so bescheuert und löscht seinen eigenen Hoffnungsschimmer aus. Es sind keine vierundzwanzig Stunden vergangen, seit ich die Zeilen eliminiert habe. Draußen ist es noch dunkel. Ich sollte einfach weiterschlafen.

Nayra

Unter der Bettdecke logge ich mich zum tausendsten Mal in dem Festival-Forum ein, um nachzusehen, ob ich Jos Post nicht doch noch wiederfinde. So langsam glaube ich fast, dass er nie dort gestanden hat.

Jo

Elisa tickt völlig aus, als sie mitbekommt, dass ich den Post gelöscht habe. »Du bist ein Feigling«, schimpft sie und meint, dass es doch total egal wäre, selbst wenn der Eintrag noch fünf Jahre vor sich hin gammelt.

Doch da täuscht sie sich. Es ist nicht egal. Weil nichts egal ist. Das Wissen um den Eintrag hat mich jede verfluchte Sekunde begleitet.

»Das kann man doch ausblenden«, glaubt Elisa.

Doch auch darin täuscht sie sich. Nichts, was man so unbedingt will, wie ich ein Wiedersehen mit Naira, kann man einfach ausblenden. Man kann es vielleicht für ein paar Minuten oder Stunden oder sogar für einen halben Tag verdrängen, indem man sich sehr intensiv mit etwas anderem beschäftigt. Aber wenn das vorbei ist und man wieder im Bus sitzt, unter der Dusche steht oder im Bett liegt, kommen die Gedanken unweigerlich zurück. Das ist wie mit dem Gesetz der Schwerkraft. Ein Ball, den ich in die Luft werfe, bleibt niemals in der Luft hängen. Er fällt immer zurück auf die Erde.

»Wenn du sowieso an Naira denkst, dann kannst du auch ebenso gut mit einem Post in einem Forum an sie denken«, bohrt Elisa weiter.

»Man guckt ständig nach. Permanent. Und immer wieder die Enttäuschung, dass da nichts steht. Keine Reaktion. Das ist derart frustrierend, das halte ich nicht mehr aus. Ich warte jetzt auf das Windswell. Ende der Diskussion. Und du wirst keine heimlichen Schwester-Posts mehr absetzen, klar?«

»Klar.« Elisa wechselt das Thema. »Wann fängst du eigentlich bei Papa im Hotel an?«

»Nächste Woche«, antworte ich.

»Ich komme auch«, verkündet sie. Etwas Besseres könnte sie in diesem Moment gar nicht sagen. Der Bademeister-Job im Hotel meines Vaters liegt mir schon die ganze Zeit schwer im Magen. Ich brauche das Geld, und es ist ein guter Job. Man hängt am Pool rum und sorgt dafür, dass sich die Gäste rundum wohlfühlen. Im Grunde ist es wie Babysitten. Aufpassen, dass kein Kind ertrinkt und dass alle Damen einmal pro Tag einen charmanten Spruch zu hören bekommen. Allerdings ist Small Talk gerade nicht so mein Ding. Und die Gesellschaft meines Vaters ebenso wenig. Wahrscheinlich wird er mit mir Zukunftsgespräche führen wollen, und darauf habe ich überhaupt keine Lust. Mein Vater ist durch und durch ein Business-Mensch. Wenn es nach ihm ginge, würde ich seine Hotels weiterführen und nicht so einen Kultur- und Medienquatsch, wie er es nennt, studieren.

»Das ist schön«, sage ich also zu Elisa, und das meine ich auch genauso.

»Ich bin auch froh, dass ich da nicht alleine bin«, antwortet sie.

»Und was genau ist dein Job?«, erkundige ich mich.

»Service. Frühstück, Küche, Empfang. So was. Aber es ist mir auch egal, Hauptsache, ich werde nicht mehr von Mamas Aura umhüllt. Ich muss mal wieder atmen.« Elisa seufzt auf.

Ich stelle mir vor, wie sie im Schneidersitz auf ihrem Bett hockt und während wir sprechen jedes Geräusch im Haus verfolgt, damit sie mitbekommt, wenn sich Gesa mal wieder auf Zehenspitzen vor ihre Tür schleicht, um zu lauschen.

»Dann sehen wir uns ja bald«, sage ich zu Elisa. »Halt durch.«

»Mache ich«, antwortet sie. »Bis dann. Ciao.«

Ich lege auf, öffne den Browser, logge mich bei dem Festival-Forum ein und schreibe meinen Post erneut.

Nayra

Irun werde ich vergessen haben, wenn ich zwanzig bin. Vielleicht sogar schon früher. Wenn ich ganz ehrlich bin, erinnere ich mich jetzt schon kaum noch an die Stadt. Aber hier in Lissabon ist es wirklich schön. Nachher treffen wir Yanko in unserem Hostel, das ist auf jeden Fall etwas, worauf ich mich freue. Es hilft, mich von den ausgelöschten Buchstaben abzulenken. Die auf meinem Arm und die im Festival-Forum. Ausgelöschte Buchstaben sind verflucht schwer zu ertragen. Sie hinterlassen Fragen, die sich an der Seele festklammern und ihr die Leichtigkeit aussaugen. Hungrig wie Mücken in der blauen Stunde an einem See. Und hinterher bleiben diese juckenden Stellen zurück, die man am liebsten aufkratzen möchte vor Verzweiflung. Weil niemand aber weiß, wo genau die Seele ihr Zuhause hat, spürt man die Stellen stattdessen am Körper. Zum Beispiel unter den Füßen. Meine Seele sitzt in diesen Tagen ganz sicher unter meinen Füßen.

Donnerstag, 19. Juli

Jo

Amir hält seinen rechten Fuß unter den Hahn mit dem Desinfektionsmittel und schüttelt den Kopf. Er denkt jedes Mal dasselbe, wenn er seine Füße nach dem Schwimmen abspült, und schüttelt dabei jedes Mal den Kopf, weil er scheinbar die Worte Fuß und Pilz nicht in ein neues Wort pressen kann, das für ihn einen Sinn ergibt. »Kein Pilz am Fuß«, sagt er und lacht. Nicht so, als hätte er etwas verstanden, sondern so, als würde er gerne mal einen Menschen sehen, dem ein Pilz am Fuß wächst.

Wie alle meine Schwimmschüler hat Amir heute sein Seepferdchen bestanden. Karl wartet vor dem Schwimmbad. Es war seine Idee, dieses Ereignis zu feiern, weshalb wir uns mit den Jungs in unserem Lieblingscafé unter die Bäume setzen und Getränke bestellen. Amir springt urplötzlich auf, sodass sein Stuhl umkippt. Neben uns hat sich ein Pärchen mit einem riesigen schwarzen Hund, ich vermute, es ist eine Deutsche Dogge, an den Tisch gesetzt. Amirs Augen sind vor Entsetzen geweitet.

»Was ist los? Der ist doch süß«, sagt Karl, streichelt den schwanzwedelnden Hund und gibt gleichzeitig Amir ein Zeichen, sich wieder zu setzen.

Amir schüttelt den Kopf. Auch Faruk und die anderen Jungs sehen ziemlich angespannt aus.

»Du kannst den Hund streicheln. Ist echt ein lieber Kerl. Oder magst du keine Hunde?«, fragt Karl, während die

Besitzer der Dogge aufmunternd lächeln. Amir zuckt mit den Schultern. Nicht weil er die Antwort nicht weiß. Er hat die Frage nicht verstanden. Es dauert einen Moment, bis Karl sich pantomimisch verständlich gemacht hat. Immer wieder streichelt er den Hund, zeigt auf Amir und dann wieder auf den Hund.

Erneut schüttelt Amir entsetzt den Kopf. »Hund dreckig. In Syrien Hund schlecht«, sagt er.

Ich wünsche mir einen Dolmetscher, weil Amirs Deutsch bisher nur bruchstückhaft ist. Er kann jetzt Schwimmbad, schwimmen, tauchen, Chlorwasser, Salzwasser, Süßwasser, Desinfektion, Dusche, Badehose, Bikini und Badeanzug sagen. Und er kann schwimmen. Aber ich möchte ihm noch viel mehr erklären. Zum Beispiel, dass Hunde in Deutschland gegen Krankheiten geimpft werden und nicht als Krankheitserreger herumstreunen und wie in Syrien von den Straßen verbannt werden.

»Okay«, sagt Karl. Zu sich selbst oder zu mir. Das weiß man manchmal nicht so genau. »Da gibt es ja noch eine Menge Unterrichtsbedarf.«

»Sehe ich auch so. Und ich befürchte, dass sich nur wenige fähige Lehrer dafür finden werden«, antworte ich.

»Zwei sind wir ja schon. Bessere gibt es sowieso nicht.«

Ohne mich weiter zu fragen, erklärt Karl meinen Schwimmschülern mit Händen und Füßen, dass wir uns morgen alle im Schwimmbad treffen, um die Schwimmtechnik zu verfeinern.

»Und gleich danach üben wir Hundebegegnung auf der

Straße und was sonst noch so anfällt«, zwinkert Karl mir zu.

»Bist du dir sicher, dass du dich um die Jungs kümmern willst? Du kannst sie nicht nach drei Tagen wieder abschütteln wie ein ungeliebtes Mädchen, das du aus deinen Kontakten löschst. Das hier hat was mit Verantwortung zu tun«, raune ich ihm zu. »Wenn du erst mal der Strohhalm bist, an den sie sich klammern, kannst du nicht plötzlich wegen einer kleinen Windböe oder einer Laune abknicken.«

»Mein Beitrag für eine bessere Welt. Und deiner natürlich auch.« Hinter Karls Sommersprossen, die auch seine Stirn bevölkern, kann ich die gute Sache erahnen, die er sich da gerade ausmalt.

»In ein paar Tagen bin ich bei meinem Vater. Du weißt schon. Arbeiten und so«, erwidere ich.

Karl sieht mich an, als hätte ich ein Fremdwort verwendet, das er nicht versteht. Dann betrachtet er abwägend meine Schwimmschüler, die auch fast alle Wörter nicht verstehen.

Ich befürchte, dass ich ihm den Wind aus den frisch gehissten Segeln genommen habe.

»Alter, glaubst du etwa, ich lasse diese Jungs hängen? Ich kriege das auch ohne dich hin. Stell dir vor, wir beide, du und ich, wären irgendwo mit drei T-Shirts und zwei Unterhosen gestrandet. Wir würden uns genau solche Kumpels wie uns wünschen«, meint Karl.

Damit hat er definitiv recht. Es gibt nichts Besseres, das man sich wünschen könnte.

Samstag. 21. Juli

Nayra

Yanko umarmt mich herzlich, als wir uns vor dem Hostel treffen. Er drückt mich so fest an sich wie jemand, der sich lange nach etwas gesehnt hat.

»Schön, dich zu sehen«, sagt er, und während wir mit Tessa und Geertje zum Strand gehen, wo eine große Party stattfindet, hält er wie selbstverständlich meine Hand. Ich lasse es geschehen und frage ihn, was er in der Zwischenzeit alles erlebt hat.

»Ich habe ein paar Konzerte gegeben, aber keines hat so einen nachhaltigen Eindruck hinterlassen wie das in Hamburg.« Yanko zwinkert vielsagend.

»Wow! Das sieht ja toll aus«, ruft Tessa, als wir am Strand ankommen.

Überall hängen bunte Lampions, es wird getanzt, und wir sind alle in Feierlaune, sodass wir uns am nächstgelegenen Stand einen Drink zur Feier unseres Wiedersehens gönnen.

»Searching your smile in every brown-haired girl«, raunt Yanko mir ins Ohr.

Ich erkenne die Zeile, er hat sie bei unserer Songtexterei in Hamburg aufgeschrieben. Mein Herz bekommt einen Schluckauf. Was etwas ganz anderes ist als Pogo. Es hüpft unentschlossen auf und ab, weil es aufregend ist, sehnlichst gewünscht zu sein. Und schmeichelhaft. Allerdings ist es auch unangenehm, wenn man sehnlichst gewünscht wird, während man selbst sehnlichst jemand anderen wünscht. Jemanden, der sich wie ein Fisch im Wasser zwar manchmal an der Oberfläche blicken lässt, dann aber sofort wieder abtaucht, sodass nur noch die Wasserringe an ihn erinnern.

Ich stoppe Yanko nicht. Erwähne Jo nicht. Weil Yanko von Jo weiß. Und weil er doch auch ein Suchender ist. Möglicherweise war das alles aber nur metaphorisch gemeint, und Yanko sucht einfach IRGENDWEN. Wie die meisten. Außer mir. Ich suche nämlich nicht nur irgendwen, sondern JO. Yanko sagt immer weiter schmeichelhafte Dinge. So lange, bis ich nicht mehr an Jo denke, sondern mich mitreißen lasse von Yanko und der Party am Meer, die hier gerade abgeht.

»Ich glaube, du solltest keine Cocktails mehr trinken«, sagt Geertje, sodass Yanko es nicht hören kann.

»Ich hatte nicht mehr als du«, erwidere ich, stoße mein Glas gegen ihres und sauge so lange am Strohhalm, bis nur noch Luft und ein paar Wassertropfen von den geschmolzenen Eiswürfeln meine Zunge erreichen.

Geertje macht den Eindruck, als würde sie mir gleich das Glas wegnehmen wollen. »Das kann man nicht vergleichen«, sagt sie. »Weißt du, Klawitter ist mein Nachbar. Wir haben da einiges durch. Und wenn es sein muss, dann trinke ich die Jungs im Dorf unter den Tisch. Nicht, dass ich das jetzt so großartig finde. Aber ich kann es.«

»Und was hat das mit Klawitter zu tun?«, frage ich, während ich Yankos Arm wahrnehme, der sich um meine Taille legt, was mich noch mehr verwirrt. Aber ich unternehme nichts dagegen. Gar nichts.

Geertje bemerkt den Arm auch. Ihre Augen hängen auf meiner Hüfte, als würde dort eine Vogelspinne sitzen. »Egal, vergiss es. Ich sehe jetzt erst mal nach, was Tessa so treibt. Die ist mit diesem Typen von eben tanzen gegangen. Sie sollte besser auch keinen Alkohol mehr trinken.«
Ich sehe Geertje nach, die in der Menge verschwindet, und frage mich, warum Tessa ausgerechnet mit diesem Schwachkopf tanzen gegangen ist. Ein kompletter Unsympath mit flachen Sprüchen. Aber Tessa ist heute offenbar im Party-Modus. Schon die Geschwindigkeit, mit der sie ihr erstes Glas geleert hat, war voller Trotz und Mutwilligkeit. Bei dem Gedanken daran wird mir plötzlich unwohl. Für einen flüchtigen Moment verspüre ich Angst und denke darüber nach, Geertje zu folgen und herauszufinden, ob diese gewittergraue Intuition etwas mit Tessa zu tun haben könnte. Aber wahrscheinlich irritiert mich nur Yankos Hand, die auf meiner Hüfte liegt und mich näher zu ihm heranzieht, wobei ein Hitzeschwall meinen Körper durchflutet, dessen Ursache ich gerade nicht ausmachen kann. Yanko oder die Cocktails? Ich habe das Gefühl, mich festhalten zu müssen, und hänge mich an Yankos Hals, was er offenbar als Zeichen der Leidenschaft wertet, jedenfalls presst er seine Lippen auf meine. Für einen Sekundenbruchteil wird mir schwarz vor Augen. Ich öffne meinen Mund, um Yanko zu sagen, dass es mir nicht gut geht und ich mich hinsetzen muss. Ich spüre seine Zunge in meinem Mund, und schon deshalb kann ich nichts sagen. Stattdessen

gebe ich mir Mühe, nicht umzukippen. Wahrscheinlich habe ich einen Sonnenstich.
»Du bist wunderbar«, raunt Yanko mir ins Ohr.
Wie aus der Ferne, wattig und rauschend, höre ich die Musik von der Bühne wummern. Ich lasse mich an Yankos Brust sinken, um nicht auf den Boden zu sacken. Mein reiner Wille, nicht ohnmächtig zu werden, hält mich auf den Beinen. Keine Ahnung, wie viele Minuten verstreichen und wie lange Yanko unter meinen Haaren meinen schwitzigen Nacken streichelt und meine Schläfen mit seinen Lippen liebkost. Eine Art Wächter in mir ruft ständig, dass ich mich von ihm lösen muss. Mit ihm reden. Alles klarstellen. Doch mein Körper kann nichts anderes tun, als an ihm zu hängen und zu warten, bis meine Kräfte zurückkehren. Als ich gerade überlege, aufzugeben und mich zu Boden sinken zu lassen, vibriert mein Handy. Zittrig fummele ich es aus meiner Hosentasche. Es ist Geertje. Sie brüllt etwas. Gleichzeitig mit ihrer Stimme presst sich eine Druckwelle durch mein Ohr. Es ist zu laut um mich herum, um Geertje zu verstehen, und der Druck in meinen Ohren erfordert meine volle Aufmerksamkeit. Matt reiche ich Yanko das Handy. Er hält sich das eine Ohr zu und drückt das Telefon an das andere. »Wo?«, wiederholt er mehrmals lautstark, bevor er mich ansieht und ich das Entsetzen in seinen Pupillen bemerke. Ohne ein weiteres Wort legt er auf, schreit »Tessa!« in mein Ohr, greift meine Hand und zerrt mich durch die Menschenmassen.
Mein Körper stolpert hinterher. Mein Herz stolpert hinterher. Mein Kopf stolpert hinterher. Tessa!

Sonntag, 22. Juli

Jo

In meinen Ohren rauscht es, Wellen drücken mich immer wieder unter Wasser, ich bin am Ende meiner Kräfte und schwimme verzweifelt weiter, um Naira zu retten. Mich trennen nur ein paar Meter von ihr, aber ich kann sie absolut nicht erreichen.

Ich schrecke hoch. Irgendwo in der Ferne ist der Glockenschlag einer Kirche zu hören, den ich irrsinnigerweise zuerst für das Klingeln meines Handys halte und sofort Naira im Kopf habe. Fünf Uhr morgens. Das war ein verdammt mieser Albtraum. Ich drehe mich zur Seite, rolle mich unter meiner schlafwarmen Bettdecke zusammen und versuche, Bilder von Naira auf dem Marschland aufzurufen. Aber das ungute Gefühl aus dem Traum lässt sich nicht abschütteln.

Nayra

Tessa sieht nach ein paar Stunden Schlaf schon wieder etwas besser aus. Allerdings ist sie ziemlich verstört.

»Das ist der Schock«, meint Geertje.

»Ich will nur noch nach Hause.« Tessa weint und drückt Nase und Mund in ihr zusammengeknülltes T-Shirt, als wäre es ein alter Teddy, der ihr in der Not Trost spendet. Nie zuvor sah sie so klein und zierlich aus. Ein Windhauch könnte sie, die eigentlich einen halben Kopf größer und drei Kleidergrößen üppiger ist als ich, umpusten

Ich halte ihre Hand. »Bist du sicher?«, frage ich, und Tessa nickt.

Unmerklich nickt auch Geertje mir zu, was ich als Zustimmung werte, also sage ich zu Tessa, dass wir dann heute noch abreisen, und sehe gleichzeitig auf mein piependes Handy. »Yanko fragt, wie es dir geht und ob wir zum Frühstück kommen. Ich gehe mal runter und sage ihm, dass wir fahren.« Ich stehe schon an der Tür, die Klinke in der Hand, als Tessa fragt, wo Geertje sie eigentlich genau gefunden habe.

»Neben der Tanzfläche in einem Hauseingang. Du bist da rumgekrabbelt, komplett neben der Spur, hast deinen Ohrring gesucht, furchtbar gelallt und im nächsten Moment hysterisch gelacht. Außerdem wolltest du dich ausziehen, weil dir so heiß war.«

»Und dann?«

»Ich wollte dich auf die Beine stellen, aber da ging gar nichts mehr«, erzählt Geertje. »Und die Arschlöcher um uns herum haben nur dämlich geglotzt. Eine Frau vom Getränkestand hat dann ein Wasser gebracht. Ich habe nicht verstanden, was sie gesagt hat, aber wir haben dir das Wasser irgendwie eingeflößt.«

Wie Kinder immer wieder die gleiche Frage stellen, wenn sie die Welt nicht verstehen, fragt Tessa noch mal: »Und dann?«

»Erinnerst du dich denn an gar nichts mehr?« Ich kann kaum glauben, dass sie einen derartigen Filmriss hat.

Tessa schüttelt den Kopf, fasst sich bei der Bewegung sofort an die Stirn und stöhnt.

»Auch nicht, dass wir mit dem Taxi zum Hostel gefahren sind und dich ins Bett gebracht haben?« Obwohl es mir selbst so unglaublich beschissen ging, kann ich mich noch allzu gut an die scheinbar ewig dauernde Fahrt erinnern. An Yanko, der sich vom Beifahrersitz nach hinten gewendet und mir aufmunternd zugenickt hat – sein Lächeln, wie das eines Verbündeten, war mir unangenehm –, an Tessa und ihren lallenden Monolog über Sex, ihren urplötzlichen Drang, sich sofort T-Shirt und BH ausziehen zu müssen, ihr unnatürliches Lachen und das Gefühl, dass alles gerade komplett aus dem Ruder läuft.

»Nein.« Tessas Augen weiten sich. Dann springt sie auf und rennt ins Bad.

Wir hören den Toilettendeckel mit einem Krachen gegen die Wand fliegen und im nächsten Moment Tessa würgen und husten. Mit drei Schritten sind wir im Bad, doch Tessa wehrt unsere Hilfsangebote ab und scheucht uns mit einer Handbewegung wieder hinaus. Als sie blass wie eine Nebelfrau wieder in der Tür erscheint, sagt sie, dass ihr jemand etwas ins Getränk gekippt haben muss, und wankt wieder zu ihrem Bett.

Geertje glaubt auch nicht, dass die paar Drinks Tessa so ausgeknockt haben. Insgeheim frage ich mich, ob auch in einem meiner Getränke eine Substanz gewesen sein könnte oder ob mein Körper derart vehement auf einen Mix aus Sonnenstich, Cocktail und unerwünschte Liebesgeständnisse reagiert hat. Aber ich erzähle nichts von meinem Kreislaufabsacker. Denn im Gegensatz zu Tessa

erinnere ich mich an alles. Unseren Zustand zu vergleichen, würde in keinem Verhältnis stehen.
»Ich habe mich noch nie so hilflos gefühlt.« Tessas Stimme ist brüchig. Sie schluckt. Greift zu der Wasserflasche neben sich. Trinkt mit gierigen Zügen. »Mein Mund ist total trocken«, sagt sie und gleich darauf, dass sie scheinbar dafür gemacht sei, auf Arschlöcher abzufahren. Sie seufzt und hält sich den Kopf. »Ich glaube, mein Schädel zerspringt gleich.« Dann fängt sie wieder an zu weinen und starrt auf ihr beflecktes, zerrissenes Shirt, das auf dem Boden liegt. »Ob er mich vergewaltigen wollte?« Das Knacken, mit dem ihre Stimme, heute nur noch ein Stimmchen, endgültig bricht, ist geradezu hörbar. Ihre Schultern beben, doch ihr Weinen ist lautlos.
»Kann ich mir nicht vorstellen. Bei den Menschenmassen – wo hätte er das machen sollen?«, meint Geertje, und wahrscheinlich soll es beruhigend klingen, wirkt aber eher so, als würde sie Tessa nicht ernst nehmen.
»Zum Beispiel in dem Haus, in dessen Eingang ich auf allen vieren herumgekrochen bin«, flüstert Tessa. Sie zittert am ganzen Körper.
Dann schweigen wir. Ich immer noch in Bereitschaft, gleich nach unten zu gehen und Yanko gegenüberzutreten, Tessa mit starrem Blick auf das verschmutzte Shirt, und Geertje vor Tessas Bett im Schneidersitz. Wir rühren uns nicht, bis Geertje aufsteht, das Shirt nimmt, ins Bad geht und der Deckel des Mülleimers zu hören ist. Danach klappt der Toilettendeckel gegen die Wand, raschelnde Klamotten, Plätschern. Ich habe den absurden

Gedanken, dass ich in einer Wett-Show Geertjes Pinkelgeräusch von mindestens fünf anderen unterscheiden könnte.

»Ich sage Yanko Bescheid. Ich beeile mich«, sage ich zu Tessa, warte ihr nickendes Einverständnis ab und husche aus dem Zimmer.

Montag, 23. Juli

Jo

Strandhotel Meeresblick. Durch die Tür in die Eingangshalle zu treten, erscheint mir wie ein Weltenwechsel. Mein Vater trägt eine dunkelblaue Bundfaltenhose und ein gelbes Hemd. Dazu braune Segelschuhe aus Leder. Er kommt lachend auf mich zu und klopft mir auf die Schulter. »Jonathan«, sagt er. Kein Hallo vorweg oder etwas in der Art. Nur Jonathan. Dann winkt er die Dame vom Empfang herbei und bittet sie, sich um alles zu kümmern, mir die Zimmerschlüssel zu geben und so weiter. »Wir sehen uns beim Abendessen«, ruft er über die Schulter, bevor er in seinem Büro verschwindet.

»Alles klar«, sage ich. Doch die Tür ist schon zugefallen.

Auf meinem Bett liegt der Bademeister-Dress in dreifacher Ausführung. Blaue Bermudas und weiße Shirts mit Kragen und Knopfleiste. Auf der linken Brust das Logo des Hotels. Ich mache ein Foto und schicke es Karl mit einem kotzenden Emoji.

Karl schreibt: **Alter, halt durch. Wir sehen uns auf dem Windswell.**

Nayra

»Ich fahre auf keinen Fall mit aufs Windswell«, sagt Tessa. »Ich bin erst mal durch mit Party, Alkohol und Jungs.« Sie hält den runden Eisbecher aus Pappe – Fa-

milienpackung – wie ein Baby auf ihrem Schoß und stochert mit einem Teelöffel darin herum.
»Ist das nicht schon geschmolzen?«, fragt Geertje.
»So mag ich es am liebsten«, antwortet Tessa.
»Okaaay.« Geertje lehnt sich auf meiner Paletten-Wohnlandschaft zurück, und das Ungesagte, das sie ansetzt auszusprechen, wiegt schon jetzt ein paar Tonnen. Geertje holt tief Luft. »Es ist echt schlimm, was dir passiert ist. Und vielleicht bist du wirklich nur knapp einer Vergewaltigung entkommen. Das wissen wir nicht so genau. Nur, dass dein Shirt zerrissen war. Und vielleicht ist es am schlimmsten, dass wir das alles nicht wissen. Dieses Was und Warum und Wer. Nichtwissen ist immer Kopf- und Seelenquälerei. Keiner weiß das so gut wie ich.« Geertje stockt, beißt sich auf die Unterlippe und will sofort weiterreden. Aber Tessa unterbricht sie. »Was meinst du damit?«, fragt sie und steckt ihren Löffel in die cremige Masse. »Dass das keiner so gut weiß wie du?« Zu dritt beobachten wir, wie der Löffel in zäher Langsamkeit versinkt. »Scheiße«, sagt Tessa matt.
»Nicht so wichtig«, antwortet Geertje. »Auf jeden Fall hilft es nicht, das Leben auszusperren. Es gibt immer nur ein einziges Heilmittel – weitermachen.«
»Trotzdem.« Tessa seufzt tief. »Ich will da echt nicht hin. Ich kann das im Moment einfach nicht.«
Aus dem Augenwinkel registriere ich unsere Rucksäcke, die auf einem Haufen im Hauseingang liegen. Wir haben sie vorhin einfach fallen lassen. So wie uns selbst. Unsere Nerven liegen ziemlich blank. Außer meinen Eltern weiß noch niemand, dass wir so überstürzt zurück nach Hause

gekommen sind. Meine Mutter hat uns das Eis ins Kühlfach gestellt, eine Lasagne vorbereitet und einen Zettel hingelegt, dass wir uns melden sollen, wenn wir seelischen Beistand bräuchten. Ich würde sie jetzt gerne nach ihrer Meinung fragen. Wissen, wie sie sich verhalten würde. An meiner Stelle. Unseren Interrail-Trip so abrupt zu beenden, war eine Selbstverständlichkeit und hat mir nicht wehgetan. Im Gegenteil. Abgesehen davon, dass ich Tessa jeden Wunsch erfüllt hätte, hat mir der schockierende Vorfall zumindest vorübergehend jegliche Erklärungen erspart, die ich Yanko noch schuldig bin.

Morgen. Morgen werde ich ihm eine Nachricht schreiben. Wenn ich meine Gedanken sortiert habe. Und wenn ich eine Antwort darauf gefunden habe, was ich jetzt zu Tessa sagen soll. Zu Tessa, die nicht aufs Festival will.

Noch schweige ich und höre den Songs zu, die mir ein hinterhältiger Geist gerade in den Kopf streut. Den Songs aller Bands, die ich für das Windswell als Favoriten abgespeichert habe. Die *DONOTS*, *Giant Rooks* und *Brian Fallon*, den ich noch nie live gesehen habe. Ich höre sie alle in meinem Kopf singen. Textfragmente. Rhythmen. Ich fühle die Crowd, die dazu auf und ab springt oder die Arme von links nach rechts schwingt. Ich spüre das Festival wie Balsam auf meiner Seele. Weil Festivals mein Heilmittel sind. Aber Tessa hat Seelenbalsam nötiger. Ebenso wie eine Freundin an ihrer Seite. Deshalb sage ich ihn. Den verflucht schmerzenden Satz: »Dann fahre ich auch nicht.« Punkt. Jetzt ist es raus. Ich bin untröstlich.

Mittwoch. 25. Juli

Jo

Ich bin dafür zuständig, alle über Wasser zu halten. Aber das Einzige, was mich selbst über Wasser hält, ist der Gedanke an das Windswell. Und an Naira. Das sind die am meistgedachten Namen in meinem Kopf. Sie gehen mit mir um den Pool, sie werden leise, wenn ich mich einer Dame auf einer der Liegen zuwende und ein nettes Wort an sie richte, und sie schwellen zu einem Orchester an, wenn ich nur so dastehe und auf das Wasser starre. Windswell. Naira. Windswell. Naira.

»Naaaa. Verträumter Blick aufs Wasser?« Elisa grinst. Sie ist gestern angekommen und schon jetzt der Sonnenschein aller Gäste. Sie trägt die gelbe Hotelbluse, die alle anderen etwas steif wirken lässt. Aber Elisa sieht in Gelb immer aus wie ein Sonnen-Emoji und versprüht schon deshalb Fröhlichkeit.

»Ertappt«, gebe ich zu.

»Lass mich raten.« Elisa presst die Lippen zusammen und legt ihren Zeigefinger auf den Mund. »Auf der Wasseroberfläche ist dir ein Mädchen mit Dreads auf dem Windswell erschienen.« Sie wartet nicht auf meine Antwort, wahrscheinlich weiß sie sowieso, dass sie richtigliegt. »Hilfst du mir beim Verteilen der Törtchen?«, fragt sie.

»Was für Törtchen?«

»Blaubeer mit Sahne. Zwischenmahlzeit. Damit die Damen und Herren bis zum Mittagessen nicht verhungern oder Langeweile bekommen. Du weißt schon – Essen ist die Erotik des Alters. Soll heißen, du bekommst auch eins, wenn du mir hilfst.«

»Amuse-Gueule«, sage ich und bemühe mich um einen erotischen Klang meiner Stimme.

»Du klingst wie Mamas männliche Verabredungen zum Geschäftsessen«, erwidert Elisa angewidert. »Komm jetzt«, sagt sie und geht zu dem Rollwagen mit den Blaubeertörtchen, der am Rande der Terrasse steht.

Freitag, 27. Juli

Nayra

Ole hat zwei große Körbe Blaubeeren mitgebracht. »Gruß von meiner Mutter«, sagt er.

Alles ist wie immer. Nur, dass alles eigentlich ganz anders ist.

Die Windswell-Gruppe hat sich bei mir für das Feintuning versammelt. Wer kauft was ein? Wer fährt bei wem im Auto mit? Wie viele Zelte? Wie viel Bier?

Finn dreht die Boombox auf, und ich identifiziere *Bausa*. Während ich mich gegen Frau Cheekys Boxangriffe wehre, beobachte ich Finn, der Amelies Hand nimmt und mit ihr ein albernes Tänzchen auf dem Rasen hinlegt. Beide singen mit. *Was Du Liebe nennst.* Sie lachen das Lachen, das man lacht, wenn man denkt, dass die Welt gerade perfekt ist und es im Herzen vor Freude und Albernheit sprudelt. Jos und mein Lachen auf dem Marschland.

»Wir müssen den anderen langsam mal sagen, dass wir nicht mitkommen«, raunt Geertje mir zu.

»Spinnst du? Du fährst ja wohl auf jeden Fall«, erwidere ich.

»Nein. Ich lasse euch nicht hängen. Wir waren zusammen in Lissabon. Und wir bleiben zusammen hier«, bestimmt sie.

»Das ist Schwachsinn.« Tessa taucht unerwartet hinter uns auf. »Ihr könnt beide fahren. Ich will hier doch nicht die Spielverderberin sein. Es ist ein einziges Wochenende. Das werde ich schon ohne Depressionen überstehen.« Tessas Stimme klingt lahm. Sie glaubt selbst nicht, was sie da sagt. Seit wir aus Lissabon zurück sind, hat sie fast nicht anderes getan, als sich durch Internetforen zu lesen, die sich mit K. o.-Tropfen und Gewalt gegen Frauen beschäftigen. Die Ringe unter ihren Augen sind von Tag zu Tag dunkler geworden. Sie nächstes Wochenende alleine zu lassen, ist keine Option.

»Du willst nicht mitkommen?« Wir zucken zusammen wie Mimosen bei Berührung. Keine Ahnung, wo Theo plötzlich herkam. Vor ein paar Sekunden stand er noch mit Ole am Schuppen und hat Kohle auf den Grill geschüttet.

»Das ist ein Scherz, oder?« Theo mustert Tessa, die den Blick auf ihre Sneaker senkt.

»Ich mache mal Waffelteig für das Blaubeergelage«, sagt sie abrupt und geht ins Haus.

»Warte«, rufe ich und laufe ihr hinterher, gefolgt von Frau Cheeky, die mich seit Lissabon auf Schritt und Tritt verfolgt. Wie ein Hund. *Ziegenhund wahrscheinlich*, denke ich und finde Tessa weinend in meiner Küche. Frau Cheeky, von der ich gerade noch annahm, dass sie über ein Gespür für menschliche Stimmungen verfügt, fängt an, am Zipfel von Tessas Blümchenbluse zu knabbern.

»Ey, lass das.« Ich gebe Frau Cheeky einen Knuff in die Seite, der sie von ihrem Vorhaben, Blümchenblusen zu fressen, nicht abhält. Womit sie ihr Gespür für menschliche Stimmungen nun doch unter Beweis stellt, denn Tessa fängt an zu kichern und Frau Cheeky das Ohr zu kraulen.

»Weißt du noch, als sie nach dem Marschland die Chips gefressen hat?« Tessas verschmierter Kajal erinnert mich sofort an *Bosse*, das Magic7, an Jo, die Alpakas, Lissabon – und das alles rauscht durch mein Gedächtnis wie ein Timelapse-Video.

»Krass, was in diesem Sommer schon alles passiert ist«, murmele ich.

Ein Räuspern von der Haustür unterbricht uns. Theo steht dort. »Darf ich reinkommen?«

»Klar«, sage ich, obwohl ich mir nicht sicher bin, ob er darf. Tessas Psyche ist aktuell nicht sehr stabil. Aus dem Augenwinkel sehe ich, wie sie sich hastig die tränigen Schlieren aus dem Gesicht wischt.

»Tessa?« Theo berührt sanft Tessas Schulter.

»Ja?« Tessa begutachtet wieder ausgiebig ihre weißen Sneaker, auf denen sich jetzt deutlich ein schmuddeliger Ziegenfuß-Abdruck abzeichnet.

»Was ist passiert?«, fragt Theo mit heiserer Stimme.

Die Stille im Raum stülpt sich über uns wie eine Glasglocke.

»Auf eurer Reise. Da ist doch irgendwas passiert.« Mit sanfter Beharrlichkeit ruht Theos Blick weiter auf Tessas Haarschopf, der sich vor ihrem nach unten gerichteten Gesicht wie eine Gardine ausgebreitet hat. »Du hast seitdem keine Zeile mehr geschrieben.«

Mir ist völlig neu, dass Tessa überhaupt mit Theo ge-

schrieben haben soll. Doch danach kann ich im Moment wohl schlecht fragen. Frau Cheeky nimmt mittlerweile eine Geschmacksprobe von meinem in leuchtenden Farben gebatikten Tuch, das auf dem Bett liegt, und ich danke ihr insgeheim dafür, weil ich sie jetzt wirklich mal wieder rausbringen muss und das auch so mitteile.
Theo blinzelt mir kurz zu, was so wirkt, als würde er sich bei mir bedanken. Dafür, dass ich jetzt endlich gehe. Allerdings kann das auch Einbildung sein. Ich habe keine Ahnung mehr von irgendwas.
»Ist Theo bei Tessa?«, fragt Geertje, über die ich vor der Tür fast stolpere.
»Ja«, sage ich und zerre Frau Cheeky hinter mir her.
»Sehr gut«, meint Geertje.
»Wenn du meinst.« Ich zucke mit den Schultern.
»Definitiv.« Geertje geht neben mir her zur Weide.
»Hast du das nicht gemerkt? Tessa. Theo.«
»Nein.« Ich fühle mich wie eine ignorante Vollidiotin, als Geertje mir ein Psychogramm der möglichen Anbahnung zwischen Theo und Tessa malt und mir selbst auf einmal auch ein paar Situationen einfallen, die sich wie Schablonen auf die Schilderung von Geertje legen.
»Wow«, sage ich und dränge Frau Cheeky durch das Gatter auf die Weide, wo sie von ihren beiden Artgenossen mit lautem Gemeckere empfangen wird.

Wenn ich vorhin noch gedacht habe, dass Amelie und Finn sich selbst genug sind und die Welt um sich herum gar nicht wahrnehmen, dann habe ich mich getäuscht.

Amelie kommt zu uns geschlendert und will wissen, was mit Tessa los ist und warum wir, Geertje, Tessa und ich, uns eigentlich über unsere Reise totschweigen. Wir stützen uns nebeneinander auf das Weidegatter, das schon so häufig Zeuge langer Gespräche war. Es ist gut, eine Stütze unter den Armen zu haben, wenn man von schwer auszusprechenden Erlebnissen erzählt.

Als wir von der Weide zurückkommen, sitzen Ole, Finn, Ben und Klawitter in meinem alten Planschbecken.
»Wir üben schon mal«, ruft Ole, als er meinen verwunderten Gesichtsausdruck bemerkt. Vor dem Schuppen steht noch der Kompressor, mit dem er offensichtlich das Planschbecken aufgepumpt hat.
»Ihr seid bescheuert«, lacht Geertje, streift allerdings direkt ihren Rock ab und hüpft ins Wasser.
»Und was übt ihr?«, frage ich.
»Ostsee«, erklärt Finn. »Wenn wir schon zu einem Festival an der Küste fahren, dann können wir doch vorher noch ein paar Tage am Meer abhängen. Was meint ihr?«
Amelie jubelt kurz, bevor sie meinen Blick bemerkt und verstummt.
»Was ist los?« Ben verfolgt irritiert die stumme Kommunikation zwischen Geertje, Amelie und mir. »Haben wir was verpasst?«
»Tessa, Theo, kommt her!«, ruft Finn, und ich muss mich erst umdrehen, um zu sehen, dass die beiden gerade aus dem Haus kommen. »Was sagt ihr zu ein paar Tagen Meer und Strand vor dem Festival?«, fragt er, als

Tessa und Theo so nah sind, dass man nicht mehr schreien muss.
»Können wir doch auch nachher noch besprechen. Lasst uns erst mal essen«, sage ich, um die Situation zu retten.
»Ostsee klingt super«, würgt Tessa mich ab und fügt noch ein »Oder, Nayra?« hinzu, begleitet von einem Blick, der mir sagt, dass ich sofort meine Klappe halten soll. »Und dann ganz entspannt zum Windswell«, redet sie weiter, um alle offenen Fragen direkt zu beantworten.
»Yes.« Geertje klatscht ihre Hand mit voller Wucht auf die Wasseroberfläche. Die in alle Richtungen spritzenden Wassertropfen glitzern in der Sonne. Niemals ist alles wie immer. Weil sich alles jederzeit ändern kann.
»Dann üben wir jetzt wohl Ostsee«, sage ich. »Festivaaaal!« Mit diesem Juchzer und in voller Montur springe ich mitten in das Planschbecken.

Sonntag, 29. Juli

Jo

Elisa pflügt hopsend und laufend durch das knietiefe Wasser und stößt dabei kleine Schreie aus, weil die Ostsee – wie so oft – keine wirklich badefreundliche Temperatur hat.

»Komm rein!«, ruft sie.

»Gleich«, rufe ich zurück und beuge mich wieder über mein Handy. Wie ein Kleinkind hoffe ich, dass mein Schatten auf das Display die gleiche Wirkung hat wie Hitze auf mit Geheimtinte beschriebenes Papier. Zu meiner Enttäuschung werden unter meinem Post im Festival-Forum aber keine unsichtbaren Zeilen sichtbar.

Von einem kalten Wasserschwall auf meinem Rücken schrecke ich hoch. »Ey!«

Elisa wringt sich über meinem Körper die Haare aus. »Wenn man erst mal drin ist, kann man es aushalten.« Sie lässt sich neben mich auf die Decke plumpsen und guckt auf mein Handy. »Mit wem schreibst du?«

»Mit niemandem.«

»Ist das das Festival-Forum?«, fragt sie.

Offenbar kann man auch ohne Schatten jede Zeile sehr gut erkennen. Sogar mit größerem Abstand.

»Ja.«

»Und?« Elisa zieht sich ihr Sweatshirt über. »Ganz schön frisch, wenn man nass ist.«

»Nichts und«, sage ich und stecke das Handy in die Tasche meiner Shorts, wo es im nächsten Moment piept.

Karl schreibt: **Countdown. Noch fünfmal schlafen.**

Was machen die Jungs?, tippe ich.

Bald fit für den Rettungsschwimmer. Karl sendet drei Bilder hinterher, auf denen Amir, Faruk und die anderen in Reihe am Schwimmbeckenrand stehen mit Daumen hoch.

»Zieht er das wirklich durch mit den Flüchtlingen?«, will Elisa wissen, die wie immer ungefragt mitliest.

»Sieht so aus.«

»Schade, dass ich nicht mit zum Festival kann. Wäre mir echt lieber gewesen, als Dienst zu schieben und Törtchen zu servieren.« Elisa schiebt ihre Unterlippe vor. Dann zwinkert sie mir zu. »Aber wahrscheinlich bist du ja sowieso mit einer anderen beschäftigt und hast keine Zeit für mich.«

»Um mit einer anderen beschäftigt zu sein, müsste ich sie vor allem finden. Und dann ergründen, warum sie nicht geschrieben hat. Wahrscheinlich hast du eher Glück, nicht an meiner Seite zu sein. Es ist nämlich durchaus realistisch, dass sie mir mit Absicht nicht geschrieben hat und ich die dunkelsten Stunden meines Lebens überstehen muss.«

»Es ist aber auch nicht ausgeschlossen, dass du ihr in der Eile die falsche Nummer auf den Arm geschrieben hast und es die leuchtendsten Stunden deines Lebens werden.« Elisa legt sich auf den Rücken und seufzt. »Schön, so ein freier Sonntag.«

»Auf jeden Fall«, bestätige ich. »Obwohl ich jetzt gut ein Törtchen vertragen könnte.«

»Oder so ein Eis mit Himbeeren drauf«, schwärmt Elisa und zieht ihr Sweatshirt wieder aus. »Das ist der Nachteil der Ostsee gegenüber dem Mittelmeer«, meint sie und berechnet die Geschwindigkeit der Wattewolken über uns.

»Fünf Minuten Sonne«, schätze ich. »Vielleicht sollten wir Papa zu einem Hotel am Mittelmeer raten.«

Dienstag, 31. Juli

Nayra

Der Wind ist ziemlich heftig. Aber die Sonne scheint, und hey, wir sind an der Ostsee.

»Froh?«, fragt Tessa.

»Gerettet, würde ich sagen.« Ich zupfe an ihrem Hosenbein. »Nachdem du dir allerdings die Mühe gemacht hast, deine Shorts zu besticken, habe ich auch nicht mehr daran gezweifelt, dass wir fahren.«

»Schön geworden, oder?« Tessa dreht sich um, damit ich ihr auf den Hintern gucken kann. Die Stickerei sieht wirklich toll aus.

»Läuft mit unserem Label«, sage ich.

»Lochstein!« Tessa bückt sich und hebt einen Stein auf. »Und noch einer! Guck mal – ganz viele!«

»Die bringen Glück. Oder schützen zumindest vor Unglück.« Ich versuche mich zu erinnern, wie die Lochsteine genannt werden, und fange an, selbst welche zu suchen, während Tessa ihre Beute zu den Decken bringt und mit Geertje und Amelie zurück ans Wasser kommt.

»Daraus können wir uns Ketten und Armbänder machen.« Amelie fängt direkt an, den Strand nach Lochsteinen abzusuchen.

»Hühnergötter«, murmelt Geertje.

»Ach ja, genau«, erinnere ich mich.

»In England heißen sie Hexensteine.« Geertje hat sich in den Sand gehockt und wühlt eine Steinansammlung vor ihren Knien durch. »Das fand ich früher voll gruselig.«

»Du willst die doch jetzt nicht etwa sammeln?« Klawitter steht auf einmal mit finsterem Gesichtsausdruck hinter Geertje.

Geertjes Gesicht ist wie versteinert. »Gegentherapie«, nuschelt sie, steht auf, klopft sich den Sand von den Beinen und nimmt Klawitters Hand. »Wir gehen ein Stück«, sagt sie zu uns und zieht Klawitter davon.

»Was war das denn?«, fragt Tessa.

»Keine Ahnung.« Amelie stochert mit dem großen Zeh zwischen ein paar Steinen herum. »Wie auch immer. Ich habe einen!«

Klawitters Kommentar scheint sie nicht weiter zu irritieren. Im Gegensatz zu Tessa und mir. Wir tauschen Blicke aus, weil wir uns daran erinnern, was Geertje neulich gesagt hat, als wir aus Lissabon zurück waren und Tessa meinte, dass sie nicht mit zum Festival komme. Mir hat sich der Satz ins Gehirn gesetzt wie Mohn zwischen die Zähne: Nichtwissen sei immer eine Kopf- und Seelenquälerei. Und keiner wisse das so gut wie sie, also Geertje. Vielleicht bilde ich mir etwas ein, aber intuitiv verschalte ich ihre Andeutung mit Klawitter. Und weil Amelie sich Steine suchend schon ein ganzes Stück von uns entfernt hat, erzähle ich Tessa leise, dass Geertje schon in Lissabon eine merkwürdige Bemerkung über Klawitter und Alkohol gemacht hat. »So richtig erinnere ich mich allerdings nicht, weil es mir nicht gut ging.«

Tessa sieht mich fragend an, und mir wird klar, dass ich die Story mit Yanko wegen der ganzen Aufregung um die K. o.-Tropfen noch gar nicht erzählt habe. Allerdings habe ich gerade so gar keine Lust, mich über Yanko zu unterhalten, und sage beiläufig, dass es nur ein kleines Kreislaufproblem war. Was ja definitiv nicht gelogen ist.

Mittwoch, 1. August

Jo

Drei Gäste haben Magenprobleme, sodass der Arzt kommen musste. Und nachdem Elisa vorhin umgekippt ist und jetzt mit Kopf- und Gliederschmerzen plus Übelkeit im Bett liegt, mache ich mir echt Gedanken wegen des Festivals.

Noch nie habe ich mir so oft die Hände gewaschen wie in den letzten zwei Stunden. Ich muss zu diesem Festival. Und garantiert ohne irgendeine Magen-Darm-Kacke.

»Jonathan. Da bist du ja.« Mein Vater legt wie immer ohne einen Gruß direkt los. Seit ich hier bin, ist er mir, abgesehen von unseren gemeinsamen Abendessen mit Elisa im Hotelrestaurant, kaum begegnet. Immerhin ist das befürchtete Gespräch über meine Zukunft bisher ausgeblieben.

Übergangslos platzt er mit seiner Botschaft heraus: »Du kannst am Wochenende nicht weg.«

»Wieso das denn? Das hatten wir doch alles abgesprochen. Ich habe eine Karte für das Windswell«, erinnere ich ihn, ohne mich besonders aufzuregen.

»Das kannst du jetzt vergessen. Armin ist krank.«

Armin ist meine Vertretung für das kommende Wochenende.

»Und was ist mit …«

Mein Vater unterbricht mich. »Der ist in Südafrika im Urlaub.«

Ich bin immer noch weit davon entfernt, mich aufzuregen, weil der Ersatz-Ersatz-Ersatz-Rettungsschwimmer direkt vor mir steht. »Dann musst du eben selbst mal ein bisschen um den Pool wandern«, stelle ich fest. »Ist ja jetzt nicht so das Problem.«

»Nicht so das Problem? Siehst du denn nicht, was hier los ist? Wenn diese Magen-Darm-Geschichte sich weiter ausbreitet, steht morgen das Gesundheitsamt auf der Matte. Und mein Sohn meint, er könnte sich ein schönes Wochenende auf dem Festival machen, während hier das halbe Personal fehlt. Ich zahle die Festivalkarte und du machst Dienst. Ende der Diskussion. So leid es mir tut.« Er legt mir die Hand für einen kurzen Moment auf die Schulter und eilt dann aus dem Raum.

Ich bleibe wie versteinert zurück, immer noch nicht wirklich realisierend, dass ich übermorgen um einen Pool, den sowieso kaum jemand benutzt, meine Runden drehe und Senioren betreue, während Naira ganz in der Nähe und doch unerreichbar auf dem Windswell ist. Ich trete wütend und mit voller Kraft gegen einen Stuhl.

»Fuck. Fuuuuuuuuck!«

Der Stuhl knallt gegen den Tisch. Wahrscheinlich war das im ganzen Hotel zu hören. Ebenso wie mein Ausbruch. Aber scheiß drauf. Ist sowieso schon wieder alles egal.

»Was ist los?« Elisa steht auf einmal in der Tür. »Ich wollte mir gerade ein paar Aspirin holen, und da habe ich nebenan dein Geschrei gehört.«

»Er lässt mich nicht zum Festival.«

»Wer?« Elisas Haare hängen strähnig an ihrem Kopf, unter ihren Augen haben sich dunkle Ringe gebildet. Es gibt hier keine anderen ERs – außer IHM. Aber wahrscheinlich ist sie zu schwächlich für klare Gedanken.
»Papa.«
»Warum?«, fragt Elisa, und ich äffe die Ansage meines Vaters in voller Länge nach.
»Scheiße.« Es ist selten, dass Elisa länger als drei Sekunden still ist, doch jetzt ist einer dieser seltenen Momente.
»Aber er kann doch …«
»Krank, Urlaub – alles gecheckt«, komme ich ihr zuvor. Sie geht, genau wie ich vor wenigen Minuten, alle Optionen durch, bis ich ihr versichere, dass sie unbesorgt zurück in ihr Bett kriechen könne und ich mir schon irgendwas ausdenken würde. Aber daran glaube ich selbst nicht. Mein Vater wird sich in diesem Magen-Darm-Chaos nicht auf irgendeinen dahergelaufenen Ersatz einlassen, der im Ernstfall noch nicht mal den Erste-Hilfe-Koffer findet.
»Jo! Jooooo!« Einer der Kellner ruft nach mir, und als ich die Tür aufreiße, weil es wie ein Notfall klingt, meint er, dass irgendwas im Pool schwimme. Er bemerkt meinen entsetzten Gesichtsausdruck und grinst. »Keine Sorge. Kein Magen-Darm-Unfall.«
Es ist eine Plastiktüte, die der Wind Frau Emmerich aus Nordrhein-Westfalen aus der Hand geweht hat, als sie dabei war, ihre gesamten Einkäufe vor ihrer Freundin auf der Liege auszubreiten. »Sie sehen ja, ich habe

gar keine Badesachen an«, erläutert sie ihre Tatenlosigkeit.
Ich versichere ihr, dass alles in bester Ordnung sei, und wate durch den Pool, um die Tüte aus dem Wasser zu fischen. Alles in bester Ordnung. Ich kotze.

Nayra
»Keine Tüte bitte«, sagt Geertje. »Das geht so.«
Die Verkäuferin legt die Tüte wieder zur Seite, und Amelie nimmt, noch bevor wir den Laden verlassen, Geertje die roten, gelben und roséfarbenen Lederbänder ab, die wir gekauft haben. Tessa und mir reicht sie die braunen und schwarzen. »Dann können wir ja jetzt loslegen.« Seit gestern redet Amelie nur noch von unseren tollen Lochstein-Armbändern. »Ach ja, ein schwarzes gehört mir auch noch«, erinnert sie Geertje. »Daraus wollte ich doch für Finn eine Kette machen.«
Als wir von der Promenade mit den kleinen Geschäften über einen Holzsteg an den Strand gehen, sitzen die Jungs schon dort und spielen Karten.
»Könnt ihr das nicht woanders machen?«, motzt Klawitter, nachdem wir unsere Bänder und Steine ausgebreitet haben.
»Geht's noch?«, zickt Amelie und fängt an, ihre Steine anzuordnen, Knoten zu knüpfen, sich umzuentscheiden und jede kreative Überlegung zu kommentieren.
Klawitter schmeißt seine Karten hin, schnappt sich ein Bier und stapft zum Wasser. Geertje rennt sofort hinterher.

Ich beobachte, wie sie wieder seine Hand nehmen will, er sie jedoch ruppig wegschlägt und immer weiter am Wasser entlangstapft, während Geertje neben ihm hertrabt.
»Der hat sie doch nicht mehr alle«, meint Amelie.
»Spielen wir ohne Klawitter weiter?« Theo ist wie immer gechillt. Ihn mit freiem Oberkörper und ohne seine Lederjacke zu sehen, ist ungewohnt.
»Wie soll das denn gehen?«, erwidert Ole gereizt.
Die Stimmung ist dahin, und ich habe keine Ahnung, warum.
»Dann lasst uns Ball spielen«, schlägt Ben vor. »Dahinten ist ein Volleyballnetz.«
»Bis später.« Finn gibt Amelie einen flüchtigen Kuss. »Falls du Sehnsucht bekommst – ich bin dahinten.«
Sobald die vier außer Hörweite sind, fängt Amelie an zu lästern. »Der hat so einen Knall, dieser Klawitter. Der war schon immer total schräg.«
So geht es ohne Atempause weiter, bis ich sie stoppe. »Du weißt doch gar nicht, was da los ist.«
»Aber Geertje wird es uns bestimmt gleich erzählen«, meint Tessa und zeigt zum Wasser.
Geertje kommt ohne Klawitter zurück. Ihre Augen sind leicht gerötet, als hätte sie geweint.
»Sagst du uns jetzt vielleicht mal, was abgeht?« Amelies Stimme ist immer noch übertrieben schrill.
In diesem Moment fangen Geertjes Schultern an zu vibrieren, und ich ahne, dass nicht irgendwas abgeht, sondern dass da bei Geertje gerade die Welt untergeht und es mit Klawitter zusammenhängen muss.

»Wollen wir ein paar Schritte gehen?«, frage ich und lege vorsichtig meine Hand auf ihren Rücken.
»Ja.« Mit dem Handrücken wischt sie sich unter der Nase entlang.
»Soll ich … mitkommen?«, fragt Tessa unsicher.
Geertje nickt.
Immerhin hat Amelie so viel Empathie, sich uns nicht anzuschließen. »Ich knote meine Bänder«, murmelt sie zerknirscht. »Sorry.«
»Schon gut. Nicht deine Schuld. Klawitter ist manchmal ziemlich schräg.« Geertjes Stimme ist ungewohnt brüchig.
Wir gehen an dem Volleyballfeld vorbei, am Strandcafé vorbei, am Strandhotel Meeresblick vorbei, an unserem Zeltplatz vorbei. Als könnte Geertje nicht weit genug wegkommen von allem. Sie hat immer noch kein Wort gesagt. Unvermittelt lässt sie sich in den Sand sinken und wartet, bis wir uns neben sie gesetzt haben.
»Als wir Kinder waren«, beginnt sie, beißt sich auf die Lippe und fängt an, mit der Hand Sand über ihre nackten Füße zu schaufeln. »Also wir sind Nachbarn, Klawitter und ich. Schon immer. Und gleich alt. Und als wir fünf Jahre alt waren, durfte ich mit Klawitter und seinen Großeltern ans Mittelmeer nach Frankreich fahren. Am Strand haben wir wie die Weltmeister Muscheln und Steine gesucht. Auch Lochsteine. Oder Hexensteine. So hat sie Klawitters Oma genannt. Sie erzählte uns, dass sie Zauberkraft hätten. Ihrer Geschichte nach gehen Wünsche in Erfüllung, wenn man sich einen Lochstein an

einem Band um den Hals hängt und ihn mit der Hand umschließt, während man den Wunsch ausspricht. Kurze Zeit nach dem Urlaub wurde Klawitters Schwester geboren. Er fand sie doof, weil sie ständig weinte und seine Mutter deswegen kaum noch Zeit für ihn hatte. Also habe ich«, sie hält kurz inne, sagt »fuck«, wischt sich mit der Hand über die Augen und setzt neu an. »Ich habe gesagt, er solle sie sich doch wegwünschen.« Geertje knibbelt mit den Zähnen an der Nagelhaut ihres Daumens.

»Na und«, sagt Tessa.

»Er hat es gemacht«, sagt Geertje kaum hörbar.

Ich bekomme eine Gänsehaut. Vielleicht ist es der Wind. Vielleicht aber auch die Ahnung, dass es gleich nicht gut wird, wenn Geertje weitererzählt.

Sie holt tief Luft, bevor sie weiterspricht. »Zwei Wochen später ist sie gestorben. Plötzlicher Kindstod.«

Lange hören wir dem vom Wind verwehten Gelächter und Wassergekreische um uns herum zu. Keiner sagt etwas.

Irgendwann räuspert sich Tessa. »Aber ihr denkt ja wohl nicht, dass das irgendeinen Zusammenhang hatte. Das war doch nur ein blöder Wunsch, und ihr wart Kinder.«

»Ja, wir waren Kinder. Aber wir haben diese Wunschgeschichte mit den Lochsteinen unglaublich ernst genommen, sogar mit den Dingern geschlafen. Wie auch immer. Der Tod von Klawitters Schwester hat uns total verstört. Und Klawitter leidet bis heute darunter.«

Das Strandleben um uns herum ist weiterhin von Juchzern und Gekreisch, von dem Geräusch aufprallender Bälle und dem Geruch von Sonnencreme erfüllt. Aber

ich habe das Gefühl, als wäre das alles in weite Ferne gerückt.
»Und ihr habt nie jemandem davon erzählt?«, frage ich.
»Nein«, sagt Geertje trocken. »Klawitter will das nicht. Und – na ja, ich komme klar. Soweit. Meistens.«
»Und Klawitter?«, frage ich.
»Sieht er aus, als ob er klarkommt?«, fragt Geertje, und ihre Stimme gewinnt so langsam wieder die vertraute Rotzigkeit zurück.
»Nein«, antworte ich und schäme mich, Klawitter immer nur als den saufenden Proll betrachtet zu haben, ohne auch nur irgendetwas über ihn zu wissen.
»Na ja, das war's. Ende der Geschichte. Deshalb sind Klawitter und ich für den Rest unseres Lebens miteinander verschweißt. Wie Lochsteine nebeneinander an einem Lederband verknotet. Und deshalb kann Klawitter keine Hexensteine ertragen. Doofer Zufall, dass die hier in Massen am Strand liegen.« Geertje zuckt mit den Schultern. »Ist so. Kann man nicht ändern. Wahrscheinlich wird er sich heute betrinken. Und ich werde darüber wachen, dass er irgendwann sicher in seinem Schlafsack landet. Punkt.«
»Aber so kann es doch nicht weitergehen«, sagt Tessa. »Er könnte doch eine Therapie machen oder so.«
»Ist nicht so, dass wir nicht darüber geredet hätten«, sagt Geertje und atmet tief durch, so als hätte sie zuvor vergessen, überhaupt zu atmen. »Ach Scheiße, Tessa. Klawitter weiß inzwischen natürlich, dass er wissenschaftlich betrachtet keine Schuld trägt und alles nur ein blöder Aberglaube war. Eine Therapie hat er bisher ver-

weigert, und zwingen kann ich ihn ja nicht. Das muss er schon selbst wollen.«
»Sorry.« Tessa senkt den Blick und bearbeitet einen Mückenstich mit dem Fingernagel, bis er blutet.
»Schon gut«, meint Geertje. »Jedenfalls ist das eine Sache zwischen Klawitter und mir, wie wir mit diesem Loch in unserem Leben umgehen.« Geertje schnaubt durch die Nase, als ihr der Zusammenhang mit den Lochsteinen auffällt. Dann zappelt sie mit den Füßen, und der Sandhaufen bricht auf wie ein Vulkan. Schweigend starren wir alle drei auf ihre schwarz lackierten Fußnägel. Dann stehen wir auf, klopfen uns den Sand von den Beinen und gehen zurück zu den anderen.

Außer Amelie und Finn knotet sich niemand ein Lochsteinband um den Hals. Aber als Klawitter von seinem langen Fußmarsch zurückkehrt, ist er erstens stocknüchtern und leert zweitens seine Hosentaschen, in denen er mindestens zwanzig Lochsteine gesammelt hat.
»Hier«, sagt er. »Falls ihr noch mehr braucht.« Dann nimmt er den größten, geht ans Ufer und schmeißt ihn mit voller Wucht ins Meer.
Ich habe noch nie einen Stein so weit fliegen sehen. Für so viel Kraft müssen sehr viele Emotionen notwendig sein.

Jo

»Sag Papa, dass ich nicht zum Essen komme«, trägt mir Elisa auf, als ich einen Blick in ihr Zimmer werfe, um zu gucken, wie es ihr geht.

»Dann wird er wohl alleine dasitzen«, erwidere ich. »Ich kann vor Wut kaum an einem Möbelstück vorbeigehen, ohne es zu treten. Essen in seiner Gegenwart ist geradezu unmöglich.«
»Okay«, seufzt Elisa. »Ich schreibe ihm eine Nachricht.«
»Soll ich dir was hochbringen?«
»Bloß keine Lebensmittel in meinem Zimmer.« Elisa macht ein Würggeräusch.
»Alles klar. Dann rufe ich jetzt mal Karl an und überbringe ihm die Botschaft.«

»Auf keinen Fall verkaufe ich das Ticket«, sagt Karl, nachdem ich ihm eröffnet habe, dass er sein Bier auf dem Windswell ohne mich trinken muss.
»Alter, ich komme sowieso nicht. Dann kannst du die Kohle auch ebenso gut in Kaltgetränke investieren«, rede ich auf ihn ein.
»Wie du meinst«, sagt er. Und dann noch »Kopf hoch« und dass ER ja auch Naira suchen und ihr meine Nummer geben könne. Was man eben sagt, wenn es keinen Trost gibt und sowieso alles im Arsch ist.
»Alles klar. Danke. Ich melde mich«, sage ich matt und lege auf.

Donnerstag, 2. August

Frau Emmerich aus Nordrhein-Westfalen trägt heute einen roten Sonnenhut mit weiß-rot gepunkteter Schleife. Damit ist sie den Cupcake-Kreationen unserer Konditorin nicht unähnlich.

»Junger Mann«, ruft sie mich herbei. »Könnten Sie wohl den Sonnenschirm ein bisschen nach links rücken? Es ist ja so heiß heute.« Sie fächelt sich mit ihrem Fächer Luft zu, und ich bemühe mich, ihr nicht die Metallstange des Sonnenschirms an die Kehle zu drücken.

»Kein Problem.« Ich spende ihr Schatten und mime den Beachboy. Dann drehe ich weiter meine Runden um den Pool.

»Jonathan!«

Ich zucke zusammen.

»Ich übernehme. Du musst unseren Mann am Strand ablösen. Seine Mutter ist überraschend ins Krankenhaus gekommen und hat wohl niemanden sonst, der das regeln könnte.« Es ist erschreckend, seinem Vater gegenüberzustehen und eine gealterte Variante des eigenen Spiegelbildes am Morgen zu erblicken. Es muss am gleichen Outfit liegen – Bermudas und weißes Shirt mit Kragen, Knopfleiste und Hotel-Logo. Er hat sich den Bademeister-Dress angezogen. Seine Stimme nimmt einen versöhnlicheren Ton an. »Er wartet auf dich, wäre gut, wenn du dich beeilst.«

»Alles klar.« Ich laufe los und schlüpfe durch die hintere Pforte der Anlage zum Strand.

Unser Mann dort ist in meinem Alter, sieht extrem überfordert aus, weil er offensichtlich mit dem Krankenhaus telefoniert, drückt mir das Fernglas in die Hand und sagt: »Danke, Mann.«
»Kein Ding.« Ich klopfe ihm auf die Schulter und klettere auf den Turm.
Der Dienst am Strand ist deutlich angenehmer als die Seniorenbetreuung im Hotel. Es ist eine Menge los, wahrscheinlich schon die ersten Festivalbesucher, die vorher einen Abstecher ans Meer machen. Sie senken den Altersdurchschnitt hier erheblich. Allerdings steigt mit ihnen auch der Alkoholkonsum. Ich muss verdammt aufpassen, dass keiner von denen dem Meer zum Opfer fällt. Rund achtzig Prozent aller Ertrunkenen sind Männer, häufig sind Selbstüberschätzung und Alkohol im Spiel. Und hier haben die meisten Leute heute garantiert schon genug Alkohol konsumiert. Oder sogar noch andere Substanzen.

Nayra
»Was ist los, Klawitter?«, brüllt Ole, obwohl er nur ein paar Schritte von ihm entfernt im Sand sitzt. »Warum willst du kein Bier? Leidest du jetzt etwa unter einem Fehlanpassungs-Syndrom?«
Tessa verdreht die Augen. Geertje sagt, Ole solle Klawitter in Frieden lassen, und Amelie fragt, was ein Fehlanpassungs-Syndrom überhaupt sei.
»Und du willst deine Kindheit auf einem Reiterhof verbracht haben?«, frotzelt Ole.

»Ja. Und?«, fragt Amelie. »Muss ich das deshalb wissen?«
»Ist so eine Art Störung der Saugaktivität, wenn bei einer Fohlengeburt irgendwas falsch gelaufen ist«, erklärt Geertje. »Kurz: Das Fohlen hat keinen Saugreflex und kann nicht selbstständig trinken.«
»Woher weißt du immer diese ganzen Sachen?«, fragt Tessa.
Geertje grinst. »Misch-Bildung aus Fernsehen, Dorfleben und überambitionierten Eltern.«
»Klingt grauenhaft«, sage ich. »Das Ergebnis ist allerdings beeindruckend.«

Als wir zurück zum Zeltplatz gehen, meint Tessa, dass ich doch mal den Typen auf dem Rettungsturm fragen könnte, ob er Jo kennt. »Rettungsschwimmer. Ostsee. Wer weiß«, sagt sie.
Aber ich finde das albern, und abgesehen davon müssen wir sowieso oben über die Promenade gehen, um Verpflegungsnachschub zu kaufen. »Vergiss es«, erwidere ich. »Die Ostsee ist riesig.« Und während ich das sage, bäumt sich in meinem Inneren etwas auf und protestiert. Allerdings habe ich auch gerade keine Lust mehr auf Intuitionsanalyse und den ganzen Hör-auf-dein-Bauchgefühl-Quatsch. Habe ich ja erst gemerkt, wie viel Ahnung mein Bauch zum Beispiel von Geertje hat. Vor nicht mal einem Monat dachte ich noch, dass sie ein weibliches Klawitter-Pendant ist. Und dann stellt sich plötzlich heraus, dass sie so ziemlich die coolste und ge-

bildetste Freak-Freundin ist, die man finden kann. Und dass ihr Nachbar Klawitter hinter seiner Fassade ebenfalls ein ganz anderer Mensch ist, als ich dachte. So viel zu meinem Bauchgefühl.

»Wenn du meinst. Alleine latsche ich da jetzt auch nicht hin, um für dich zu fragen«, sagt Tessa, und damit ist der Fall erledigt.

Jo

»Die Sache ist durch. Alles unverändert. Es gibt keinen Ersatz für mich, und jetzt ist auch noch der Lifeguard am Strand ausgefallen. Du kannst die Karte morgen wirklich verhökern«, sage ich am Telefon zu Karl. Und dann werde ich echt weich und kriege einen seelischen Einknicker. Das Gespräch dauert stundenlang. Es geht um alles, aber hauptsächlich um Naira. Ob er glaubt, dass sie morgen da sein wird. Ob er sie wirklich suchen wird. Und was er ihr alles sagen soll. Natürlich erst, nachdem er herausgefunden hat, dass nur etwas schiefgelaufen ist und sie eigentlich ihr Leben mit mir verbringen will.

»Verstehst du«, nuschele ich, weil ich nebenbei eine Flasche Rotwein aus dem Weinkeller des Hotels geleert habe, »mein Vater ist ein Arsch. Ich meine, jetzt mal ehrlich. Er hat doch sonst schon nichts geschissen gekriegt. Und jetzt geht es ein Mal um mein Leben, und schon wieder wird kurz vorher der Plan geändert. Das war schon beim Abi so und bei …«

»Alter, jetzt mach mal halblang«, stoppt mich Karl.

Aber ich rede immer weiter. Besonders von Naira. Ihren

Dreads, ihrer Haut, ihrem Duft, ihrem Musikgeschmack.
»Ich meine, ein Mädchen, das auf *Bruce Springsteen* steht und sich bei den *DONOTS* beim Pogen den Kopf einhaut, ehrlich mal, das gibt es doch kein zweites Mal.«
»Sag mal, bist du besoffen oder was? Du klingst wie ein Mädchen«, sagt Karl.
»Nur ein bisschen Rotwein aus dem Keller«, antworte ich. »Wird allerdings auch langsam unbequem hier. Ich sitze im Vorratsraum neben der Küche. Keine Ahnung, warum ich mich nicht an den Pool gesetzt habe.«
»Kann ich dir auch nicht sagen«, meint Karl.
Im nächsten Moment springe ich vor Schreck auf, weil im Nebenraum irgendwas zusammenstürzt.
»Was ist denn da bei dir los?«, fragt Karl.
»Keine Ahnung. Irgendjemand muss nebenan sein und etwas umgeworfen haben. Könnte wetten, dass Elisa nach Erdnüssen oder Schokolade gesucht hat und ihrer Neugierde erlegen ist. Lauschangriff. Da ähnelt sie ja Gesa ein bisschen.«
»Aber nur da«, betont Karl.
»Nur in dieser einen Sache«, bestätige ich. Dann lasse ich ihn noch einmal versprechen, dass er wirklich nach Naira Ausschau hält und ihr sagt, dass die Nacht auf dem Marschland – warum auch immer sie sich nicht gemeldet hat – so oder so die beste Nacht meines Lebens war.
»Du musst ins Bett«, wimmelt Karl mich, ohne auf meine Emotionen einzugehen, ab.
»Versprochen?«, frage ich.
»Versprochen. Geh jetzt pennen.«

»Alles klar, Bruder. Du bist der Beste. Gute Nacht.«
Ich lege auf, trinke den letzten Schluck aus der Flasche und inspiziere den Lagerraum nebenan. Ein Stapel mit Duschgelkartons ist umgefallen.

Die Tür zur Empfangshalle ist geöffnet, aber weit und breit kein Mensch in Sicht. Nur im Büro meines Vaters brennt noch Licht. Es ist kurz vor Mitternacht. Mit dem Gedanken an Naira gehe ich ins Bett.

Windswell Festival

Freitag, 3. August

Nayra

Die Fahrt zum Festival dauert keine dreißig Minuten. Wir sind da, bevor der große Freitagsansturm beginnt.

»Wir hätten doch schon gestern fahren sollen«, findet Ole.

»Warum? Ist doch genug Platz überall«, erwidert Theo und zeigt auf die freien Zeltplätze.

»Schon«, sagt Ole. »Trotzdem – der Donnerstag gehört irgendwie dazu.«

»Mir hat es an der Ostsee gefallen.« Amelies Stimme klingt süß wie Marshmallows. Sie tauscht mit Finn geheimnisvoll-verliebte Blicke aus, von denen sie vermutlich denkt, dass wir sie nicht deuten können. Aber hey – ihr Zelt stand direkt neben unserem. Wie kann man nur so naiv sein?

Wenige Momente später, wir raffen gerade unsere Sachen zusammen, um sie zum Zeltplatz zu tragen, schraubt sich Amelies Stimme in die altbekannte Zickentonlage, von der ich kurz gehofft hatte, dass sie endgültig Vergangenheit ist. Ihre Sätze beginnen mit »Kannst du nicht mal« und »Musst du schon wieder« und »Immer« und »Nie«. Vielleicht geht es um das Gepäck. Oder um das Bier, das Finn in einer Hand hält. Oder um beides, weil Finn wegen des Bieres Amelie nicht den Rucksack abnehmen kann. Ich weiß es nicht. Und ich will es auch nicht wissen. Weil es so traurig ist. Finn lässt ihre Worte an sich abprallen und geht los. Mit dem Bier in der

Hand, seinem Rucksack über der Schulter und seinem Schlafsack unter den Arm geklemmt.

»Das geht schon die ganze Zeit so«, sagt Theo leise. »Während eurer Interrail-Tour war das ein ständiges Auf und Ab. Ich kann mir kaum vorstellen, dass Finn sich noch lange so von ihr herumschubsen lässt.«

Ich frage mich, ob jede Liebe irgendwann umkippt. Wie ein Teich bei einer Hitzewelle. Und ob die Liebe zwischen zwei Menschen auch wegen Überhitzung von so einer Art Blaualgen verseucht werden kann. Oder ob es möglich ist, die Wertschätzung gegenüber einem Menschen aufrechtzuerhalten. Ein Leben lang. Vielleicht ist das schwer. Aber vielleicht doch möglich.

Jo

»Was hast du denn gestern noch so lange unten gemacht?«, fragt Elisa, und ich kann mir nicht helfen, es klingt so, als würde sie herausfinden wollen, ob ich gemerkt habe, dass sie mich aus dem Nebenraum belauscht hat. Ich habe schon einen pampigen Spruch auf den Lippen, allerdings ist Elisa nun wirklich nicht schuld daran, dass meine Laune im Keller ist. Daher atme ich tief durch und zwinge meine Stimme zu einem ruhigen Tonfall.

»Habe eine Weile mit Karl telefoniert. Hast du mich gehört, als ich nach oben gekommen bin?«

»Ja, ich konnte nicht schlafen. Wahrscheinlich hatte ich schon tagsüber zu viel gedöst«, meint sie. Dann bekommt ihre Stimme so einen mitleidigen Ton, und sie fragt, wie es mir geht und ob alles klar ist. Wegen des Festivals.

»Schon gut. Es geht ja wirklich nicht anders. Und Karl wird nach Naira Ausschau halten. Letzten Endes ist es dann ja egal, ob ich da bin. Also wenn er sie findet.« Ich breche ab, weil meine Stimme kippt und ich am liebsten nach oben gehen und ins Bett kriechen würde. Mit einem Räuspern versuche ich, mich wieder in den Griff zu bekommen. »Frau Emmerich wartet, ich gehe dann mal wieder und vertreibe ihr die Zeit, bis du die Törtchen servierst.«

»Halt durch. Heute gibt es die mit Himbeeren. Ich lege dir eins zur Seite«, verspricht Elisa und lächelt, als könne mich ein Himbeertörtchen jetzt irgendwie trösten.

»Bist du denn wieder so weit fit?«, frage ich noch, bevor ich zurück zum Pool gehe.

»Topfit. Stuhlgang wieder im ...«

»Hör auf«, sage ich. »Zu viel Information.«

Ich bleibe noch kurz im Durchgang zur Terrasse stehen, um mein Handy zu checken. Karl hat geschrieben, dass er jetzt da ist, Bruno eine exakte Beschreibung von Naira ins Hirn geimpft hat und beide jedes Mädchen mit Dreads unter die Lupe nehmen.

Danke!, schreibe ich und könnte direkt dem Wagen mit dem Geschirr einen Tritt verpassen. Noch fünfeinhalb Stunden bis zum *DONOTS*-Auftritt. Ich drehe durch. Wie soll das gehen? Mit dem Körper hier um den Pool zu wandern und mit Kopf und Herz beim Windswell zu sein.

Werden die Karte nicht los. Gehen jetzt aufs Gelände, schreibt Karl.

Frau Emmerich trägt heute Violett. Ein weites Top. Und die große Überraschung: Frau Emmerich hat ein Tattoo auf dem Oberarm. Einen Wolf. Ich kippe um. Er sieht schon leicht zerbeult aus und schwankt hin und her, wenn Frau Emmerich gestikuliert. Ihre Freundin ruft mir einen Gruß zu, weshalb ich gezwungenermaßen zu den beiden schlendere und ein paar nette Worte an sie richte.

»Fahren Sie denn gar nicht zu dem großen Festival?«, fragt die Emmerich-Freundin.

Das sitzt.

»Nein.« Ich bemühe mich um eine aufrechte Haltung und ein unverbindliches Lächeln. »Dieses Jahr nicht.«

»Also das hätten wir uns früher ja nicht entgehen lassen, oder, Marika?« Sie stupst Frau Emmerich an. »Weißt du noch, damals? Als du dir drei Tage nach dem Festival den Wolf hast tätowieren lassen?« Sie kichert. »Wissen Sie, Marika hatte damals einen Verehrer auf dem Festival, der ihr jahrelang nicht aus dem Kopf ging. Er hat so einen Eindruck hinterlassen, dass sie sich – er hieß Wolf – diesen Wolf«, sie zeigt auf Frau Emmerichs Oberarm, »hat tätowieren lassen.«

»Ach hör doch auf, Jutta«, winkt Frau Emmerich ab. »So eine Jugendsünde.« Sie dreht ihren Kopf zum Oberarm und beäugt den Wolf mit einem verklärten Lächeln. »Lange her«, sagt sie. »Mit der Zeit verblassen die Ereignisse. Ganz genau wie diese Tätowierung hier. Die sah auch mal schöner aus.«

»Die ist immer noch sehr cool«, erwidere ich. Manchmal, wenn man etwas über die Menschen erfährt, ändert sich der Blickwinkel. Dann können sich in Gelb oder Violett gewandete Frau Emmerichs aus Nordrhein-Westfalen von einer Sekunde zur anderen von nervigen alten Tanten in coole Rock-Omas verwandeln. Ich rede eine ganze Weile mit den beiden und werde ausführlich bedauert, als sie erfahren, dass ich wegen meines Dienstes nicht zum Festival kann. Das zu erwähnen, war natürlich unprofessionell, aber es ist mir so rausgerutscht. Wahrscheinlich ein Notruf nach mütterlicher Zuwendung.

Nayra

Noch vier Stunden, bis die *DONOTS* spielen. Obwohl ich mich unglaublich auf die Band freue, habe ich ein bisschen Respekt vor dem Flashback. Wie soll das gehen, vor der Bühne herumzuspringen, ohne an Jo zu denken? Und beim Pogen sollte man immer bei der Sache sein, sonst gerät man ins Taumeln und fällt.

»Jetzt steck doch endlich mal dein Handy weg«, sagt Geertje zu Tessa.

Tessa gestikuliert heftig, um Geertje zum Schweigen zu bringen.

»Wir sind auf dem Windswell«, erinnert Geertje Tessa an das Hier und Jetzt. »Genieß das doch mal, ohne immer alles zu posten.«

»Nayra«, sagt Tessa, und es ist eines dieser lang gezogenen *Nayras*, die schon im Vorherein eine Unregelmäßigkeit ankündigen. »Guck mal, bitte.« Spannung verkündender Unterton, leicht nervös.

»Wolltest du nicht aufhören, immer und überall online zu sein?«, frage ich.

»Du solltest dir das ansehen.« Tessas Stimme schließt jeden Widerspruch aus.

»Okay.« Ich krieche auf dem Rasen zu Tessa und gucke auf ihr Handy. Die Sonne blendet, sodass ich es in die Hand nehmen und mit meinem darüber gebeugten Kopf beschatten muss, um etwas zu erkennen.

»Der Post ist wieder da«, sagt Tessa, was ich jetzt auch sehe, aber ich kann nicht antworten, weil mir das Adrenalin wie ein Schwert durch den Körper jagt.

Mein Herz ist völlig außer Kontrolle, meine Schläfen pulsieren, in meinen Ohren rauscht es.

»Zeig her.« Geertje nimmt mir das Handy aus der Hand.

»Krass.« Sie gibt mir das Handy zurück und meint, dass ich dieses Mal lieber direkt etwas schreiben soll, bevor sich die Zeilen wieder wie von Geisterhand verflüchtigen.

»Und was?«, frage ich, weil der Schock mein Gehirn blockiert.

»Dass der Regen die Nummer abgewaschen hat, du gerade auf dem Windswell bist und gleich die *DONOTS* spielen. Dass du an ihn denkst. Und er dir schreiben soll. So was.«

Ich tippe: **Jo, ich vermisse dich auch. Der Regen hat auf dem Marschland die Nummer von meinem Arm gewaschen. Des-**

halb konnte ich mich nicht melden. Falls du auf dem Windswell bist – wir sehen uns bei den *DONOTS*. Falls nicht: Du findest mich hier. Dann füge ich einen Link zu meinem Instagram-Profil ein, gebe Tessa das Handy zurück und kollabiere innerlich.

Jo

Noch drei Stunden. Marika und ihre Freundin Jutta wissen inzwischen alles über Naira, das Marschland und warum es so wichtig gewesen wäre, zum Windswell zu fahren. Und ich weiß alles über den Mann, der Wolf hieß, und darüber, dass einem verpasste Chancen das ganze Leben lang nachhängen können.

»Ich habe ihn nie vergessen.« Marika streicht mit der Hand über den tätowierten Wolf. »Obwohl ich später geheiratet habe. Das war ein guter Mann. Und eine schöne Zeit. Aber Wolf«, sie stockt einen Moment, »den trage ich immer noch in meinem Herzen.«

»Rika«, fährt ihre Freundin dazwischen. »Du machst unseren jungen Bademeister ja ganz fertig in seiner seelischen Not.«

Frau Emmerich, also Marika, steht abrupt auf. »Da müssen wir doch etwas tun«, sagt sie und ruft quer über den Pool: »Ist hier vielleicht ein Rettungsschwimmer unter den Gästen?«

Alle sehen zu uns rüber. Betrübtes Kopfschütteln auf allen Liegen.

»Verflucht noch mal.« Marikas Körper hat eine Spannung aufgebaut, die ich ihm niemals zugetraut hätte.

»Scheiß drauf. Du haust jetzt einfach ab. Manchmal muss ein Mann tun, was ein Mann tun muss. Und es ist jetzt Zeit für dich. Das spüre ich.«
Ich fange ihren Blick auf und schäme mich in Grund und Boden. Dafür, dass ich nicht selbst den Arsch in der Hose hatte, meinen Vater vor vollendete Tatsachen zu stellen. Sie hat so was von recht. »Ich fahre. Aber ich haue nicht ab. Ich werde es meinem Vater direkt ins Gesicht sagen.«
»Gut so. Und womit fährst du?«, fragt Jutta.
»Ich rufe mir ein Taxi.«
»Du kannst mein Auto haben«, bietet Marika an. »Warte einen Moment, ich hole nur eben den Schlüssel aus dem Zimmer.«
»Nein«, wehre ich ab. »Das kann ich auf keinen Fall annehmen.«
»Das ist auch gar nicht notwendig.« Die Stimme meines Vaters ist unverwechselbar. Er steht direkt hinter uns. Aufgetaucht wie ein Geist im Bademeister-Dress. Er legt mir die Hand auf die Schulter, sagt »Jonathan« und drückt mir seinen Autoschlüssel in die Hand. »Ist viel los auf den Straßen, aber es ist ja nicht weit. Ich übernehme.«
Meine beiden Rock-Omas kriegen sich kaum ein. »Fahren Sie, fahren Sie. Schnell«, feuert mich Marika an. »Und bringen Sie morgen Ihre Naira mit her.«
»Montag.« Mein Vater fährt sich mit der Hand durch die Haare. »Bring sie Montag mit her.«
»Woher …«, setze ich an, doch mein Vater unterbricht mich.

»Ich war gestern im Abstellraum. Du warst ja ziemlich knülle, und den Wein«, er zwinkert, »musst du noch abarbeiten. Aber jetzt fahr los, bevor ich es mir anders überlege.« Er zwinkert den beiden Damen zu und macht auf Charmeur. »Der Liebe sollte man nicht im Wege stehen, das bringt schlechtes Karma, nicht wahr?«

»Und du bist sicher, dass ich deinen Wagen nehmen soll?«

»Na, bringen kann ich dich nicht, wenn ich hier Dienst schieben soll«, meint er.

Ich schließe meine Hand fest um den Schlüssel und will mich gerade umdrehen, als mir einfällt, dass Karl meine Karte bei sich hat. »Scheiße.«

»Was ist?«, fragt Jutta.

»Karl hat meine Karte. Ich habe gesagt, dass er sie verkaufen soll. Und ich weiß auch nicht, ob er jetzt noch auf sein Handy guckt. Er ist schon auf dem Festival.«

»Fahren Sie, fahren Sie. Und schreiben Sie Karl. Bis Sie dort sind, wird sich schon alles regeln«, wiederholt Marika, als wollte sie ihr eigenes Leben im Nachgang retten.

»Danke«, sage ich, sehe noch kurz meinen Vater an und renne los. Vorbei an Elisa, die ich mit einer flüchtigen Erklärung stehen lasse, und weiter nach oben in mein Zimmer. Ich tippe eine Nachricht an Karl, stopfe drei Shirts und drei Boxeshorts in den Rucksack, checke Geld, Personalausweis und Ladegerät und fahre los. Rechts, links, geradeaus. Nach zwei Kilometern stehe ich im Stau. Windswell-Anreisestau. Ich sehe den Mi-

nuten auf der Uhr im Auto meines Vaters beim Verstreichen zu.
Karl schreibt: **Karte noch da. Wir treffen uns an der Bändchenausgabe. Schreib, wenn du da bist.**
Unterwegs, tippe ich. **Stau.**

Nayra
Alle zwei Minuten rufe ich auf meinem Handy das Festival-Forum auf. Nichts. Nur noch eine Stunde, bis die *DONOTS* spielen. Ich drehe durch.
Tessa steht mit ihrem Bier da und presst ihre Hand auf den Becher.
»Alles in Ordnung?«, frage ich.
Sie nickt. »Reine Präventivmaßnahme. Aber alles okay.«
Wahrscheinlich wird keine von uns jemals wieder unbeschwert aus einem fremden Becher trinken oder ihr Getränk unbewacht irgendwo stehen lassen. Vor meinem inneren Auge blitzt ein Bild von der lallenden Tessa im Taxi auf, und ich weiß, dass sie ebenfalls an Lissabon denkt. Stumm stehen wir ein paar Sekunden da.
»Wirklich. Alles okay«, wiederholt Tessa schließlich. »Wir gehen jetzt einfach zu den *DONOTS*.«
»A-Block und das ganze Programm«, bestätigt Geertje.
»Musst du vielleicht noch mal aufs Klo?«, frage ich, um sie ein bisschen zu ärgern.
»Nöööö. Geht zur Not ja auch vor der Bühne.« Geertje zupft provozierend an ihrem Rock.
Sie ist echt ein Freak.

Jo

Wo bist du?, schreibt Karl.

Immer noch Stau, antworte ich.

Fuck, schreibt Karl. **Dann wird das nichts mehr mit dem A-Block.**

Ich sehe den Minuten weiter beim Verstreichen zu. Der BMW meines Vaters hat über fünfhundert PS, die mir jetzt mal gar nicht weiterhelfen.

Nayra

A-Block. Ziemlich nah und mittig vor der Bühne. Klawitter trägt ein Lederband um den Hals. Mit Lochstein.

»Was ist das denn?«, frage ich Geertje und deute unmerklich auf Klawitters Hals. Sie zieht den Ausschnitt ihres Turtleneck-Tops tiefer und gibt den Blick auf eine Lochsteinkette frei. »Therapie-Bänder«, sagt sie. »Spinnenphobie bekämpft man ja auch mit Spinnen.«

»Ihr seid ja hart drauf«, erwidere ich.

»Du ja wohl auch. Bei maximaler Sehnsucht zu einem Konzert der Band zu gehen, bei der man ihm zum ersten Mal begegnet ist. Das ist auf jeden Fall auch eine Art Konfrontationstherapie. Oder etwa nicht?« Geertje sieht mich mit Psychologenblick an und scheint tatsächlich eine Antwort zu erwarten.

»Na ja, irgendwie schon. Allerdings will ich die Erinnerung ja nicht überwinden, sondern darin schwelgen. Das ist schon ein Unterschied«, sage ich.

»Vielleicht wäre es auch einen Gedanken wert, mit der

Sache abzuschließen«, seufzt Geertje. »Die Zukunftsperspektiven sind ja so mäßig.«
»Ich habe doch jetzt was unter den Post geschrieben.«
»Ja«, sagt Geertje. »Aber das ist ein Ghost-Post. Der kann auch mal wieder verschwinden. Das wissen wir doch jetzt.«
Auf der Bühne tut sich irgendwas, ein paar Helfer laufen herum, und ich checke automatisch die Uhrzeit. Noch dreißig Minuten, bis das Konzert losgeht.

Jo
Nur noch zwanzig Minuten, und der Parkplatz ist elendig weit vom Gelände entfernt.
Bin da, schreibe ich. Karl antwortet, dass Bruno an der Bändchenausgabe mit der Karte auf mich wartet. Ich renne los. Renne, renne, renne. Staffellauf für die Liebe. Dabei habe ich keine Ahnung, ob sie wirklich da sein wird. Der Schweiß läuft mir den Rücken hinunter. Natürlich will Karl unbedingt die *DONOTS* sehen und hat jetzt mal gar keinen Bock, zur Bändchenausgabe zu latschen, während Bruno eher der Hiphopper ist. Vermutlich ist es ihm egal, wenn er die *DONOTS* verpasst. Das ist der Scheiß, den ich denke, während ich renne und versuche, mir nicht vorzustellen, dass ich so ende wie damals in meinem Giraffenkostüm – mich bedauernswert einsam fühlend vor der Bühne.

»Da bist du ja endlich.« Bruno gibt mir das Ticket und zeigt auf das Mädchen ganz hinten rechts bei der Bänd chenausgabe. »Als Liebesnotfall wirst du bevorzugt abgefertigt. Sie weiß Bescheid.«

»Viel Glück«, sagt das Mädchen und stanzt das Metall am Bändchen zusammen. Orange mit türkisfarbener Schrift.

»Los, Mann«, treibt Bruno mich an, während wir zum Einlass laufen. Er macht irgendwie den Eindruck, als würde er das Konzert auch auf keinen Fall verpassen wollen, was mich wundert, aber meine Lunge hat keine Kapazität mehr, um unnötige Fragen hervorzubringen.

Nayra

Ich sehe mich immer wieder um, irgendwie hoffend, dass ich Jo entdecke. Aber das ist nur ein Wunschtraum. Unter dem Post steht nämlich immer noch keine Antwort von ihm. Die Crowd setzt jetzt mit dem typischen Vor-Auftritt-Gejohle und -Geklatsche ein. Und da sind sie. Die *DONOTS* kommen auf die Bühne gelaufen. *Ingo* reißt seine tätowierten Arme in die Luft, das Publikum antwortet mit Jubel, und er brüllt »Hallo Leute« ins Mikro. Die Band schickt ein paar Takte hinterher. *Ingo* schreit: »Es ist schön zu sehen, dass ihr heute am Start seid. Ey, seid dabei! *Wake The Dogs!*« *Eike* – nackter Oberkörper und fliegende Haare wie immer – versetzt die Menge mit seinem Schlagzeug in Bewegung, und los geht's. Ich springe mich in Takt und Euphorie, und *Ingo* nimmt die Bühne von links nach rechts in großen Schritten: »Springt mit uns! Eins, zwei, drei. *Wake The Dogs.*« Und die Crowd springt. Ich lasse mich auf und ab federn, und hey, kann irgendwer jetzt endlich mal mein Leben wecken?

Jo

Ich höre die *DONOTS* schon von Weitem. Die letzten Meter durch den B-Block überwinden wir springend, und irgendwie findet Bruno die Stelle wieder, wo Karl auf uns wartet. Als Karl meinen erwartungsvollen Blick auffängt, schüttelt er den Kopf mit der Miene eines Rettungsschwimmers nach erfolglosen Wiederbelebungsmaßnahmen. In seinen Gesichtszügen versuche ich zu ergründen, ob er Naira nur nicht ausfindig gemacht, oder, schlimmer, sie ihn direkt zur Hölle geschickt hat. Allerdings wirkt er ungewöhnlich angespannt. Seine Augen huschen nervös über Publikum und Bühne. Und er reibt sein Ohr zwischen Daumen und Zeigefinger. Das macht er sonst nur, wenn er irgendwas Großartiges zusammengebaut hat und die Präsentation kurz bevorsteht. Trotzdem ist sein bedauerndes Kopfschütteln nicht wegzudeuten, und grundsätzlich ist Karl ein direkter Typ. Also fuck, denke ich nur. Wenn er Naira bisher nicht gesehen hat, dann ist es jetzt, während des Auftritts, nahezu unmöglich, sie zu entdecken. Mein Kopf ist noch mit der Suche nach Alternativlösungen beschäftigt, als Karl mir plötzlich so heftig gegen die Schulter boxt, dass ich zusammenzucke und automatisch zur Bühne blicke, um mich auf die Worte zu konzentrieren, die *Ingo* uns gerade entgegenbrüllt und die ich höre, allerdings überhaupt nicht kapiere.

»Ihr seid der Hammer! Ladies and Gentlemen, seid ihr bereit für den größten Kreis, den das Windswell je erlebt hat? Wir wollen, dass ihr hier vorne jetzt alles gebt. Das wird nämlich ein ganz besonderer Kreis.« Auf den Videowalls wird jetzt der Circle Pit eingeblendet und die kreisrunde Fläche, die die Leute im A-Block frei machen, gewinnt rasant an Umfang. Aber *Ingo* feuert sie weiter an und malt mit seinem Finger einen immer größeren Kreis in die Luft. »Wir sind hier heute in absolut romantischer Mission unterwegs. Kurz vor dem Konzert hat uns nämlich ein Zettel von Karl erreicht.«

Ich starre Karl an, der unschuldig mit den Schultern zuckt. »Bist du noch ganz sauber?«, brülle ich. »Was, wenn sie kein Interesse hat?«

»Bleib mal locker.« Karl gibt mir sein Bier. Seine Vorstellung einer beruhigenden Maßnahme.

Auf der Bühne ruft *Ingo* in sein Mikro: »Und Karl bittet uns, Leute, hört euch das an, das ist hier alles Liebe, er bittet uns, Naira und Jo mitten in den Kreis zu holen. Also wo sind Naira und Jo? Leute, macht Platz für die beiden. Helft den beiden, in den gigantischsten Circle Pit der Windswell-Geschichte zu kommen!«

»Los!« Karl schubst mich vorwärts. Es sind nur ein paar Schritte bis zur Absperrung.

Adrenalin jagt durch meinen Körper, mein Herz spielt verrückt, und ich habe eine Scheißangst.

Wie im Film bewege ich mich durch die Menge, und während ich wahrnehme, wie Hände mich vorwärtsschieben, frage ich mich immer wieder, woher Karl sich so sicher sein kann, dass Naira hier ist.

Nayra

Mein Blick krallt sich an der Bühne fest. Ich wage es nicht, mich umzuschauen. Tessa stößt ein hysterisches Quietschen aus und schubst mich Richtung Kreis. »Ich wette, Karl wusste, dass wir hier sind. Ich glaube, ich habe es ihm auf dem Marschland erzählt«, schreit sie mir ins Ohr, während sie noch ein paar Schritte neben mir herspringt. »Wir treffen uns am Falafel-Stand!«, ruft sie noch, und plötzlich bin ich allein in der Menge.

Ich stolpere weiter. Alle machen mir Platz. Fast ehrfürchtig. Als würde ich gerade die Fackel der Liebe tragen oder etwas in der Art. Ein Typ hebt mich hoch und übergibt mich zwei bereits ausgestreckten Männerarmen. Die letzten Meter werde ich durchgereicht wie eine Puppe. *Jo*, denke ich. Und dass das hier alles nicht stimmen kann und ich vermutlich gleich aufwache und niemals in Lissabon, an der Ostsee oder auf dem Windswell war, sondern wie Dornröschen in meinem Bett liege und hundert Jahre vergangen sind.

Und dann sehe ich ihn. Jo.

Jo

Ein Typ verpasst mir einen heftigen Stoß, und ich stürze mehr oder weniger in den Kreis. Und da steht sie. Die Augen groß und ungläubig aufgerissen. Mit ihren Dreads, in Jeans-Shorts und schwarzem Top. Keine Ahnung, ob sie hier sein will oder ob das alles ein erzwungenes Ding war, dem sie sich nicht entziehen konnte. Sie lächelt. Aber nicht so wie auf dem Marschland. In ihrem Gesichtsausdruck schwingt Unsicherheit mit.

Nayra

Ich gehe ihm entgegen. Das ganze Windswell guckt mir zu, und was soll ich denn auch machen, da ich schon hier bin? Als ich vor ihm stehe, sage ich: »Der Regen hat die Nummer von meinem Arm gewaschen.«

Jo

Regen! Der Scheißregen hat mir diese Wochen zur Hölle gemacht? Ich fasse es nicht.

»Ich habe dich gesucht. Im Netz!« Es ist schwer, die Menge zu übertönen, die begonnen hat, irrsinnig laut zu johlen. Dann folgen die ersten Schlagzeugtakte, das Tosen um uns herum steigert sich, und ich weiß: Wenn ich nicht sofort irgendwas mache, wirbelt uns die Menge wieder auseinander. Ich nehme Nairas Hand, und diese eine Geste erscheint mir wie ein Sprung vom Hundertmeterturm. Die Crowd dreht durch. Aus dem Augenwinkel entdecke ich uns in King-Kong-Größe auf der Videowall, Naira strahlt wie auf dem Marschland, umarmt mich, und dann, als *Ingo* anfängt zu singen, küssen wir uns.

Nayra

Unser Kuss dauert lange, und niemand wagt es, diese erstaunliche Sanftheit im Circle Pit zu stören. Ich hatte ja keine Ahnung von der Erotik, die Staub und Schweiß verströmen können. Jo ist klitschnass. Die Luft flirrt. Vor Hitze. Oder weil sie von der Spannung zwischen uns erfüllt ist, die alles beben und gleichzeitig stillstehen lässt. Es gibt nur noch uns. Mitten in der Masse, die den Atem noch für ein paar Sekunden anhält, während die Euphorie schon in ihren Blutbahnen brodelt. Unsere klebrigen, staubigen Körper pressen sich aneinander. Dann nehme ich seine Hand und laufe mit ihm quer durch den Circle, der mir so groß vorkommt wie die ganze Welt. Für einen Moment gehören dieser Kreis und die Welt nur uns. Wir stehen mittendrin. Bis sich die Menge entschließt, uns ebenfalls zu umarmen. Mit einem heftigen Moshpit. Wir prallen hart zusammen. Mit anderen. Mit uns. Und mit unseren Fragen. Unsere Hände umschließen einander so fest, dass die Verbindung wahrscheinlich den Aufprall eines umstürzenden Stahlträgers abfangen könnte.

Jo

Ihr Ring drückt höllisch gegen meinen Knöchel. Trotzdem werde ich sie nicht loslassen. Nie mehr.
Ingo malt mit seinem Finger einen Kreis in die Luft, und es gibt einen neuen Circle Pit. Wir rennen mit. *Ingo* schreit »Singt es!«, und wir singen mit. »Uuuuhhhhuuuhhhuhuhu!« Wie viele tausend Mal habe ich das die letzten Wochen gehört und an Nairas durchgeknallte *Uuuhhuuu*-Playlist gedacht? Sie hat recht, hinter den Uuuhhuuus und Aaahhaaas verbergen sich die größten Emotionen.

Nayra

Ich bin jetzt genauso klitschnass wie Jo und die Jungs auf der Bühne.

»Kommt schon!«, brüllt *Ingo*, hebt seine Arme und klatscht. Die Menge ist Wachs in seinen Händen. Ich bin Wachs in Jos Händen. Und da ist sie wieder, diese Frage: Kann ein Moment eines Lebens besser sein als alle anderen? Ich sehe Jo an, ich blicke zur Bühne, ich springe, schwinge meine Arme, hüpfe, küsse und weiß auf einmal, dass das Leben nicht nur einen einzigen besten Moment für mich bereithält. Es sind viele. Ein paar hatte ich schon. Aber weitere werden folgen.

Das ist mein Leben. Genau das hier. Kann es bitte so für immer bleiben?

Jo

Die Zeit verfliegt.

»Liebe Leute, danke schön!«, ruft *Ingo*. »Ihr wart ein unfassbar geiles Publikum. Hier von uns ein letzter Song.«

Die Band spielt die ersten Takte. »Passt aufeinander auf. Liebt euch. Und – Naira und Jo! – macht uns ein paar Kinder, die genauso geil drauf sind wie ihr. Liebt euch!«

Die Band wird lauter.

»Wir lieben euch!« Naira wirft eine Kusshand zur Bühne. Ich wünschte, die Band könnte sie hören und diese Kusshand sehen. Die Jungs wissen es vielleicht nicht, doch sie haben meinen Tag, mein Wochenende und vielleicht sogar mein Leben gerettet. Fuck. Das ist das Unglaublichste, was ich jemals erlebt habe. Naira wirft ihre Arme in die

Luft und jubelt. Was auch sonst? Die *DONOTS* spielen unseren Song. *So long.* Wir verschränken unsere Finger ineinander, heben die Arme und schwenken sie mit allen anderen im Gleichtakt von einer Seite zur anderen. Und dann singen wir uns den Refrain gegenseitig ins Gesicht.

Who's to hold up the sky if not you and I?
So long, so long, so long …

Nayra
Die *DONOTS* sind längst hinter der Bühne verschwunden. Doch die Menge singt immer weiter.

So long, so long, so long …

Jo und ich sehen uns an.
»Erst mal raus hier, oder?«, fragt Jo, und ich nicke.
Dann halte ich ihn fest. »Warte.«
Seine Augen weiten sich. Und da ist ein bisschen Panik in seinem Gesicht. Als ob er befürchtet, dass gleich wieder alles vorbei sein könnte.
»Zuerst lernen wir unsere Telefonnummern auswendig«, verlange ich.
Jo fährt sich mit der Hand durch die Haare, die wieder so aussehen wie auf dem Marschland. Ein bisschen wild. Als käme er gerade aus dem Bett oder vom Surfen. »Ist dein Handy schon wieder abgesoffen?«
»Nein«, antworte ich und ziehe es aus meiner Hosentasche.

»Wie wäre es dann mit abspeichern?« Er grinst und holt sein Handy ebenfalls aus der Tasche.
»Beides«, bestimme ich. »Zur Sicherheit.«
»Ich weiß nicht, ob ich mir deine Nummer jetzt auf die Schnelle ins Hirn prügeln kann. Meine Gedanken sind irgendwie«, er lächelt und streicht mit seinen Fingern über meine Wange, »woanders«, ergänzt er dann und küsst mich.
Bevor wir weitergehen, speichern wir gegenseitig unsere Nummern mit Nachnamen und Adresse.
»Y?«, fragt er, als er sich meinen Eintrag in seinem Adressbuch ansieht. »Nayra schreibt sich mit y? Echt jetzt?«
Ich nicke. »Yep. Nicht mit i, wie in deinem Post im Festival-Forum.«
»Du hast den Post gesehen? Warum hast du nichts geschrieben?«
»Habe ich. Allerdings erst heute. Er war zwischendurch mal verschwunden.«
»Oh Mann.« Jo fährt sich mit der Hand durch die Haare. Dann winkt er ab. »Egal, erkläre ich dir später. y also. Damit hätte meine Suche dann vielleicht auch einen Treffer ergeben.«
»Ziemlich sicher«, erwidere ich. »Das war eine der ständigen Fragen, die ich mir gestellt habe – sucht er mich eigentlich auch? Und ich musste jedes Mal annehmen, dass das nicht der Fall ist, weil man mich schon wegen des Namens viel leichter finden kann als einen Jo.«
»Suchen wir erst mal unsere Leute?« Jo lässt seinen Blick über das Gelände schweifen.

»Tessa und die anderen wollen zum Falafel-Stand kommen. Vielleicht solltest du Karl auch da hinbestellen«, überlege ich.
»Ist auch noch ein Freund von Karl dabei. Bruno.« Jo tippt eine kurze Nachricht. »Und Karl«, meint er, »müssen wir jetzt dringend mal befragen, wie er auf die abgefahrene Idee mit dem Zettel gekommen ist.«

Karl zuckt mit den Schultern, grinst und wirft seinem Freund Bruno einen auffordernden Blick zu, woraufhin Bruno erzählt, dass er die Festivalkarte von Jo noch schnell in einem Forum zum Verkauf eingestellt hat.
Karl fällt ihm ins Wort. »Dann meinte Bruno plötzlich, wie das Mädchen mit den Dreads, nach dem er sich für Jo umsehen soll, noch mal heißt. Ich so: Naira. Wieso?«
»Na ja, und dann habe ich Karl den Post von dir mit der Antwort gezeigt«, redet Bruno weiter und sieht Jo an. »Den habe ich entdeckt, weil ich ein bisschen rumgestöbert habe, was die da alle so treiben.«
»Alter, als du geschrieben hast, dass du im Stau stehst, da dachte ich, ich brech zusammen«, sagt Karl zu Jo.
»Wem hast du den Zettel eigentlich gegeben?«, will Jo wissen.
»Einem von den Securitys vor der Bühne. Ich dachte, du bringst mich um. Also wenn die Sache nicht funktioniert. Aber wenn es klappt, dachte ich mir, dann bringst du mir in Zukunft jeden Morgen Frühstück ans Bett.« Karl grinst.
»Darüber reden wir später.« Jo boxt Karl freundschaftlich in die Seite.

Tessa, Geertje und die anderen tauchen endlich auch auf. Ole fehlt. Ben ebenfalls. Fragend sehe ich Tessa an, und sie weiß sofort, was mich beschäftigt.
»Die haben sich abgeseilt.« Tessa zuckt mit den Schultern. Natürlich wissen wir beide, warum Ole sich diese Begegnung ersparen will. Dann grinst sie und meint, dass sie jetzt wohl den Rest des Festivals wieder ohne mich verbringen müsse.
»Ja«, sagt Jo, »heute müssen wir leider Freunde schwänzen.« Ich fange seinen Blick auf, dieses unmerkliche Zwinkern, das mich an das Marschland erinnert. Tessa verzieht resigniert das Gesicht und raunt mir ins Ohr, dass sie schon jetzt eine Verabredung mit mir hat, sobald wir zu Hause sind.
»Versprochen«, sage ich.
Aus dem Augenwinkel sehe ich, wie Jo Karl umarmt und ihm heftig auf den Rücken klopft.
»Alter, jetzt werd' mal nicht sentimental«, höre ich Karl brummen.
Dann nimmt Jo meine Hand und zieht mich mit sich.
»Hey, Nayra«, ruft Amelie.
Ich drehe mich noch einmal zu den anderen um.
»Schönen Tag euch beiden.« Amelie klingt müde, ihre Stimme ist heiser. Als hätte sie einen Kater. Aber ich weiß, dass sie nichts getrunken hat. In ihren Augen entdecke ich das, was ich empfunden habe, als wir zum Magic7 gefahren sind und sie frisch verliebt mit Finn ein ganzes Liebesfeuerwerk versprüht hat. Diese Mischung aus liebevoller Beobachtung und einem Funken Neid.

Diese Melancholie, die aufkommt, wenn etwas verloren gegangen ist, das man einmal hatte. Eine Art Liebeskater. Und während ich das alles in ihren Augen lese, hoffe ich zutiefst, dass mich dieser Zustand nicht auch irgendwann wieder quälen wird.

»Macht die Kinder nicht gleich heute«, schreit Klawitter uns hinterher.

Geertje gibt ihm einen Schubs.

Dann drehe ich mich zu Jo. Er legt seinen Arm um meine Schulter, und wir gehen weiter, ohne zu wissen, wohin.

Jo

Sie sagt nichts. Schlendert nur so neben mir her. Ich bin mir immer noch nicht sicher, ob die Sache mit dem Regen und der abgespülten Nummer wirklich stimmt. Die Zweifel haben sich über die Wochen zu tief in meine Eingeweide gefressen. Und deshalb frage ich sie.

»Ja«, antwortet Nayra, »stimmt wirklich«, und erzählt von den ersten Momenten im Auto, als sie die Nummer in ihr Handy speichern wollte und nur noch ein paar Ziffern übrig waren. Zu wenige, um daraus irgendwas abzuleiten.

Ich bin immer noch etwas skeptisch.

»Warte.« Nayra bleibt stehen, holt wieder ihr Handy aus der Hosentasche und gibt es mir nach einem Moment.

Das Foto ist schwer zu erkennen, weil die Sonne blendet. Doch die schwarzen Schlieren auf einem Arm sind deutlich sichtbar.

»Wir haben ungefähr hundert gemacht, Tessa und ich.« Sie beugt sich zu mir und scrollt, während ich das Handy etwas tiefer halte, damit sie den Bildschirm sehen kann, durch die Aufnahmen. Es sind unendlich viele. »Die Ziffern sind dadurch trotzdem nicht lesbarer geworden. Noch nicht mal mit Bildbearbeitung, Vergrößerung oder Kontrastverstärkung. Keine Chance.«

Nayras Augen leuchten in der Sonne. Alles an ihr leuchtet. »Es ist nicht so, dass ich dir nicht vertraut habe. Aber nachdem du nicht geschrieben hast, musste ich befürchten, dass du mich nicht wiedersehen willst.«

»Jo.« Nayras Gesichtsausdruck ist jetzt ernsthaft, und sie presst ihre Lippen zusammen, als würde sie das, was sie eigentlich sagen will, nicht hervorbringen können.

»Ja?«

»Ich muss dir was sagen.«

»Okaaay.« Diese Einleitung klingt nicht gut, denke ich. Gar nicht gut.

»Ich habe dich auf dem Magic7 gesehen.« Sie spricht leise und zögernd.

Mein Denkvermögen scheint angeknackst. »Was? Und warum bist du nicht zu mir gekommen?« So langsam wird diese Sache mit ihr immer mysteriöser. Oder vielleicht bin ich auch so ein Vollpfosten, dass ich nicht hinterherkomme.

Sie räuspert sich. »Du hattest ein Mädchen im Arm.«

»Ein Mädchen«, wiederhole ich stumpf.

»Ja«, sagt Nayra, während ich darüber nachdenke, was sie dort gesehen haben könnte.

Nayra

Er versenkt sein Gesicht in beiden Händen. Im nächsten Moment nimmt er die Hände wieder runter und sagt: »Fuck.«

Seine Reaktion trifft mich wie ein Faustschlag in den Magen. Ich habe das Gefühl, von einer Horde bösartiger Roboter überwältigt zu werden, die innerhalb von Sekunden aus meinem eben noch euphorischen Herzen ein Schlachtfeld machen.

»Fuck«, wiederholt Jo. »Das war Elisa.« Er sagt es ganz lässig und grinst. So als wäre das völlig unspektakulär. Trotzdem bleibe ich, immer noch vom Schock gepeinigt, stumm. Seinem Blick standzuhalten, kostet mich äußerste Anstrengung.

»Elisa ist meine Schwester.«

Jo

Nayra braucht eine Weile, bis sie kapiert, dass ich keine Freundin habe und auch nicht der Festival-Aufreißer bin. »Du kannst sie kennenlernen«, schlage ich vor. »Wir arbeiten gerade beide im Hotel meines Vaters. Sind nur ein paar Kilometer von hier. Strandhotel Meeresblick.«

Nayra

»Was?«, frage ich fassungslos. »Meeresblick? Ein paar Kilometer von hier?« Ich kann kaum glauben, dass ich ihm die letzten Tage so nahe war. Als ich ihm erzähle, dass Tessa mich dazu bringen wollte, auf den Rettungsturm zu klettern, weiten sich seine Augen.

»Genau da habe ich gestern gesessen«, sagt Jo.
In diesem Moment schwöre ich mir, nie wieder mein Bauchgefühl zu ignorieren.
»Sorry«, sage ich. »Aber das muss ich jetzt unbedingt Tessa schreiben.«
»Kein Ding«, meint er.

Jo
»Welche Bands würdest du denn eigentlich gerne sehen?«, fragt sie und rattert direkt ihren persönlichen Timetable runter. Dann sieht sie mich erwartungsvoll an, wahrscheinlich, weil ich jetzt mit meiner Liste dran bin. Aber ich sage: »Dich. Dich will ich sehen. Alles andere ist mir heute so ziemlich egal.«
Sie lächelt. Und dieses Mal ist es wirklich, da gibt es keinen Zweifel, das Lächeln, das mir vom Marschland so vertraut ist und mit dem vor Augen ich wochenlang abends eingeschlafen und morgens wieder aufgewacht bin.
»Was bedeutet der Name Nayra eigentlich?« Ich kann meinen Blick nicht von ihren sensationellen Augen lösen.
»Er kommt aus dem Spanischen und heißt so viel wie *Mit großen Augen* oder auch *Der Augenblick, in dem man die Augen öffnet*«, erklärt Nayra.
»Passt zu dir«, sage ich und habe das Gefühl, meine Augen würden sich gerade öffnen. Für die Liebe und das Leben, wie ich es zuvor nicht gekannt habe. Für etwas, das mehr ist, als ich gerade begreifen kann.

»Hast du Lust, *Bukahara* zu sehen?«, fragt sie und deutet auf die Amber-Stage.
»Keine Ahnung. Kenne ich nicht. Aber wenn du sagst, dass sich das lohnt, dann vertraue ich dir auf jeden Fall.«
»Die haben einen Song, der heißt *Eyes Wide Shut*. Passt doch gerade, wo wir schon über Augen sprechen.« Nayra nimmt meine Hand und läuft los.
In diesem Moment fühle ich mich vom Glück umarmt. Genauso stelle ich es mir mit ihr vor. Ich sehe uns durch unser Leben hüpfen und habe das Gefühl, dass keine Katastrophe dieser Welt uns mehr etwas anhaben kann.
Die Musiker auf der Bühne sind scheinbar instrumentelle Multitalente. Sie bespielen quasi alles. Tuba, Gitarre, Geige.
»Ist ein bisschen folkloristisch.« Nayra hat Mühe, den Sound zu übertönen. »Aber die machen wahnsinnigen Spaß.« Sie dreht sich im Kreis, ihre Haare fliegen durch die Luft.
Und dann kommt der Song, auf den sie sich so gefreut hat und der wirklich sehr cool ist. Das Publikum ist glücklich. Ich sowieso. Einfach, weil da Nayra ist und ich mir in ein paar Tagen nicht irgendein Symbol auf den Arm tätowieren und den Rest meines Lebens meiner Festivalliebe hinterhertrauern muss.

Nach dem Auftritt erzähle ich Nayra die traurige Geschichte von Marika. »Ich muss unbedingt zwei Festival-Shirts kaufen. Für zwei Hotelgäste. Marika und Jutta. Sie haben sozusagen den Wolf in mir geweckt.«

»Dann haben wir Marika und dem Wolf zu verdanken, dass du hier bist?«
»Im Grunde schon«, gebe ich zu. »Ohne sie hätte ich heute wahrscheinlich den Pool umrundet und mich weiter in meinem Elend gesuhlt.«

Nayra
Ein tätowierter Wolf und eine Geschichte über ein Festival. Es gibt scheinbar keine Zufälle. Das muss Schicksal sein. Wer zieht hier die Fäden? Und warum durfte ich Jo nicht früher finden? Was mussten wir erst erleben, lernen oder kapieren, um jetzt endlich füreinander richtig zu sein? Und was hat vorher gefehlt?
»Das Leben ist echt ein Rätsel«, stelle ich fest.
»Ja«, meint Jo. »Es ist schon merkwürdig, dass diese Frau aus Nordrhein-Westfalen so eine Geschichte zu erzählen hatte und ich das erfahre, als das Festival gerade begonnen hat. Total abgedreht.« Jo blickt zum Himmel, der rötlich schimmert. »Hast du Lust, am Sonntag, wenn das Festival vorbei ist, mit zum Hotel zu kommen? Ich finde, Marika und Jutta haben es irgendwie verdient, dich kennenzulernen und zu erfahren, was für eine gute Tat sie vollbracht haben.«
»Könnte gehen«, überlege ich. »Müsste ich mal mit den anderen klären.«
»Jetzt?« Jo sieht aus, als würde er am liebsten sofort loslaufen.
»Wenn du willst«, antworte ich und schreibe Tessa eine Nachricht. »Die wollten gleich alle zu *Milky Chance*.«

Ich könnte noch ewig Zeit mit Jo alleine verbringen. Andererseits habe ich mich schon die ganze Zeit auf *Milky Chance* gefreut, und die Aussicht auf das Konzert mit allen zusammen und Jo an meiner Seite gefällt mir eigentlich auch ganz gut.
»Na los, dann lass uns doch schon mal hingehen.« Jo zieht sein Handy aus der Tasche. »Ich schätze, dass Karl und Bruno auch dort sind. Ich schreibe ihnen mal.«

Jo
Wir schaffen es irgendwie, einen gemeinsamen Treffpunkt zu verabreden und uns tatsächlich zu finden. Nayra meint, dass unsere Freunde ganz gut zueinander passen, weil sie alle äußerst ausgeprägte Individuen seien. »Irgendwie edgy«, nennt sie es.
»Das wolltest du doch«, sagt ihre Freundin Tessa und erinnert Nayra an irgendeine Situation in einem Hamburger Restaurant und magische Limonade oder so etwas, woraufhin Nayra sich umsieht und fragt, wie viele Leute meiner Meinung nach gerade etwas ganz Besonderes erleben. Abgesehen davon, auf dem Windswell zu sein. »Ich meine etwas richtig Ungewöhnliches. Wie wir gerade«, erklärt sie.
»So was passiert nur, wenn man denkt, dass es nicht mehr passiert«, sagt ein Typ, der Theo heißt und trotz der Hitze eine alte Lederjacke trägt. Allerdings ohne was drunter. »Wenn man sich an einer Traumvorstellung festkrallt, dann ist es wie in einem Hamsterrad. Man läuft und läuft und läuft, aber dreht immer wieder dieselbe

Runde. Die Hölle.« Theo sieht Tessa an, und ich frage mich, ob er von ihr redet. »Und dann«, er atmet einmal tief ein und streicht über seine Jacke, als wäre sie eine Art Talisman, »wenn man aufhört zu rennen und alles etwas lockerer angehen lässt, hört das Rad auf, sich zu drehen. Man kann aussteigen und wieder zu sich kommen. Und genau dann passiert es. Irgendwas Wunderbares.« Er legt den Arm um Tessa, und ich bemerke, dass das eine ganz neue Situation sein muss, weil Nayra verwundert von Tessa zu Theo sieht und wieder von Theo zu Tessa, die Nayra nur durch ihre Mimik eine Antwort gibt, mit der Nayra offenbar äußerst zufrieden ist.

Samstag, 4. August

Nayra

Als in der Nacht alle zu ihren Zelten gehen, fragt Jo, ob wir noch ans Wasser wollen. »Ist nicht weit«, meint er und dass er ein paar schöne Strandabschnitte kenne. »Perfekt für eine Übernachtung.« Er zwinkert mir zu, und natürlich denken wir beide ans Marschland und unsere Nacht auf der Wiese.

»Heute aber ohne Gewitter bitte.« Forschend betrachte ich den Himmel, der so klar ist, dass man die Sterne zählen könnte.

Allerdings scheint Jo das Wetter sowieso nicht zu kümmern. Er hat bereits das Handy in der Hand, um die Nummer des Taxiunternehmens zu suchen.

»Meine Klamotten sind alle im Zelt.« Ich sehe an mir hinunter. Eine frische Unterhose wäre schön gewesen, denke ich, sage aber möglichst unbekümmert »Na egal«. Jo macht eine wegwerfende Bewegung. »Ich habe gar keine frische Kleidung. Also fast keine. War eine äußerst spontane Abreise.« Dann sieht er mich an. »Ich kann immer noch nicht glauben, dass wir uns doch noch gefunden haben.«

Er drückt mich an sich. So wie man jemanden drückt, den man nie mehr loslassen möchte. Mir steigen Tränen in die Augen. Vor Glück. Vor Erleichterung angesichts der Wochen, die hinter mir liegen. Sie laufen still aus meinen Augenwinkeln und versickern, weil ich mein Gesicht an Jos Brust lehne, in seinem Shirt.

»Ich bestelle mal das Taxi.« Jos Stimme ist heiser, und er zögert, bevor er sich von mir löst und erneut auf seinem Handy herumtippt.
Er bestellt das Taxi zum Parkplatz. Aus seinem Auto holen wir noch schnell eine Decke und seinen Schlafsack. Im Taxi setzen wir uns beide auf den Rücksitz. Während der Fahrt sagen wir kein Wort. Aber Jo hört nicht auf, meine Hand mit dem Daumen zu streicheln und mich von der Seite anzusehen.

Jo
Ich führe Nayra zu der kleinen Bucht, in der ich auch schon manchmal mit Karl übernachtet habe. Der Taxifahrer guckt ziemlich schräg, als ich ihn immer weiter aus dem Dorf herauslotse und er schließlich irgendwo im Nirgendwo halten soll.
»Hier?« Sein Tonfall ist skeptisch.
»Ja. Hier«, antworte ich, aber erst als Nayra sagt, dass das schon in Ordnung sei, kassiert er.

»Ich sehe nichts.« Nayra lacht, vielleicht ein bisschen verunsichert, und ihre Stimme verhallt mit diesem speziellen Klang, der nur an einsamen Orten in der Dunkelheit entsteht, wenn alles still ist und man denkt, man sei ganz alleine auf der Welt. Noch im Laufen zieht sie sich ihre Boots aus.
Es ist immer noch warm und längst nicht so dunkel, wie sie behauptet.
»Deine Augen gewöhnen sich gleich an die Lichtver-

hältnisse. Und wir haben immerhin einen Dreiviertelmond.«
Nayras Blick folgt meinem Fingerzeig zum Himmel, und auf ihrem Gesicht liegt jetzt das silbrige Mondlicht wie ein Schimmer. Ich lasse die Decke fallen und küsse sie. Wir pressen uns aneinander. Nayras Atem geht schnell. Meine Hände zittern, als ich den Träger ihres Tops über ihre Schulter schiebe.
»Nayra mit y«, flüstere ich in ihr Ohr. Ich könnte ihren Namen in Dauerschleife sagen. Nur um mir zu beweisen, dass sie wirklich hier ist.
Sie sagt nichts. Ihre Hand schiebt sich unter mein Shirt, wandert vom Rücken zum Bauch. Verharrt, als sie den Rand meiner Boxershorts erreicht. Mit ihr im Arm lasse ich mich auf den Sand sinken, zupfe mit einer Hand die Decke notdürftig auseinander. Mein Körper kocht.

Nayra
Ich habe keine Ahnung, wie viel Zeit vergangen ist. Der Wind streicht kühl über unsere nackte Haut. Jos Küsse haften noch wie Konfetti auf meinem Körper. Er zieht den Schlafsack zu sich rüber, fummelt ihn aus der Hülle und breitet ihn über uns aus.
»Du bist unglaublich.« Jo flüstert, obwohl außer uns hier weit und breit kein Mensch ist.
»DU bist unglaublich«, antworte ich und streiche ihm die Haare aus dem Gesicht.
Wir legen uns auf den Rücken und sehen in den Himmel.

Jo hält meine linke Hand. Mit der rechten streiche ich über den kühlen Sand. Jos Atem wird immer gleichmäßiger. Es scheint, als würde er im Gleichklang mit den Wellen atmen. In meinen Ohren werden sein Atem und die Wellen zu einem Takt. Mit dem Geräusch der vom Meer zurückgesogenen Welle atmet er ein. Wenn das Meer eine Welle auf das Ufer wirft, atmet er aus. Ein. Aus. Ein. Aus. Der Atem des Meeres. Jos Atem. Und meiner, der versucht, den Rhythmus aufzunehmen. Ein. Aus. Ein. Aus. Ich schmiege mich an ihn und nehme seinen Herzschlag wahr, leicht zeitversetzt zu meinem eigenen. Wie aufeinander abgestimmte innere Schlagzeuge, die einen Beat erzeugen. Den Auftakt zu unserem Song, zu dem wir gerade verschmelzen.

Jo

Sie ist schön. Wirklich schön. Ihre Lippen sind voll und geschwungen, wie gemalt. Wenn ich nicht genau wüsste, dass sie definitiv keinen Lippenstift mehr auf ihrem Mund haben kann, würde ich denken, dass das tiefe Rot unecht ist. Ihre Haut hat ein goldenes Braun. Wie dunkler Honig. Vielleicht liegt es aber nur an der aufgehenden Sonne. Oder an meinem Verstand, der in der Nacht in kochendem Wasser gebadet hat und an einem pinkfarbenen Strand eingeschlafen ist. Sie liegt auf der Seite. Das Gesicht zu mir. Die Beine angewinkelt. Ich muss mich ziemlich zusammenreißen, um sie nicht zu berühren. Aber ich will sie nicht wecken. Also sehe ich ihr weiter beim Schlafen zu.

Nayra

Als ich meine Augen aufschlage, sehe ich direkt in seine. Sie sind jetzt blau wie der Himmel.

»Hi.« Er lächelt mich an.

»Hi.« Ich setze mich auf, um festzustellen, wo ich überhaupt bin.

Wir sind ganz alleine am Strand. Es ist eine winzige Bucht, nicht mehr als zwanzig Meter lang, schätze ich.

»Wow. Schön. Woher kennst du diesen Ort?«

»Mein Vater hat das Hotel schon ewig. Zumindest zeitweise wohne ich quasi in dieser Gegend. Fast mein ganzes Leben lang war ich in jeden Ferien hier. Und früher an vielen Wochenenden.«

Es weht ein leichter Wind. Trotzdem ist es schon wieder erstaunlich warm.

»Wie spät ist es eigentlich?«, frage ich.

Jo sieht zum Himmel, auf seiner Stirn bilden sich nachdenkliche Falten. »Vielleicht zehn«, sagt er. »Ja, ziemlich sicher zehn.«

»Siehst du das am Stand der Sonne?«

Er grinst. »Habe eben aufs Handy geguckt.«

Ich schubse ihn ein bisschen. Er springt auf, nimmt meine Hand, zieht mich hoch und hinter sich her zum Wasser. Wir sind nackt, und das ist gleichzeitig fremd und vertraut. Aber immer noch so ungewohnt, dass ich beim Laufen bewusst darüber nachdenke, wie ich gerade aussehe. Geertje würde einfach laufen, denke ich und fange an, genau das zu tun. Und hey, es fühlt sich gut an. Frei. Wir rennen ins Wasser, das an unseren Körpern hochspritzt und echt kalt ist, sodass mir ein Schrei entfährt. Dann lassen wir uns fallen. Tauchen unter. Tauchen wieder auf. Das Wasser auf meinen Lippen schmeckt nach Salz. Und nach Glück.

Jo
Die Sonne trocknet unsere Körper. Ich weiß nicht mehr, ob ich Meer oder Schweiß auf ihrer Haut schmecke.
»Und wenn jemand kommt?« Nayra wendet sich unsicher zu dem schmalen Pfad, der zu unserer Bucht führt.
»Dann wird er spätestens da oben am Knick wieder umkehren.« Aber ganz sicher bin ich mir nicht, wie einsam diese Bucht tagsüber tatsächlich ist. Allerdings habe ich auch keine Kapazität, darüber nachzudenken. Der Anblick von Nayras Körper raubt mir den Atem. Ihr Blick gleitet an meinem herunter, huscht aber sofort wieder zu meinen Augen. Als hätte sie etwas Verbotenes getan. Als ich sie berühre, schließt sie ihre Augen. In meinem Kopf sprudelt buntes Wasser aus einer Quelle, die ich noch nicht kannte. Das alles hier kannte ich noch nicht. Das alles hier ist neu.

Nayra
Wir haben kaum geschlafen, trotzdem bin ich so wach wie nie zuvor in meinem Leben. Das muss der Zauber sein, den alle meinen, wenn sie vom Hier und Jetzt sprechen. Wenn man an keinem anderen Ort sein will. Nicht an morgen denkt. Auch nicht an gestern. Eigentlich gar nicht mehr denkt. Nur noch ist.

Jo fragt, welche Bands ich heute gerne sehen würde.
»Was sagst du zu *Giant Rooks*?«, frage ich zurück.
»Sehr cool. Allerdings müssen wir dann langsam mal los. Ich glaube, die spielen schon um zwei oder so.«
Wir gehen bis zur Hauptstraße zu Fuß und trampen die paar Kilometer bis zum Festivalgelände. An Jos Auto bleiben wir kurz sitzen, um unseren Handys mit seiner Powerbank ein paar Prozent zu verschaffen. Ich habe mehrere Nachrichten von Yanko Zett bekommen. Er ist offenbar auf dem Windswell und fragt, ob wir uns treffen wollen. Ich antworte nicht, weil ich nicht weiß, was ich ihm sagen soll.
»Hunger?«, fragt Jo, als wir endlich auf dem Festivalgelände sind.
»So was von«, antworte ich. »Und Lust auf ein richtig kaltes Getränk.«

Jo
Sie steht vor mir und hechelt wie ein Hund.
»Sorry«, sage ich zerknirscht. »Als Gastgeber bei unserem Strandaufenthalt habe ich wohl nicht gerade geglänzt. Eine Flasche Mineralwasser, schon einmal im Auto vorgekocht. Das war ziemlich arm.«
Sie zuckt mit den Schultern. »Du warst da. Mehr brauchte ich nicht.« Sie lächelt.
Ich schätze, es gibt nicht viele Mädchen, die eine Nacht am Strand mit lauwarmem Wasser, ohne Klo und Dusche so prickelnd finden.
»War doch romantisch. Abgesehen von dem Sand in

meiner Unterhose von gestern.« Sie lacht und zupft ein bisschen an ihrer kurzen Jeans herum.

Nayra

Am Getränkestand leeren wir beide unser eiskaltes Wasser in wenigen Zügen. Auf der kleinen Newcomer-Bühne gegenüber fängt gerade eine Band an zu spielen. *Blackout Problems* steht auf dem Banner. Ich kenne die Band nicht, aber schon die ersten Takte erwecken mein Interesse, und ich deute mit dem Kopf fragend zur Bühne.

»Klar.« Jo nimmt meine Hand und zieht mich zu der kleinen Crowd. »Klingt vielversprechend.«

Wir brauchen weniger als einen Song, um uns mitreißen zu lassen. Die Jungs sind der Hammer und packen ihr Publikum tief in der Seele. Sie reißen uns die Füße unter den Körpern weg, bringen uns zum Springen und zum Pogen und machen, dass ihre Songs intensiv durch unsere Venen rauschen.

»Geil«, schreit Jo. »Einfach nur geil!«

»Ich bin schockverliebt«, brülle ich zurück.

Jo nickt heftig und bestätigend und rempelt mich lachend an. Er meint nicht nur die Band.

Die *Blackout Problems* bringen uns völlig außer Atem mit ihren Refrains, die wie Explosionen daherkommen und alle vor der Bühne in Bewegung versetzen. Und dann, es ist schnell klar, dass es der letzte Song sein wird, steigt der Sänger von der Bühne, vertraut sich unseren Händen an, die ihn über unseren Köpfen halten, von wo aus er direkt in Jos und mein Gesicht brüllt: *The City Won't Sleep Tonight.*

»Heftig. Aber leider zu kurz.« Jos Brustkorb hebt und senkt sich stoßartig. Eine Haarsträhne klebt an seiner Stirn. Er wischt sich mit dem Unterarm durchs Gesicht. Ich streife mir den Schweiß mit der Hand aus dem Nacken und wische die feuchte Handfläche an meiner Hose ab. Wir haben Lust auf mehr von den *Blackout Problems*, ebenso wie die anderen, die noch vor der Bühne verharren. Wir sind im Bettelmodus, aber den strengen Festival-Zeitplan kann keiner von uns, selbst nicht durch dauerhaftes Klatschen, verändern. Wie traurige Kinder vor einem Süßwarenladen mit heruntergelassenem Rollladen schauen wir den Musikern dabei zu, wie sie ihre Instrumente einpacken, Kabel aufrollen und Flightcases zuklicken.

»Die sind ab sofort auf meiner Favoritenliste«, sage ich, wobei mir die *Giant Rooks* einfallen, die ich mit den anderen gemeinsam sehen wollte und von denen ich hoffe, sie nicht verpasst zu haben.

Jo checkt den Timetable. Noch fünf Minuten. Ich schreibe Tessa eine Nachricht, und dann, nachdem Tessa ihren Standort mit einem Foto dokumentiert hat – hinter irgendwelchen Leuten mit grünen Schwimmnudeln – und Jo Karl und Bruno ebenfalls mit dem Foto versorgt hat, laufen Jo und ich los zur Amber Stage. Mit den ersten Takten treffen wir auf Karl und Bruno, Tessa, Geertje, Theo und Klawitter.

Die *Giant Rooks* sind so charmant und fröhlich schwermütig, dass man sich ihnen mit Haut und Seele in die Arme

werfen möchte. Der Tag hat gerade erst begonnen, und Jo und ich erleben schon den zweiten besten Act des Tages. Die Jungs verbreiten live so derart gute Laune, dass ich in Dauer-Euphorie verfalle, was nicht ausschließlich an meiner Verliebtheit liegt. Die anderen sind genauso fröhlich, und bei *Days To Come* wirbeln wir alle tanzend umeinander. Und hey, wenn ich nicht wüsste, dass ich das Gleiche schon gestern gedacht habe, dann würde ich behaupten, dass dies der beste Tag meines Lebens ist. Mal wieder.
Erst als Klawitter nach dem Auftritt irgendwas von Ole sagt, werde ich stutzig, weil Geertje ihn direkt zurechtpfeift und er sofort den Mund hält. Ich suche Geertjes Blick, aber sie lächelt nur, greift in ihre Hosentasche und verstreut Konfetti, als wäre nichts gewesen.
»Er war im Krankenhaus«, raunt mir Klawitter in einem unbeobachteten Moment zu. »Verdacht auf Alkoholvergiftung. Aber er hat sich heute Morgen selbst wieder entlassen. Jetzt ist er am Zelt. Ben, Finn und Amelie sind bei ihm geblieben.« Besorgt sieht er zu Geertje, wahrscheinlich befürchtet er, dass sie ausrastet, wenn sie mitbekommt, dass er mir das erzählt.
»So ein Idiot«, sage ich, mache mir allerdings trotzdem Sorgen.

»Sollten wir mal nach Ole sehen?«, frage ich Tessa, als wir uns alle mit einem Getränk auf den Rasen gesetzt haben.
»Woher ...«
Ich unterbreche sie und mache eine unmerkliche Kopfbewegung zu Klawitter.

Tessa verdreht die Augen. Offenbar war es nicht vorgesehen, mich einzuweihen.
»Also ich nicht. Außerdem sind ja Finn, Amelie und Ben bei ihm«, sagt sie.
»Was ist denn mit diesem Ole?«, will Jo wissen.
»Ach, ist wohl alles in Ordnung. Erzähle ich dir später«, erwidere ich und wechsele schnell das Thema. »Was hören wir heute noch?«
»Royal Republic«, sagen Karl und Jo gleichzeitig und klatschen sich ab.
»Stiiiimmmmt! Ich bin auf eurer Seite.« Scheinbar funktioniert mein Gedankenapparat nur noch bedingt. Ich konnte den Timetable auswendig, aber jetzt erinnere ich mich kaum noch, welche Bands überhaupt spielen. Mit einem Seitenblick auf Jo stelle ich fest, dass es wohl an ihm liegen muss, denn schon die Art, wie er jetzt seinen Mund zu einem Lächeln verzieht und dabei diese kleinen Fältchen in seinen Augenwinkeln entstehen, bringt mich völlig aus dem Konzept.

Jo
Karl wirft mir einen anerkennenden Blick zu, der wahrscheinlich so was wie *herzlichen Glückwunsch, du hast eine Freundin, die auf* Royal Republic *steht*, bedeuten soll. Und in diesem Moment sagt sie, dass sie anschließend unbedingt zu *Brian Fallon* möchte.
»Das ist unsere Frau«, sagt Karl.
»Meine Frau.« Ich schubse ihn zum Spaß ein bisschen weg und ziehe Nayra an meine Seite.

»Ist das jetzt schon besitzergreifend? Muss das Emanzipations-Komitee einschreiten?«, fragt Geertje. »Bei Nayra musst du vorsichtig sein. Die Frau verbrennt sogar ihren BH für die Geschlechtergleichheit.«
Nayra errötet. Minimal. Aber ich bemerke es trotzdem.
»Nicht wahr«, sagt Karl. »Das hast du nicht wirklich gemacht.«
Nayra kneift die Augen und Lippen zusammen. Scheint ihr ein bisschen peinlich zu sein. Dann guckt sie Karl direkt ins Gesicht und zieht den Träger ihres Tops von der Schulter, sodass man sehen kann, dass sie keinen BH trägt. »Doch. Auf dem Magic7. Für die Freiheit.«
Sie hat die schönste Schulter der Welt. Und sie ist das coolste Mädchen unter der Sonne.

Nayra
»Du hast einen ziemlich coolen Musikgeschmack«, sagt Karl, als wir uns auf den Weg zu *Royal Republic* machen.
»Ich höre, was mich bewegt. Alles andere ist mir egal. Es muss mich nur irgendwie berühren. Und *Royal Republic* packen mich. Schon deshalb, weil sie unglaublich Spaß bringen und weil man bei ihnen wild tanzen kann.«
»Ist Tanzen für dich ein Musik-Auswahlkriterium?« Jo mustert mich interessiert.
»Auf Festivals schon irgendwie. Da will ich Ausnahmezustand. Wild sein, ungezügelt, frei. Herumspringen und tanzen. Und ich liebe es, wenn sich die Crowd synchron bewegt. Das ist so ein Gemeinschaftsgefühl, das mich unheimlich kickt. Und bei *Royal Republic* passiert genau das.«

»Und bei den *DONOTS*«, ergänzt Jo.
»Ja, bei denen sowieso.« Ich nehme seine Hand. Jo lächelt, und bumm, sind da diese ganzen Glückshormone. Der komplette Cocktail, der einen Automatismus in meinem Körper in Gang setzt und dafür sorgt, dass ich Jo küsse, umarme, anlächele, seine Hand nehme oder ihm durchs Haar streiche. Ich habe mal gehört, dass bei Verliebten die gleichen Hirnregionen wie bei Suchtkranken aktiv sind. Suchtkrank. Genau so komme ich mir vor. Ich will ihn ständig anfassen, suche seinen Blick, will sein Lächeln sehen, seinen Geruch einatmen. Ich bin süchtig nach ihm.
»Ist *Brian Fallon* für dich auch so eine Tanz-Entscheidung?«, will Karl wissen.
»Der hat Sonderstatus«, lache ich. »Weil er manchmal wie *Bruce Springsteen* klingt.«
»Ach ja, Jo meinte schon, dass du auf *Springsteen* stehst.«
»Oder liegt es daran, dass *Fallon* so viele Ooohhooos und Uuuhhuuus in seinen Songs hat?« Jo zwinkert mir zu.
»Wo das denn?«, fragt Karl.
»In *If Your Prayers Don't Get To Heaven* ganz viele kleine Uuuhhuuus. So abgebrochene Ooohhooos in *A Wonderful Life*. Heyheyheys in *Rosemary*. Noch mehr?«, frage ich.
»Ach, jetzt gehören auch Heyheyheys dazu?« Jo mustert mich mit liebevoll spöttischem Gesichtsausdruck.
»Du bist total verrückt«, mischt sich Karl wieder dazwischen.

»Das ist sie«, bestätigt Geertje, und es klingt so, als würde sie genau das so richtig toll finden.
»Und natürlich hat *Brian Fallon* auch diese Kopfstimmen-Breaks. Manchmal zumindest.« Es macht Spaß, sich mit Karl und Jo über Musik zu unterhalten. Außer Piet oder, na ja, meinem Vater hatte ich bisher kaum passende Gesprächspartner zu meinen Musikthemen.
»Und da kannst du jetzt auch zehn Stücke aufzählen, nehme ich an.« Karl schüttelt den Kopf. So wie jemand, der gerade aufwacht und nicht glauben kann, dass plötzlich ein rosa-gelb gestreifter Alien neben ihm liegt. Es ist zu befürchten, dass ihm durch die schnelle Schüttelbewegung gleich die Sommersprossen aus dem Gesicht fallen.
»Mindestens eins – so spontan. Ich gebe dir nachher ein Zeichen, wenn es so weit ist«, verspreche ich ihm.
»Schätze, du hättest auch ganz gut in die Achtziger- und Neunzigerjahre gepasst in Sachen Musik. *The Cure*, *The Police*, *Nirvana*, *Green Day* – der ganze Scheiß. Das hätte dir bestimmt gefallen«, vermutet Karl.
»Nicht HÄTTE. Es gefällt mir. In Sachen Musik hat mich mein Vater geprägt. Er spielt mir ständig seine alten Alben vor und erzählt dazu Geschichten. Welcher Sänger wann welche Drogen genommen und mit wem Sex hatte. Diese ganzen Sachen. Aber es ist ja nicht so, dass *Green Day* nicht mehr aktiv wären«, werfe ich ein.
»Ich weiß ja nicht, was ihr auf dem Magic7 so getrieben habt. Wir waren jedenfalls bei *Green Day*.«
»Wir natürlich auch«, sagt Karl.

Jo wirft mir einen Blick zu, und ich bin sicher, dass wir beide das Gleiche denken. Wir waren uns so oft so nah. So oft. – Egal. Jetzt sind wir hier. Nebeneinander. Nur das zählt.

Jo

Nayra scheint einen coolen Vater zu haben. Offenbar haben alle Leute coolere Eltern als ich. Obwohl – ich taste in der Hosentasche nach dem Autoschlüssel – die Sache mit dem Wagen mehr als in Ordnung war.

»Ich glaube, ich muss mich mal bei meinem Vater mit einer kleinen Geste bedanken«, stelle ich fest und ziehe mein Handy aus der Hosentasche. »Darf ich?«, frage ich Nayra, während ich mich schon für ein Selfie in Position bringe.

»Für deinen Vater? Echt jetzt?« Sie fasst sich ins Haar, als ob sie es vorher noch in Ordnung bringen müsste.

»Du weißt schon. Weil er mir das Auto gegeben hat.«

Nayra wirkt immer noch skeptisch.

»Du siehst toll aus«, versichert ihr Karl.

»Okay«, willigt sie ein und lehnt sich an meine Schulter.

»Bist du einverstanden, wenn ich es auch gleich Elisa schicke?«, frage ich Nayra.

»Alter, seit wann bist du so familiär?«, erkundigt sich Karl. »Wirst du jetzt sentimental?«

»Keine Ahnung«, murmele ich, obwohl ich eine sehr genaue Ahnung habe. Ich bin schlicht stolz, Nayra an meiner Seite zu haben. Und das will ich am liebsten der ganzen Welt mitteilen. Nicht nur meinem Vater oder Elisa. Allerdings muss Karl das ja nicht gerade wissen.

Sonntag, 5. August

Nayra

Wir tanzen, springen, reden und küssen, bis wir gegen Morgen alle gemeinsam zu unserem Camp ziehen. Ben sitzt auf einem Klappstuhl, die Arme auf die Knie gestützt, und starrt auf den vor ihm liegenden Ole, der eine Bierdose in der Hand hält und unaufhörlich auf Ben einlallt. Als er uns bemerkt, rappelt er sich auf und mustert uns. Ganz langsam gleitet sein Blick über jeden von uns, bis er bei mir hängen bleibt. Er verzieht spöttisch die Mundwinkel. Nähert sich ein paar Schritte. Fixiert meine Augen und fragt: »Ist das dein neuer Stecher?«

Ich zucke zusammen. Jo steht dicht neben mir. Unsere Arme berühren sich, und ich bemerke, wie sich sein Körper anspannt. Es ist zu laut, um seinen Atem zu hören, doch sein Brustkorb hebt und senkt sich deutlich sichtbar.

»Jo«, sagt Jo und streckt Ole die Hand entgegen.

Das ist der Moment, in dem Ole zuschlägt. Direkt in Jos Gesicht. Mit der Faust. Ohne Vorwarnung. Ohne dass irgendwer hätte reagieren können.

Ben springt auf, und Theo schnellt aus unserer Reihe hervor und auf Ole zu. Von hinten greift sich Ben Oles Arme, Theo stellt sich zwischen Ole und Jo. Tessa kreischt: »Spinnst du?«, Finn hilft Ben und Theo, den rasenden Ole festzuhalten, Karl murmelt »Scheiße Mann, was soll das denn?«, und Jo hält den Kopf gesenkt und bedeckt mit der Hand seine linke Gesichtshälfte.

»Jo? Jo!« Meine Stimme klingt hysterisch.
»Geht schon«, murmelt Jo. »Geht schon.«
»Nimm mal deine Hand weg.« Karl zieht Jos Arm zur Seite, um dessen Auge, Jochbein und Nase zu untersuchen. »Leichtes Nasenbluten«, stellt er fest, befummelt Jos Nase, woraufhin der einen Fluch ausstößt.
»Fühlt sich fest an, nichts gebrochen«, sagt Karl gespielt fröhlich.
»Du solltest das kühlen.« Klawitter zeigt auf die Duschen.
»Das kälteste Wasser gibt es wohl da drüben, schätze ich.«
Jo, Karl und ich gehen zu den Duschen, wo sich Jo literweise kaltes Wasser über das Gesicht laufen lässt.
»Fuck. Was stimmt nicht mit diesem Ole?«, fragt er.
»Sorry. Es tut mir so leid«, antworte ich. »Ich hätte dir das vorher sagen sollen. Er … na ja, offenbar ist er schon eine Weile in mich verliebt, aber ich habe das bis neulich gar nicht gewusst. Ich habe echt nicht geahnt, dass er so ausrasten würde. Ich kenne ihn schon ewig …«
»Alles okay«, sagt Jo. »Ich habe mich nur gewundert und hätte mit allem gerechnet, aber dass ich jetzt hier etwas auf die Fresse kriege, darauf war ich definitiv nicht vorbereitet.«
Wenn es eine Steigerung von Fremdschämen gibt – ich erlebe sie gerade. Ich nehme Jo mit zu meinen Freunden, und einer von ihnen schlägt auf ihn ein.
»Ich kann es nicht fassen. Und es tut mir echt leid. Ich habe das nicht kommen sehen«, wiederhole ich meine Entschuldigung.
»Schon okay«, meint Jo und befühlt seine linke Ge-

sichtshälfte. Er verzieht den Mund, als er seinen Wangenknochen abtastet. »Krasser Schlag.«
»Ist vielleicht besser, wenn du heute mit bei uns schläfst«, überlegt Karl und sieht mich an. »Jo kann ja schlecht bei euch schlafen. Ich hole Bruno mal her.«
»Ich mache das schon. Ich muss wenigstens mal meine Zahnbürste und ein paar frische Klamotten holen.« Ich laufe los. Am Zelt rede ich kurz mit Tessa, Geertje und Amelie. Ole sitzt auf dem Boden und hält den Blick gesenkt. Ich gehe ohne ein Wort an ihm vorüber, schnappe mir meine Sachen aus dem Zelt, bedanke mich mit einer Geste bei Finn, Theo und Ben und gehe mit Bruno zurück zu Karl und Jo.

Jo

Mein Schädel brummt. Nayra entschuldigt sich tausendmal für Ole. Ich sage ihr tausendmal, dass sie ja nichts dafür kann. Und weil auch bei allerbestem Willen in keinem Zelt mehr Platz für uns ist, duschen wir kurz und gehen dann zum Auto. Es wird schon hell, als ich die Rücksitzbank umklappe und wir uns ein notdürftiges Lager bauen.
»Bisschen eng«, sage ich entschuldigend.
Nayra zuckt mit den Schultern. »Eng. Aber hey«, sagt sie, »du bist hier, alles andere ist mir egal.«
Sie küsst meine Wange. Die, die den Schlag abbekommen hat. Streicht vorsichtig mit dem Finger über die Stelle. »Tut es sehr weh?«, fragt sie, und ich muss erst darüber nachdenken, weil ich es im Moment nicht so ge-

nau weiß. Ihre Berührungen lösen etwas aus, das präsenter ist als der Schmerz. Ich ziehe sie etwas näher zu mir, wir drängen uns aneinander, und ich höre auf zu denken.

Nayra

Wir haben alle Türen geöffnet, aber schon in den frühen Morgenstunden kocht uns die Sonne im Auto. Keine Chance, hier irgendwie zu schlafen. Abgesehen davon, bin ich sowieso zu aufgewühlt. Mit einer Decke suchen wir uns einen Schattenplatz unter einem Baum und legen uns unter das Blätterdach.

»Warst du mit Ole zusammen?«, fragt Jo.

»Nein. Niemals«, antworte ich entsetzt. »Ich habe nur zufällig mitbekommen, dass er offenbar auf mich steht. Das war ein Gespräch, das ich gar nicht hätte hören sollen.« Ich erzähle Jo von der Nacht auf dem Magic7.

»Das ist hart«, sagt er, nachdem ich meinen ziemlich ausführlichen Bericht über Ole beendet habe.

»Was? Bemitleidest du jetzt etwa Ole?«

»Irgendwie schon«, antwortet er. »Stell dir vor, da stehst du jahrelang auf ein Mädchen, und schließlich kommt ein Fremder zu deinem Zelt – mit ihr an der Hand. Autsch.«

»Trotzdem keine Legitimation, dir einen Faustschlag zu verpassen.« Ich mustere Jo, unter dessen Auge sich ein dunkler Ring gebildet hat.

»Schon blau?«, fragt er, als er meinen Blick bemerkt.

Ich nicke.

»Und? Macht mich das irgendwie interessanter? Ein bisschen verrucht?« Er grinst.

»Mir hat es vorher auch ganz gut gefallen. Aber wenn du so fragst – es sieht unglaublich verwegen aus.«

»Fuck«, sagt Karl nur, als er Jo sieht.
»Halb so wild.« Die ganze Aufmerksamkeit scheint Jo peinlich zu sein. Und auch ein bisschen zu nerven.

Jo
Ich hätte noch stundenlang mit Nayra dort unter den Bäumen liegen können. Ihr zuhören. Etwas über ihr Leben erfahren. Die Welt ausschließen. Und vielleicht wollte sie das auch. Bevor wir uns endlich aufgerafft haben, hat sie mich wieder und wieder zurückgehalten. Sie meinte, ich solle noch einen Moment warten, die Welt würde uns früh genug wieder für sich beanspruchen.
Karl will wissen, ob wir gemeinsam aufs Gelände gehen. Oder Nayra und ich lieber den Tag zu zweit verbringen wollen. Nayra sieht mich fragend an. Es vergeht eine ganze Weile mit Schulterzucken und fragenden Blicken. Wir schieben die Entscheidung hin und her. Studieren den Timetable. Und machen schließlich einen Kompromiss. Den Nachmittag verbringen wir zu zweit. Gegen Abend treffen wir uns mit den anderen. Nayra wechselt ein paar Nachrichten mit Tessa und liest mir vor, dass es Ole so weit gut gehe, was mir ehrlich gesagt scheißegal ist.
»Offenbar schläft er noch. Er muss sich wohl gleich nach dem Vorfall«, Nayra betont Vorfall so, wie Nach-

richtensprecher es tun, wenn sie von Explosionen in Atomkraftwerken reden, »ins Zelt verkrochen haben. Und dort liegt er noch.«

»Kommst du nachher nun eigentlich noch mit zu mir? Also zum Hotel?«, wechsele ich das Thema, weil mich diese Frage wirklich mehr interessiert als der eifersüchtige Ole.

»Oh, ich wollte ja meiner Mutter schreiben«, meint sie und sieht mich an. »Aber ich denke schon.«

Ihr Blick ist so intensiv, dass ich ihm kaum standhalte. Ich war mir eigentlich sicher, dass sie blaue Augen hat. Oder blaugraue. Das ist die Farbe, die ich vor mir gesehen habe, wenn ich an sie gedacht habe. Allerdings sind sie jetzt überraschenderweise grünblau. Ihre Augen sind wie diese Ringe, die ihre Farbe wechseln, wenn man sie trägt. Ich versuche, hinter das Geheimnis von Nayras Augen zu kommen, und erinnere mich daran, dass Elisa zu mir meinte, sie habe noch nie jemanden so lange eine Augenfarbe beschreiben hören. Wahrscheinlich liegt es daran, dass man Nayras Augen nicht beschreiben kann, weil sie sich verändern wie ein Stimmungsring. Ein Phänomen der Lichteinstrahlung. Oder, ich komme ins Zweifeln, doch eine Frage der Stimmung?

Nayra senkt ihre Augen auf ihr Handy und tippt die Nachricht an ihre Mutter, was mir Gelegenheit gibt, mich voll auf ihre Haare zu konzentrieren, die heute irgendwie wild aussehen. Sie blickt wieder von ihrem Display auf. Ihre Mundwinkel haben einen leichten Schwung nach oben. Auch ohne zu lächeln wirkt sie, als würde sie

minimal lächeln. Ich küsse sie, weil es nicht möglich ist, diesen Mund zu betrachten, ohne ihn zu küssen.
»Was ist?«, fragt sie. Es klingt leicht verunsichert.
»Du bist wunderschön«, flüstere ich ihr ins Ohr. Und jetzt lächelt sie wirklich.
Das Piepen ihres Handys bricht den Moment. Sie sieht aufs Display, murmelt »Meine Mutter« und liest vor: **Aber sei zum ersten Schultag zurück. Und schick mir ein Foto! Ich freue mich so für dich. Genieß die Zeit. Ich hab dich lieb.** Nayras Miene verrät mir, dass sie sich freut. »Dann komme ich also mit.«

Nayra
»Wir können heute Nacht fahren«, schlägt Jo vor. »Dann müssen wir nicht noch mal im Auto pennen. Vielleicht etwas bequemer.«
Meine Mutter schreibt, dass sie ihn extrem attraktiv und sympathisch findet, nachdem ich ihr unser Selfie von gestern geschickt habe. Kein neues, wegen des blauen Auges. Trotzdem machen wir ein paar Fotos. Für uns.
Dann holen wir meine Sachen aus dem Zelt.
»Bist du sicher, dass du mitkommen willst?«, frage ich.
»Wegen Ole?« Jo stößt ein kurzes Schnauben aus. »Ich werde mich nicht vor ihm verstecken. Es wird eher andersrum sein.«
Jo hat recht. Als wir zu den Zelten kommen, ist Ole schon wach, steht jedoch sofort auf, als er uns bemerkt, und geht zu den Duschen. Ohne Handtuch. Ohne Zahnbürste.

Ganz eindeutig eine Flucht. Und Jo ist so großartig, keinerlei Kommentar dazu abzulassen.
»Scheiße, das sieht übel aus«, stellt Klawitter fest. Er trägt immer noch sein Lochstein-Lederband und fasst an den Stein, als er meinen Blick bemerkt.
»Geht schon«, sagt Jo.
Wir raffen meine Sachen zusammen, reden ein bisschen mit den anderen und bringen schließlich meinen Kram zum Auto.
»Schreibt mal, welche Bands ihr euch nachher anseht«, ruft Tessa mir hinterher. »Also wenn ihr Lust auf Gesellschaft habt.«
»Machen wir«, rufe ich zurück.

Jo
»Welche Bands sehen wir uns denn an?«, frage ich, während wir auf das Gelände gehen.
»Mighty Oaks?«, fragt sie zurück.
»Unbedingt«, bestätige ich. »Vorher was essen?«
»Mein Hunger hat sich zwar insgesamt abgemeldet, aber ich schätze, das ist eine gute Idee.«
Wir entscheiden uns für Ofenkartoffel mit Salat. Sie isst, als hätte sie drei Tage lang nichts bekommen. Vielleicht ist es auch ein bisschen so. Wir haben mehr geküsst als gegessen.
»Und jetzt zum Merchandise. Ich brauche dringend ein Windswell-Shirt. Schon als Erinnerung.« Nayra fröstelt. »Außerdem ist mir kalt.«
Wir kaufen beide ein Sweatshirt. Plus zwei T-Shirts für

Marika und Jutta. Es ist tatsächlich frisch geworden. Am Himmel zieht eine bedenkliche Wolkenformation auf.
»Hoffentlich regnet es nicht noch«, sagt Nayra, verstummt unvermittelt und bleibt wie erstarrt stehen. Ein Typ, er trägt seine langen Haare als Knoten am Hinterkopf, bleibt direkt vor ihr stehen. »Du hast ihn also gefunden«, sagt er.
»Ja«, antwortet sie leise, und es ist unüberhörbar, dass ihr die Situation unangenehm ist. »Ich habe ihn gefunden.«
»Freut mich für dich«, murmelt der Typ.
Aber es gibt keinen Zweifel, dass ihn an der Sache gar nichts freut. Ich mache unauffällig einen Schritt zurück. Nur zur Sicherheit. Man weiß ja nie, wann einer ausholt und einem völlig unerwartet seine Faust ins Gesicht schlägt.
»Sorry, dass ich gestern nicht geantwortet habe.« Nayra knetet den Stoff ihres neuen Windswell-Hoodies, den sie gerade überziehen wollte. »Es war alles so …«
Er unterbricht sie. »Du musst dich nicht entschuldigen. Du hast nie etwas anderes gesagt, als dass du diesen einen Menschen suchst.« Er macht eine kurze Pause. »Ich muss weiter«, sagt er. »Pass auf sie auf. Sie ist toll«, richtet er sich an mich, nimmt Nayra kurz in den Arm und geht.
Sie kneift Augen und Lippen zusammen und schüttelt den Kopf, als könne sie nicht glauben, was gerade passiert ist. Dann nimmt sie meine Hand und zieht mich in die entgegengesetzte Richtung davon.
»Ist eigentlich jeder, den du kennst, in dich verliebt oder

verliebt gewesen?« Ich gebe mir Mühe, scherzhaft zu klingen, aber ich komme mir ein bisschen dämlich vor.
Sie atmet tief ein und aus. »Keine Ahnung. Ich kenne ihn erst seit Kurzem. Er ist Musiker und hat in Hamburg in dem Hostel im Schanzenviertel gespielt, in dem Tessa und ich übernachtet haben, als ich nach dir gesucht habe. Er heißt Yanko Zett.«
»Und er ist in einem Hostel in der Schanze aufgetreten.«
»Ja, genau.« Sie erzählt mir von der Nacht und wie sie mit ihm vor dem Hostel saß und ihre Sehnsucht in Songtexte hat fließen lassen.
Es dauert ein paar Sätze, bis in meinem Hirn die Verschaltung zu der Nacht mit Karl und Elisa stattfindet, in der wir durch die Stadt gezogen sind und eigentlich genau dieses Konzert sehen wollten. Und exakt das erzähle ich Nayra, was uns ganz von dem Typen abbringt und uns wieder vor Augen führt, wie knapp wir uns mehrfach verfehlt haben.
»Das ist völlig verrückt«, sagt sie. »Vielleicht sollte das alles so sein. Vielleicht ist es so, dass man einen Menschen erst wirklich wertschätzt, wenn man ihn schon mal richtig vermisst hat.«
»Du meinst, wir wüssten einander nicht zu schätzen, wenn das alles nicht passiert wäre?«, hake ich nach.
»Na ja, ich beobachte das ja bei Amelie und Finn. Sie merken gar nicht, wie verletzend sie einander behandeln. Und das muss ja wohl irgendwie etwas mit fehlender Wertschätzung zu tun haben.« Nayra sieht mich an. »So möchte ich nicht sein. Und nicht werden.«

»Ich werde darauf achten, dass ich deine Anwesenheit niemals als selbstverständlich hinnehmen werde. Das verspreche ich dir.« Ich nehme sie in den Arm und lege meine Lippen auf ihren Haaransatz. So bleiben wir eine ganze Weile stehen. Und ich glaube, dass wir uns in diesem Augenblick wortlos gegenseitig schwören, immer etwas Besonderes füreinander zu bleiben.

Nayra

»Aber wie macht man das?« Wir haben ewig in unserer Umarmung verharrt. Eng aneinandergepresst. Als drohte ein Sturm, uns auseinanderzureißen. Als würde die Angst, dass wir eines Tages nicht mehr zusammengehören könnten, schon jetzt, an einem dieser ersten Tage, unser ständiger Begleiter sein.

»Das werden wir herausfinden.« Jo räuspert sich. »Gemeinsam. Schritt für Schritt. Indem wir ehrlich zueinander sind. Und sanft miteinander umgehen.« Er lächelt, aber seine Stimme ist brüchig. »Ich habe bei meinen Eltern mit angesehen, wie es nicht geht. Und wenn man sieht, wie etwas nicht funktioniert, bekommt man eine Ahnung davon, wie es besser gehen könnte.« Er nimmt meine Hand. »Und das Beste für uns ist auf jeden Fall ein ganzes Fass voller Musik«, meint er und zeigt zur Bühne. »*Mighty Oaks* dürften gleich anfangen.«

Jo

Klar, dass sie mir bei *Brother* gegen die Schulter klopft und »Hörst du, hörst du?« schreit. Der Song beginnt

quasi mit einem *Uhhhuhuhuuuuu*, was ich natürlich längst weiß, weil ich ja inzwischen meine eigene *Uuuhhuuu*-Playlist habe und ihr das jetzt auch mitteile.
»Du spinnst«, lacht sie.
»Nein, im Ernst. Ich wollte mich dir irgendwie nahe fühlen. Und das war das Einzige, was ich hatte. Songs mit *Uuuhhuuus* und *Aaahhaaas*.«
Sie fällt mir um den Hals und küsst mich. Ganz offensichtlich gefällt es ihr, dass ich diese Songs ihretwegen zusammengestellt habe.
»Und was ist drauf?«, fragt sie.
»Spiele ich dir morgen vor.« Als Gegenleistung verlange ich die Offenlegung ihrer *Uuuhhuuu*-Liste.
»Das ist spannend. Mal sehen, ob unsere Listen sich überschneiden. Hast du Songs ausgesucht, von denen du dachtest, dass ich sie gut finde? Oder nur solche, die du gut findest? Oder wie es dir vor die Füße gespült wurde?« Sie sagt nicht *vor die Füße gelaufen*, wie alle es formulieren würden. Sie sagt *vor die Füße gespült* – wie eine, die am Meer lebt.
»Ich habe nach Songs gesucht. So, wie ich nach dir gesucht habe. Eigentlich habe ich dich überall gesucht. In jeder Szene, die ich auf der Straße beobachtet habe, in jedem Wasserrauschen und in jedem Gedanken. Na ja, jedenfalls habe ich jetzt eine Liste mit Songs, von denen ich denke, dass sie dir gefallen würden.«
»Wow. Ich bin gespannt.« Sie lächelt. Dann fragt sie, ob ich eigentlich Lust auf Gesellschaft hätte. »Nur weil Tessa das vorhin meinte.« Ihre Stimme und ihre Mimik

liefern die Antwort direkt dazu. Es gibt dieses Mal keine Entscheidungskabbelei. Wir sind uns einig.
»Also ich brauche heute niemanden. Außer dir.« Ich nehme ihre Hände und sehe in ihre Augen.
»Ich auch nicht.«
Ich stehe total darauf, wie sich Nayra auf die Zehenspitzen stellt, um mir einen kurzen Kuss zu geben, und dann ihre Haare im Nacken zusammenschlingt, weil ihr vom Tanzen so heiß ist. Wenn es nach mir ginge, könnte ich mir jetzt erst mal tagelang jedes Härchen, jeden winzigen Leberfleck, jedes Fältchen und jede Eigenheit ihres Körpers einprägen. Dass die Zeit, wie nach dem Marschland, einzelne Details von den gespeicherten Bildern in meinem Kopf löscht, will ich nicht noch einmal erleben. Ich will das alles zu jeder Zeit aufrufen können. Nicht nur auf Fotos. Sondern aus meiner Erinnerung. Nicht nur deshalb, sondern auch, weil ich gar nicht anders kann, sehe ich sie unaufhörlich an.

Montag, 6. August

Nayra
Als wir in der Nacht im Auto seines Vaters sitzen und darauf warten, dass wir aus dem Abfahrtstau hinaus auf die freie Straße gelangen, will ich endlich seine *Uuuhhuuu*-Playlist hören. Er hat erstaunlich viele Treffer dabei. Aber auch Songs, die ich gar nicht kenne. Einer von *Jeremy Loops*, von dem ich noch nie gehört habe, gefällt mir besonders gut. *Gold* beginnt direkt mit einem langen Ohhhooohhho und erobert mit seiner frohsinnigen Melodie sofort mein Herz. Gut gelaunt lasse ich meine Arme in der Luft tanzen. »Macht happy. Finde ich auch.« Jo sieht mich lächelnd von der Seite an und singt den Refrain, als hätte er ihn selbst und extra nur für mich verfasst, mit. Es geht darum, dass diese Liebe golden ist. Während Jo den Wagen langsam durch die verstopften Straßen manövriert, fühle ich das Gold durch meine Venen fließen.

»Jetzt sind wir gleich da«, sagt Jo, und ich erkenne die Straße wieder, an der auch unser Zeltplatz lag.
Es ist merkwürdig, mit ihm mitten in der Nacht durch eine menschenleere Hotelhalle zu gehen, über knarzende Treppen weiter in ein oberes Stockwerk und schließlich in seinem Zimmer zu stehen, das nicht sein Zimmer, sondern ein Hotelzimmer ist, das aber trotzdem nach ihm riecht. Automatisch checke ich seine persönlichen Gegenstände. Ein Buch auf dem Nachttisch. Das von

Bruce Springsteen, das ich schon letztes Jahr gelesen habe.
»Jaaa«, gibt Jo mit dem Ton eines ertappten Kindes zu, »ich habe doch gesagt, dass ich dich überall gesucht habe. Also habe ich mich an jedem winzigen Detail orientiert, das ich von dir wusste. Ist auf jeden Fall saugut das Buch.« Er sieht sich um und wirkt ein bisschen erstaunt. »Scheint, als hätte meine Schwester ein bisschen Ordnung gemacht. Als ich gefahren bin, sah es noch aus wie ein Schlachtfeld.«
»Wie heißt sie noch mal?«, frage ich.
»Elisa.«
»Okay.«

Elisa trägt beim Frühstück ein gelbes Top, und ich weiß sofort, wo ich sie schon mal gesehen habe. Sie weiß es auch. Schließlich haben wir im Titty-Twister auf dem Magic7 ein paar Songs lang gemeinsam abgetanzt. Bis Klawitter kam.
Jo ist fassungslos, dass Elisa ihm nichts von mir erzählt hat. »Du wusstest doch, dass sie Dreads hat.«
»Andere haben auch Dreads, Jo«, verteidigt sich Elisa. »Ich konnte ja nicht ahnen, dass sie Nayra war. Außerdem ist sie jetzt ja da.« Elisas Grinsen, eben noch völlig natürlich, scheint plötzlich wie eingefroren. Ihre Augen sind auf etwas hinter mir gerichtet. Ebenso wie Jos. Eine tiefe Stimme. Und dann erscheint an unserem Frühstückstisch ein Gesicht, das wie eine ältere Ausgabe von Jo aussieht. Sein Vater begrüßt mich, und wenn ich es von Jo nicht schon anders gehört hätte, würde ich sagen, dass er ein äußerst sympathischer Typ ist.

»Na, dann kann ich ja meinen Bademeister-Dress endlich wieder einmotten. Aber der Einsatz scheint sich gelohnt zu haben.« Er zwinkert mir zu, drückt mit der Hand kurz Jos Schulter und geht zurück in die Halle.

»Charming«, kommentiert Elisa.

»Ach komm, das war doch ganz nett«, erwidert Jo. »Und dass ich das Auto nehmen durfte sowieso.«

Sich nähernde Frauenstimmen, voller Energie und Begeisterung, beenden die Diskussion, indem sie aufgeregt auf uns einreden. Bevor Jo dazu kommt, mir Frau Emmerich und ihre Freundin vorzustellen, plappern die beiden auf mich ein. Irgendwann meint Jo, dass er jetzt am Pool Dienst schieben müsse, aber dass ich ja in bester Gesellschaft sei. Ich setze mich mit den beiden Damen an den Pool, beobachte Jo dabei, wie er mit anderen Gästen redet, betrachte seine sehnigen Beine, seine Haare in der Sonne und sein charmantes Lächeln und rede mich währenddessen mit Marika und Jutta, die mir sofort das Du angeboten haben, durch den Tag.

»Waaas? Jo hat gar nicht erwähnt, dass sich die ganze Geschichte auf dem *Isle of Wight Festival* abgespielt hat.« Ich bin schlagartig hellwach, weil Marika wirklich die unglaublichste Story aller Zeiten erzählt. Von ihrem Wolf, den sie nicht auf irgendeinem Festival kennengelernt hat. Sondern auf DEM Festival in Europa. Dem *Isle of Wight Festival* 1970.

»Wir waren gerade zwanzig Jahre alt. Jutta noch nicht mal«, erzählt Marika.

»Und wir hatten gar keine Tickets. Aber wir waren gerade in London, haben ein paar Leute kennengelernt, die auf dem Weg zu dem Festival waren, und uns ihnen einfach angeschlossen«, berichtet Jutta weiter. »Weißt du, Rika und ich, wir kamen ja vom Dorf und fanden die ganzen Hippies unwahrscheinlich interessant.«

»Rika?«, frage ich.

»Ach na ja, so haben sie mich alle genannt«, klärt mich Marika auf. »Und eigentlich gefällt mir Rika auch heute noch besser. Also wenn du möchtest, dann kannst du mich auch so nennen.«

»Wart ihr denn auch so was wie Hippies?«, will ich wissen.

»Schon. Irgendwie. Wir waren nicht so sehr politisch engagiert. Es war mehr die Lebensart, die uns fasziniert hat.« Jutta schiebt ihre überdimensionale Sonnenbrille ins grau melierte Haar.

»Und dann seid ihr mit den Leuten aus London zum *Isle of Wight*? Ohne Ticket?« Noch nie habe ich mich mit Leuten unterhalten, die auf so einem legendären Festival waren. »Jo«, rufe ich. »Das musst du dir unbedingt anhören.«

Er ist genauso fasziniert wie ich. »Warum habt ihr mir das Freitag verschwiegen? Das ist ja spektakulär.«

»Ja, es war schon beeindruckend. All die Leute, die von überall herkamen und rund um das Gelände gecampt haben.« Rika lacht. »Wir hatten noch nicht mal Schlafsäcke, weißt du noch, Jutta?«

»Ja, das weiß ich noch ganz genau. Wir haben uns dann

diese Schlafsäcke aus Papier gekauft, die sie dort angeboten haben.«

»Schlafsäcke aus Papier? Sind die nicht nass geworden?« Ich erinnere mich an den platschnassen Schlafsack auf dem Marschland und kann mir absolut nicht vorstellen, dass ein Papierschlafsack irgendeinen Schutz bieten könnte. Weder gegen Nässe noch gegen Kälte.

»Ich glaube, ich habe meinen gar nicht benutzt.« Rika senkt den Blick und kichert verstohlen, was sich sehr mädchenhaft anhört. Als wäre sie gar nicht gealtert. »Ich bin dort ja direkt Wolf in die Arme gelaufen, und wir haben die ganze Zeit mit ihm und seinen Freunden verbracht. Also ich eigentlich nur mit ihm. Er war ein wundervoller Mensch.«

»Aber warum habt ihr euch denn aus den Augen verloren?« Ich sehe Rika an und bemerke, dass die Frage sie aufwühlt. »Also ich will dir nicht zu nahe treten. Sorry.«

»Nein, nein. Ist schon gut.« Rika atmet tief ein und aus. »Alles war furchtbar chaotisch. Es waren jede Menge Drogen im Spiel, und Wolf war am letzten Tag ziemlich zugedröhnt.«

»Mach es doch nicht so spannend«, mischt sich Jutta dazwischen. »Wir mussten pinkeln und haben ihn danach einfach nicht mehr wiedergefunden.«

»Und wir wissen gar nicht, ob er von mir ebenso begeistert war wie ich von ihm. Trotzdem habe ich ihn bis heute nicht vergessen.« Rika lehnt sich zurück und lächelt. »Es ist schön, zu erleben, dass IHR euch wiedergefunden habt. Wirklich erstaunlich, dass wir uns hier begegnet sind. Menschen mit ähnlichen Geschichten. Ich freue mich so für euch. Es ist, als würde meine Geschichte durch euch Wiedergutmachung finden. Wie im Film.«

Rika hält ihr Gesicht in die Sonne und schließt die Augen. Sie trägt jetzt das Shirt vom Windswell, das Jo ihr mitgebracht hat.

»Wie im Film«, flüstert mir Jo ins Ohr, gibt mir einen Kuss und steht wieder auf, um seine Runde um den Pool zu machen. Vor ihm und mir liegen bis zu meiner Abreise noch ein ganzer Nachmittag, ein Abend, eine Nacht, ein Tag und noch ein Tag. Und wer weiß, vielleicht in Zukunft sogar noch mehr Tage. Doch das wissen wir noch nicht. Man weiß nie, was in der nächsten Sekunde passiert. Regen kann wichtige Telefonnummern auslöschen. Und Bands können mitten im Pulk vor der Bühne zwei Liebende zusammenführen. Und hey, vielleicht werden aus unseren Tagen noch Wochen. Monate. Jahre. Oder sogar ein ganzes Leben.

Zukunftsmusik

Nayra besteht ihr Abi und bereist mit *Jo* zwar nicht Australien, dafür aber sechs Monate lang Südamerika.

Tessa hat in *Theo* endlich ihren Seelenpartner gefunden. Direkt nach dem Abi fangen beide an, in Heidelberg zu studieren, und sie ziehen in eine gemeinsame kleine Wohnung.

Finn wird Profibasketballer, während *Amelie* sich als Modebloggerin versucht einen Namen zu machen. Wenige Wochen nach dem Windswell Festival trennen sie sich.

Ole beendet erfolgreich seine Ausbildung als Landmaschinen-Mechatroniker und will den Hof seiner Eltern übernehmen. Er ist nach wie vor Single.

Yanko Zett tourt durch Clubs und hält sich mit den kleinen Gagen über Wasser. Aus *And She Comes* ist ein melancholischer Song geworden, der noch darauf wartet, für die Charts entdeckt zu werden.

Karl chillt sich weiter durch sein Studium und nutzt seine freie Zeit, um sich voll und ganz in der Flüchtlingshilfe zu engagieren.

Elisa macht nach dem Abi ein Jahr lang Work and Travel

in Australien und will anschließend einen Tourismus-Studiengang belegen.

Geertje reist nach dem Abi eine Weile durch Europa und zieht im Herbst zu *Klawitter* nach Berlin, der dort in einer WG lebt und Produktdesign studiert. Geertje hält sich in Berlin mit diversen Jobs über Wasser und weiß noch nicht genau, welchen Beruf sie später ausüben möchte.

Danke

Die Idee zu diesem Roman ist dem Leben, Lieben, Tanzen und Moshen auf Festivals entsprungen. Der Herbst wollte schon beginnen, doch ich war immer noch beseelt von meinem Festivalsommer. Ich brauchte einen Pre-Chorus, der mich über den Winter bis zur nächsten Festivalsaison retten würde. Und so kreierte ich Nayra und Jo, mit denen ich weiter im Staub und Matsch tanzen und moshen konnte.

Ich danke allen Bands, Musikerinnen und Musikern, die mich durch mein Leben begleitet haben und noch begleiten und die mich mit ihren Rhythmen und Lyrics inspirieren sowie innehalten, tanzen, toben, weinen, lachen und abfeiern lassen.
Mein besonderer Dank gilt den *DONOTS*, die mir erlaubt haben, ihnen ein paar Sätze in den Mund zu legen. Des Weiteren *Bosse*, der mir für den Abdruck einiger seiner Songtext-Zeilen eine Freigabe erteilt hat. Und den *Giant Rooks*, die mir ein Geheimnis anvertraut haben, sodass ich einen zu dem Zeitpunkt noch unveröffentlichten Song der Band in Nayras Playlist aufnehmen konnte. – Ich weiß euer Entgegenkommen sehr zu schätzen. Herzlichen Dank. Ihr seid großartig!
Unterstützt haben mich mit Beratung in diversen Bereichen Zora Marie Martin, Harm Wörner, Sabine Weber, Meike Behrend und Sophie Selek. Ich danke euch für eure Zeit und eure Gedanken.